LOLA ...oder wie man eine aufblasbare Sexpuppe ermordet

Dieter Ebels

Erstauflage 2011
Neuauflage 2017

LOLA ...oder wie man eine aufblasbare Sexpuppe ermordet

Heinz Gruner blickte aufgeregt aus dem Fenster. Wenn alles nach Plan verläuft, würde sich sein Leben heute drastisch verändern. Er lehnte sich hinaus, um die Straße möglichst weit einsehen zu können, doch das, worauf er sehnsüchtig wartete, konnte er nicht erkennen. „Wann kommt dieser Paketwagen denn endlich?", murmelte er unzufrieden. Das Paket, auf das Heinz begierig wartete, beinhaltete etwas ganz Besonderes, eine aufblasbare Sexpuppe mit dem klingenden Namen Lola. Er konnte es kaum erwarten, dass ersehnte Paket aufzureißen, Lola aufzublasen um dann all seine Gelüste leidenschaftlich an ihr auszuleben. Da von dem Paketwagen noch nichts zu sehen war, wandte er sich wieder vom Fenster ab. Wenn es überhaupt einen Menschen gab, der mit sich und seiner Situation nicht klar kam, dann war es Heinz Gruner. Er ließ sich, wie so oft, niedergeschlagen in das alte Sofa in seiner Junggesellenwohnung fallen und verging mal wieder vor Selbstmitleid.
Vor wenigen Minuten hatte sein Freund Andy angerufen und überschwänglich berichtet, dass er seine angebetete Tina nach zwei Jahren Beisammensein nun endlich heiraten wollte.
"Warum immer nur die anderen? Warum nicht ich?", murmelte Heinz missmutig vor sich hin.
Natürlich gönnte er seinem Freund Andy dieses Glück. Das, was Heinz wirklich wurmte, was ihn psychisch tief nach unten zog, war die Tatsache, dass er selbst mittlerweile Dreißig war und noch niemals etwas mit einer Frau hatte. Andy war zwei Jahre jünger als er und konnte die Frauen, mit denen er schon im Bett war, nicht mehr an seinen Fingern abzählen. Heinz beneidete seinen Freund, und überhaupt, auch die anderen Kumpels, mit denen Heinz so befreundet war, hatten alle schon reichlich Erfahrung mit Frauen gesammelt.
Natürlich kannte Heinz das Fundament, auf dem seine die Psyche destruierende Misere beruhte, ganz genau. Es lag an seinem Aussehen. Heinz stellte den eher schmächtigen Typen da, die Art von Mann, auf dem die Frauen eben nicht standen. Er war nur 1,68 m groß, oder besser gesagt klein und gehörte mit seinen 58 Kilogramm zu den wahren Leichtgewichten. Selbstverständlich gab es seinerseits schon Versuche, etwas an seinem Körper zu verändern. Heinz hatte sich in einem Fitnessstudio angemeldet und gehofft, sich durch diszipliniertes Training einen muskulösen Körper anzueignen. Doch dieser Versuch sollte sich bald in die lange Reihe der

deprimierenden Fehlschläge in seinem Leben einordnen. Die Tatsache, dass sich nach drei Monaten Training und der Einnahme von Kraftnahrung immer noch nichts an seinem Aussehen verändert hatte, fegte die letzte Hoffnungen aus seinem Kopf; wie der Wind die Blätter im Herbst von den Bäumen fegt. Die Lästerei seiner eigenen Freunde tat ihr Übriges dazu. Sein Kumpel Micha war der erste, der ihn mit seinem Kommentar pikiert hatte. „Die lassen dich wohl in der Muckibude nicht mitmachen, Heinzchen."

Heinz hasste es, dass alle immer nur „Heinzchen" zu ihm sagten. Die Schuld daran gab er seiner Mutter. Sie nannte ihn von klein auf nur Heinzchen, und so wurde er im Kindergarten, in der Schule und auch noch danach genannt, immer nur „Heinzchen".

Als die anderen Sportskameraden im Fitnessstudio schließlich auch noch über ihn lästerten und ihn auf Grund seiner körperlichen Konstitution mobbten, hatte er endgültig die Schnauze voll. Wer erträgt schon solche Sprüche, wie: „Seht mal wer da kommt. Ich glaub, es ist Spargelzeit", oder „Da kommt Tarzan, Spargeltarzan." Den Typen im Fitnessstudio waren ständig neue Begriffe rund um den Spargel eingefallen.

Heinz hatte es nicht mehr ertragen und das Handtuch geworfen. Er setzte keinen Fuß mehr in das Studio und damit war das Thema Bodybuilding für ihn erledigt.

Doch wusste Heinz ganz genau, dass es nicht nur sein mickriger Körperbau war, der die Frauen abschreckte. Es war auch sein Gesicht, welches ganz und gar nicht in das Beuteschema der weiblichen Welt passte.

Bereits in der Schule hatten sie ihm deswegen schon einige Spitznahmen verpasst. "Glubschaugenhase" oder "Glotzaugenbiber" hatten sie ihn genannt. Und wenn Heinz sich im Spiegel betrachtete, dann wusste er, dass diese fiesen Bezeichnungen tatsächlich zutrafen. Seine vorderen Schneidezähne waren ziemlich groß geraten. Hinzu kam, dass diese Zähne etwas nach vorne wuchsen. Der Zahnarzt bezeichnete es als starken Überbiss. Die Ähnlichkeit mit einem Biber wurde durch sein fliehendes Kinn noch unterstrichen. Und auch das mit den Glubschaugen traf zu. Seine Eltern hatten mit ihm deshalb bereits als Kind einen Augenarzt konsultiert. Sie waren damals fest davon überzeugt, dass der Arzt bei ihrem Sohn irgendeine Augenkrankheit diagnostizieren würde. Doch da war keine Krankheit. „Ihr Sohn hat halt solche Augen und wird damit leben müssen", meinte der Arzt damals. „Manche Menschen haben kleine Augen und manche haben große. Ihr Sohn hat eben große, sehr große, und dass die Augen etwas herausstehen, das ist auch nichts Schlimmes."

Heinz hatte sich an sein Aussehen gewöhnt. Als man ihm im Alter von Fünfzehn eine Brille verpasste, wurde die Augengröße, rein optisch gesehen, noch verstärkt. Bei jedem Blick in den Spiegel sank das ohnehin kaum vorhandene Selbstvertrauen fast auf den Nullpunkt.

Heinz wusste selbst, was er war, nämlich hässlich, potthässlich. Wenn jemand einen Grund hatte, depressiv zu sein, dann war es Heinz.

Da saß er nun auf seinem Sofa, starrte ins Leere und grübelte. Vor drei Tagen hatte er sich zu einem Schritt entschlossen, den er schon lange geplant hatte. Diesen Schritt tatsächlich zu gehen, hatte er sich bisher nie getraut. Bereits vor Monaten hatte er sich den Katalog eines Erotikversandes zusenden lassen. Auf Seite 25 war er schließlich fündig geworden. Da war sie abgebildet, Lola, die aufblasbare Frau. Auch wenn sie nur aus einer Plastikhülle bestand, sie sah täuschend echt und richtig lebendig aus. Ihr Mund war leicht geöffnet und sie lächelte viel versprechend. Lola hatte einen Traumbusen und eine richtige Vagina. Fast jeden Tag hatte Heinz sich das Bild von Lola angesehen und sich im Geiste vorgestellt, was er mit ihr so alles treiben könnte. Ihm war bewusst, dass so ein Plastikersatz niemals mit einer richtigen Frau zu vergleichen war, doch wenn man keine Frau hatte? Heinz spielte oft mit dem Gedanken, es einfach in einem Bordell zu versuchen. Tatsächlich war er auch schon ein paar Mal dort hingegangen, doch jedes Mal, wenn er sich diesem Etablissement genähert hatte, war er nervös geworden. Je näher er der Eingangstür gekommen war, desto mehr hatte sich sein Herzschlag erhöht. Doch anstatt vor der Tür stehen zu bleiben, war er einfach vorbei marschiert. Aus Unsicherheit wurde Angst, und diese raubte all seine Willenskraft. Er konnte sich einfach nicht dazu überwinden, so ein Haus zu betreten. Heinz wusste auch, warum. Es war die Furcht davor, dass sich die käuflichen Damen ebenfalls über sein Aussehen lustig machen könnten.

So kam es dazu, dass Heinz vor drei Tagen zum Telefonhörer gegriffen hatte, um die Rufnummer des Erotikversandes zu wählen. Allerdings dauerte selbst dieser zögerliche Griff zum Telefon geschlagene zehn Minuten. Für Heinz bedeutete es eine große Überwindung, ein Kampf gegen sich selbst, den er schließlich zu Gunsten von Lola gewann. Als sich am anderen Ende der Leitung schließlich eine entzückende Damenstimme meldete und nach seinen Wünschen fragte, hätte er am liebsten wieder aufgelegt. Doch Heinz riss sich zusammen.

„Ich hätte gerne die Bestellnummer 3413."

„Hmm, Nummer 3413, ach, unsere Lola, richtig?"

„Ja."

„Einen kleinen Moment bitte. Ich gebe Ihre Bestellung in den Computer ein. Als erstes brauche ich Ihre Kundennummer."

Heinz zögerte.

„Ich hab keine Kundennummer. Ich bestelle zum ersten Mal."

„Dann wird es aber Zeit, dass Sie eine Kundennummer bekommen, Ihren Namen bitte."

„Meinen Namen?"

„Ja, sonst kann ich Ihnen keine Kundennummer geben."

„Gruner."

„Und Ihr Vornahme, Herr Gruner?"

„Heinz."

„Nun benötige ich nur noch Ihre Anschrift, Herr Gruner."

Jetzt war es soweit. Jetzt musste er alles offen legen. Die Frau am anderen Ende der Leitung würde nun nicht nur seinen Namen erfahren, sondern auch noch wissen, wo er wohnt, er, ein Mann der sich eine Gespielin aus Plastik bestellte.

Scheinbar bemerkte die Dame am Telefon sein Zögern und offensichtlich war sie für solche Fälle sehr gut geschult worden. „Wissen Sie eigentlich, Herr Gruner, dass Sie heute schon mein fünfundzwanzigster Neukunde sind, der unsere Lola bestellt? Dieser Artikel ist wirklich ein Renner. So, und nun bitte Ihre Adresse."

Als Heinz hörte, dass seine Bestellung für die Dame am Telefon nichts Außergewöhnliches war, sprudelte die Adresse ganz locker aus seinem Mund. Schließlich bedankte die Dame sich für die Bestellung und meinte, dass der Versand wohl drei bis vier Tage dauern würde.

Heute war der dritte Tag und Heinz war nervös, sehr nervös. Er erhob sich zum wiederholten Mal von seinem Sofa und ging zum Fenster. Sein Blick fiel auf die Straße. Würde der Paketwagen schon heute zu ihm kommen?

Draußen auf der Straße gab es so gut wie keinen Verkehr. Es war nur eine kleine Nebenstraße, deren alter Belag aus Kopfsteinpflaster schmutzig grau schimmerte. Überhaupt, hier in dem Städtchen Prickenstett war alles ziemlich alt. Fast alle Straßen und Häuser stammten noch aus der Gründerzeit. Prickenstett lag direkt am Meer und galt als beliebtes Ausflugsziel für Erholungssuchende. Die Leute, die hierher kamen, liebten die alten Häuser und die engen Straßen. Sie empfanden dabei eine gewisse Romantik. Heinz konnte diese romantische Ausstrahlung allerdings nicht nachempfinden. Weder die alten Gebäuden, noch der urtümliche Fischereihafen, den die Touristen ganz besonders liebten, strahlten für ihn etwas Besonderes aus. Schon als Kind mochte Heinz den Hafen nicht, weil es dort immer nach Fisch stank.

Wenn Heinz hier oben aus dem dritten Stockwerk zum Fenster hinausschaute und sein Blick über die Dächer der gegenüberliegenden Häuserfront richtete, dann konnte er einige Masten erkennen, Masten von Segelschiffen, die in den letzten Jahren immer häufiger im Prickenstetter Hafen festmachten. Heinz war nur froh, dass der Hafen gute dreihundert Meter Luftlinie von ihm entfernt lag und dass der Fischgeruch niemals bis zu seinem Haus vordrang.

Da von dem erwarteten Paketwagen nichts zu sehen war, wandte er sich wieder vom Fenster ab. Er dachte daran, dass seine Bestellung ja auch erst morgen kommen konnte. Schließlich hatte die Dame am Telefon gesagt, dass es drei oder vier Tage dauern würde. Heinz ließ sich wieder auf sein Sofa nieder. Dabei legte er den Kopf nach hinten auf die Rückenlehne. „Irgendwie ist es heute so still hier", sagte er zu sich selbst. Dann wusste er mit einem Mal auch, warum es heute so außergewöhnlich still war. Sein Radio war nicht angeschaltet. Normalerweise lief es immer, doch heute hatte er es tatsächlich nicht eingeschaltet. Er war angesichts der bevorstehenden Paketlieferung dermaßen nervös, dass er sogar einen so routinierten Vorgang vergaß. Wie gesagt, eigentlich lief das Radio bei ihm ohne Unterlass und Heinz hörte immer seinen Lieblingssender, Radio Prickenland.

Er erhob sich, um diese für ihn ungewöhnliche Stille durch einen Druck auf den Radioknopf zu beenden. Als er hörte, was für ein Lied gerade im Radio gespielt wurde, war er verblüfft. Es erklang ein alter Song von der Gruppe „The Kinks", der bekannte Hit „Lola". Heinz war sich sicher, dass das kein Zufall sein konnte. In dem Moment, in dem er auf die Lieferung seiner Lola wartete, spielte der Radiosender sogar das passende Lied dazu. Nein, das konnte kein Zufall sein, das war eine Fügung des Schicksals. Er deutete es als gutes Omen.

„Lola, la, la, la, la, Lola", tönte es aus dem Radio und Heinz sang laut mit. Eigentlich stand Heinz ja mehr auf den Songs aus den Achtzigern. Doch dieses alte Lied von den Kinks verknüpfte er mit angenehmen Erinnerungen. Es lag nun schon einige Jahre zurück, als bei seinem Freund Micha eine große Fete stattgefunden hatte. Bei dieser Fete war Heinz zum ersten Mal in seinem Leben einer jungen Frau näher gekommen. Sie hieß Carola. Dieses „Näherkommen" beschränkte sich allerdings lediglich auf ein kurzes Gespräch und einem gemeinsamen Tanz, einem Tanz zu dem Lied Lola. Natürlich tanzte man zu einem solchen Song nicht eng zusammen, sondern man zappelte im Rhythmus und gebührendem Abstand vor sich hin. Diese Carola war sogar richtig hübsch gewesen. Sie war es, die ihn zum Tanz aufgefordert hatte. Allein diese Tatsache hatte ihm damals sehr viel Hoffnung gegeben, Hoffnung, vielleicht doch noch einmal ein Mädchen zu bekommen. Nach dem Tanz hatte sich Carola wieder zu einigen Freundinnen begeben und immer, wenn sie kurzen Blickkontakt zu Heinz hatte, schenkte sie ihm ein scheues Lächeln. Heinz deutete es damals als Aufforderung, sich schnellstens zu ihr zu begeben, um sie auch um einen Tanz zu bitten. Doch Heinz hatte es sich nicht gewagt. Nach der Fete war er allein nach Hause getrottet und es folgte eine schlaflose Nacht. Immer wieder hatte er Carola vor sich gesehen, sah, wie sie ihn anlächelte, ihn, dem noch niemals vorher von einem Mädchen auch nur ein kleines Lächeln geschenkt wurde. In seinen Gedanken tanzte er wieder mit ihr und hörte dabei das Lied Lola. Am darauf folgenden Tag hatte er sofort seinen Freund Micha angerufen und sich nach Carola erkundigt. Da erfuhr er, dass Carola nur zwei Tage hier oben an der Küste verbracht hatte und nun bereits wieder nach Hause gefahren war. Sie war im Süden des Landes zu Hause, irgendwo in der Nähe der Berge.

Wie gesagt, das lag nun schon einige Jahre zurück, aber Heinz hatte diese Carola immer noch nicht vergessen.

Und nun klang es wieder aus dem Radio, das Lied Lola.

Heinz fragte sich erneut, ob das alles nur ein Zufall sein konnte. Er hatte mit Carola zu diesem Song getanzt und zufällig trägt diese aufblasbare Gespielin, die er sich bestellt hatte, auch den Namen Lola. Er war sich sicher, dass das etwas zu bedeuten hat.

Das Läuten der Türklingel holte ihn aus seinen Gedanken.

Er erschrak. Sollte das etwa seine Lieferung sein?

Mit schnellen Schritten hastete er zum Fenster und blickte hinunter auf die Straße. Da stand er, der gelbe Paketwagen. Dieser Anblick ließ sein Herz höher schlagen.

Meine Lola kommt, ging es ihm durch den Kopf.

Heinz verließ die Wohnung, rannte die Treppen hinunter und öffnete die Haustür.

Vor ihm stand ein freundlich lächelnder Mann mit einem Paket. „Moin, Herr Gruner, ich habe eine Sendung für Sie."

Der Paketwagenfahrer hielt ihm eine Liste und einen Kugelschreiber hin. „Bitte hier unterschreiben, Herr Gruner."

Heinz bestätigte mit seiner Unterschrift die Lieferung, nahm das Paket entgegen und bedankte sich.

Mit einem erneuten „Moin" und einem breiten Lächeln im Gesicht verabschiedete sich der Paketzusteller schließlich.

Während Heinz wieder nach oben ging, schaute er sich das Paket genauer an. Es war viel kleiner, als er gedacht hat, vielleicht vierzig Mal dreißig Zentimeter groß. Er dachte daran, dass so eine Puppe im unaufgeblasenen Zustand nicht viel Platz benötigte.

In seiner Wohnung angekommen, legte er das Paket auf den Tisch und betrachtete es aufgeregt. Wie würde Lola wohl in der Wirklichkeit aussehen? Sah sie tatsächlich so echt und so verführerisch aus, wie im Katalog? Sein Blick fiel auf den Adressaufkleber des Paketes. Als Absender stand nur der kurze Wortlaut EUM-Versand darauf. Diese Bezeichnung hatte Heinz noch nie gehört. Im Katalog wies das Erotikversandhaus ausdrücklich darauf hin, dass der Versand anonym bleibt und auf den Paketen jeder Hinweis auf einen Erotikversand fehlt.

Na ja, dachte Heinz, *es ist wirklich eine gute Tarnung für eine so heikle Fracht.*

Er wusste nicht warum, aber in diesem Moment musste er an den freundlich lächelnden Paketzusteller denken. Hatte dieser Mann wirklich nur aus Freundlichkeit gelächelt oder wusste er vielleicht, was sich hinter dem Namen EUM-Versand verbirgt? Heinz dachte darüber nach, dass so ein Zusteller während der Ausübung seines Jobs Tausende von Pakete überbringt und eigentlich aus Erfahrung wissen müsste, was ein EUM-Versand so alles verschickt. Je mehr Heinz darüber nachdachte, desto mehr war er davon überzeugt, dass der Paketzusteller es wusste. Deshalb hatte er auch so gelächelt. War dieses Lächeln nicht sogar irgendwie tiefgründig gewesen? Wer weiß, vielleicht wusste der Zusteller auf Grund seiner Erfahrung sogar, welchen Inhalt das Paket hat, vielleicht konnte er ja an den Ausmaßen der Sendung erkennen, was darin verschickt wurde? Heinz sah in seinen Gedanken noch einmal das lächelnde Gesicht des Mannes. War das überhaupt ein Lächeln gewesen? War es nicht vielmehr ein hämisches Grinsen, welches Mitleid ausdrücken sollte, Mitleid für einen Menschen, der es mit einer aufblasbaren Plastikfrau treiben musste?

„So ein Quatsch", murmelte Heinz.

Er lenkte seine Gedanken in andere Bahnen. Den heutigen Abend würde er mit Lola verbringen. Heute würde es sich zeigen, ob sich die nicht gerade billige Investition gelohnt hat. Ja, heute Abend würde es passieren, wenn auch nicht mit einer echten Frau, aber es würde passieren.

Gerade wollte Heinz das Paket öffnen, da klingelte das Telefon. Er hob ab.

„Gruner."

„Hallo Heinzchen."

Es war die ihm wohlbekannte Stimme seiner Mutter.

„Hallo Mutti."

„Soll ich dir heute etwas mitbringen? Ich geh jetzt einkaufen. Brauchst du noch irgendwas?"

Daran hatte Heinz vor lauter Aufregung nicht mehr gedacht. Heute war Donnerstag und an jedem Donnerstag kam seine Mutter zu ihm, um Ordnung in die Junggesellenbude zu bringen.

„Nein, Mutti, ich brauche nichts."

„Na gut, mein Jung, dann bis nachher."

Heinz legte den Hörer wieder auf. *Scheiße. Heut ist Donnerstag.* Er dachte daran, dass es gut war, dass er seine Lola noch nicht ausgepackt hatte.

9

Wenn Mutti etwas von dieser Puppe erfahren würde, oh Gott, das wäre der Weltuntergang. Der Schlag würde sie treffen. Heinz wollte sich gar nicht ausmalen, wie seine Mutter reagieren könnte. Er stellte sich vor, was passieren würde, wenn Mutti plötzlich in seiner Wohnung stände und ihn mit Lola auf frischer Tat ertappt. Sie hatte, wenn sie zu ihm kam, noch nie seine Türglocke benutzt, denn schließlich hatte Mutti einen Schlüssel für Heinz´ Wohnung.

Seitdem sein Vater vor vier Jahren gestorben war, ging es mit seiner Mutter den Bach hinunter. Sie konnte den Tod ihres Mannes bis heute noch nicht überwinden. Ihr Sohn blieb für sie das einzige, was sie noch hatte. Am liebsten hätte sie es gehabt, dass Heinz wieder zurück zu ihr in sein Elternhaus gezogen wäre. Doch darauf hatte er sich nicht eingelassen. Seine Mutter war schon immer ein sehr gläubiger Mensch gewesen, der auf Sitte und Anstand achtet. Seitdem sie nun alleine war, steigerte sich dieser Glaube unaufhörlich. Niemand war so oft in der Kirche zu sehen, wie sie.

Heinz blickte auf das Paket vor sich. *Oh Gott*, dachte er, *Mutti darf es nicht erfahren*. In seinen Gedanken malte er sich aus, was passieren würde. Mutti würde ohnmächtig zusammenbrechen und wenn sie wieder zu sich käme, dann würden irgendwelche heiligen Sprüche oder Gebete aus ihrem Mund sprudeln, begleitet von ständigen Bekreuzigungen. Dann würde sie zur Kirche laufen und es dem Pastor beichten. Und wer weiß, vielleicht käme sie sogar gemeinsam mit dem Pfaffen hierher, um den Teufel auszutreiben, der sich ihres Sohnes bemächtigt hat. Nein, das durfte nicht passieren.

Plötzlich schossen Heinz ganz andere Gedanken durch den Kopf. Wenn Mutti kam, um aufzuräumen, dann tat sie das sehr gründlich. Sie ließ nichts aus, keinen Schrank, keine Schublade und kein Regal. Es gab nicht einen Winkel in der Wohnung, den Mutti nicht durchstöberte, um etwas Unaufgeräumtes zu finden. Egal, wo Heinz sein Paket auch versteckte, Mutti würde es entdecken und das wäre der Untergang. *Ich werd das Paket in den Keller bringen*, ging es Heinz durch den Kopf. *Das ist der einzig sichere Ort.*

Ohne zu zögern setzte er sein Vorhaben um. Er stieg hinunter in den Keller. Außer einem großen, alten Schrank, einigen Paletten Coladosen und einem Stapel Bierkästen war der Raum so ziemlich leer. Heinz stellte das Paket, so wie es war, auf den Stapel Getränkekisten ab. Bevor er den Keller wieder verließ, strich er mit der Hand über das Paket. „Heute Abend komm ich zu dir, Lola. Dann befreie ich dich aus diesem Paket und wir werden gemeinsam einen schönen Abend verbringen."

Wieder oben in seiner Wohnung angekommen, meldete sich erneut sein Gewissen. Mutti war noch nie in den Keller gegangen. Doch was ist, wenn sie ausgerechnet heute dort hinunter geht? Was passiert, wenn sie ausgerechnet heute den Entschluss fasst, mal seinen Keller aufzuräumen? Natürlich könnte er sagten, dass er den Kellerschlüssel verlegt hat, doch Mutti würde ihm seine Lüge ansehen. Sie hat eigentlich immer sofort gemerkt, wenn er mal gelogen hatte. Wenn Mutti das Paket entdeckt, dann würde sie nicht lange zögern und es öffnen. Sie würde gar nicht erst fragen, was darin ist, denn dafür war sie viel zu neugierig.

Heinz wurde unsicher. Seine Gedanken kreisten. Als er sich diese Plastikpuppe bestellt hatte, war ihm nicht ein einziges Mal in den Sinn gekommen, wo er sie denn unterbringen könnte. Er hatte an alles gedacht, nur nicht an Mutti. Wenn er wenigstens eine Garage hätte, dann gäbe es eine gute Versteckmöglichkeit. Doch Heinz hatte keine Garage. Er parkte seinen alten Ford Escort immer auf der Straße. Bei diesen Gedanken schoss ihm die Idee durch den Kopf, das Paket einfach im Kofferraum seines Autos zu deponieren. Das wäre ein gutes Versteck. Doch was würden die neugierigen Nachbarn denken, wenn er regelmäßig ein Paket in den Kofferraum legte und später wieder herausholte? Es gab genug Leute in der Nachbarschaft, die nichts Besseres zu tun hatten, als den ganzen Tag lang hinter ihren Gardinen zu hängen, um alles zu beobachten, was auf der Straße passierte. Heinz wusste, dass diesen Leuten nichts entging. Und damit sie nicht vor Neugierde platzen, würden sie seine Mutter fragen, warum ihr Sohn immer mit ein und demselben Paket hin- und herläuft. Nein, der Kofferraum seines Wagens war doch keine so gute Idee. Aber eines stand fest, das Paket musste weg.

Ein paar Minuten später stand Heinz im Keller und blickte verzweifelt auf sein Paket. „Was mach ich nur mit dir, Lola?", kam es leise über seine Lippen.

In seinem Gehirn arbeitete es; dann schien die Lösung auf einmal da zu sein. Ihn durchfuhr die Erkenntnis, dass nicht das Paket, sondern dessen Inhalt das Problem war. Ohne zu zögern griff Heinz nach dem Paket und riss es auf. Das war nicht ganz einfach, denn der Verpacker hatte ganze Arbeit geleistet. Es dauerte eine ganze Weile, bis das Klebeband nachgab und Heinz endlich den Deckel des Paketes abheben konnte.

Als erstes stieß er auf eine Rechnung, der ein Zahlschein beigefügt war. Der Rechnungsbetrag war darauf bereits eingedruckt. Heinz sah sich die Rechnung genau an und nickte sehr zufrieden. Diese Rechnung konnte er getrost in seine Wohnung mitnehmen. Wenn Mutti sie in ihre Hände bekommt, und Heinz war davon überzeugt, dass Mutti diese Rechnung genau unter die Lupe nehmen wird, so würde sie keinen Verdacht schöpfen. Auf der Rechnung stand als Absender wieder dieser nichts sagende EUM-Versand und darunter war zu lesen: Ihre Bestellung, Artikelnummer 3413, und das war alles. Heinz wusste auch schon, welche Geschichte er seiner Mutter

11

auftischen würde. Er hat sich halt aus so einem Prospekt ein neues Bücherregal bestellt. Die Rechnung ist schon gekommen, das Regal noch nicht. Später würde er seiner Mutter erzählen, dass ihm das Regal nicht gefallen und er es deswegen wieder zurückgeschickt hat. Natürlich würde er das alles nur so nebenbei erwähnen.

Nun beschäftigte er sich wieder mit dem Paket.

Als er das zerknitterte Papier, welches als Füllmaterial diente, beiseite schob, blickte er auf eine Art Plastiktasche. Diese Plastiktasche war durchsichtig. Es war ein sehr spannender Moment, als Heinz diese Tasche aus dem Paket nahm. Ehrfürchtig schaute er auf das, was er in der Hand hielt. Der Inhalt war eingeschweißt. Heinz erkannte ein großes Foto, welches ihm durch die Folie ins Auge fiel. Auf diesem Foto war Lola zu sehen, so, wie sie im aufgeblasenen Zustand aussah, ein Bild von einer Rassefrau, weiblich und voller Reize. Dem kurzen Text unter dem Foto konnte man entnehmen, dass Lola aus einem ganz speziell gefertigten Material bestand, hitze- und druckbeständig und absolut reißfest.

Als er die verschweißte Tasche wendete, fiel sein Blick auf die Puppe, das heißt, auf einen Teil der Puppe. Er blickte auf ein hautfarbenes Stück Kunststoff. Leider war es ihm nicht vergönnt, mehr zu erkennen. War das nun der Bauch oder der Rücken? Oder war es gar einer ihrer Schenkel? Am Liebsten hätte er diese Plastiktasche sofort aufgerissen, doch es galt erst einmal, das Paket zu entsorgen, und zwar so, dass niemandem etwas auffiel. Also faltete Heinz den Pappkarton in handliche Teile zusammen. Vorher löste er aber noch den Adressaufkleber ab und zerriss diesen in winzig kleine Papierschnipsel, denn niemand sollte in der Lage sein, den Empfänger dieses Paketes zu ermitteln.

Mit einem Mal wusste Heinz auch, wo er die Plastiktasche mit seiner Lola verstecken konnte, ohne dass Mutti sie finden würde. Er schob die Tasche unter den großen Schrank, der noch vom Vormieter hier im Keller stand. Es war ein alter Schrank, der auf kugelförmigen Füßen stand. Dort würde seine Mutter niemals nachsehen. Dann nahm er die Reste des Paketes und brachte sie direkt in die Abfalltonne.

Er begab sich wieder nach oben in die Wohnung, setzte sich auf das Sofa und konnte es kaum erwarten, dass seine Mutter wieder ging, obwohl sie noch gar nicht da war.

Hoffentlich kommt sie heute etwas früher. Je eher ist sie wieder weg.

Doch seine Mutter tat ihm den Gefallen nicht. Sie kam heute sogar noch später als sonst und blieb auch dementsprechend länger. So war es schon fast Abend geworden, als sie die Wohnung ihres Jungen wieder verließ. Wie immer, stand Heinz oben am Fenster und winkte ihr nach. Seine Mutter hatte es nicht weit. Sie wohnte nur drei Straßen von ihm entfernt. Ihrem Sohn wäre es freilich lieber gewesen, wenn sie weiter weg wohnen würde, am besten in einer anderen Stadt. Schließlich war es Mutti gewesen, die ihm seinerzeit diese günstige Wohnung besorgt hatte, eine Wohnung ganz in der Nähe seines Elternhauses, so, dass Mutti immer gleich zur Stelle sein konnte. Heinz liebte seine Mutter so, wie jeder Sohn seine Mutter liebt. Nur manchmal, manchmal konnte sie ihm schon ganz schön auf die Nerven gehen. Heinz lebte nach außen hin zwar selbstständig und unabhängig, doch in Wirklichkeit war es immer noch seine Mutter, die sein Leben mehr oder weniger regelte. Sie sorgte dafür, dass seine Wohnung ordentlich war und dass er immer frisch gewaschene und gebügelte Kleidung im Schrank hatte. Natürlich kontrollierte sie auch seinen Lebensmittelvorrat, denn ihr Sohn sollte ja schließlich nicht verhungern.

Heinz blickte seiner Mutter noch hinterher. Er wusste genau, dass sie sich am Ende der Straße noch einmal umdrehen und ihm ein letztes Mal zuwinken würde.

Als Mutti schließlich aus seinen Augen verschwunden war, hatte Heinz nur noch einen Gedanken: Lola.

Jetzt geh ich in den Keller und hol meine Gespielin. Ach, Lola, ich werd dich aus deiner Plastiktasche befreien und dich zum Leben erwecken, zu deinem jungfräulichen Leben. In seinen Gedanken manifestierte sich Lolas Bild, das Bild einer Frau, deren Körper mit allen weiblichen Reizen sehr üppig ausgestattet war. Er sah ihr anmutig wirkendes Gesicht mit diesem leicht geöffneten Mund, der so viel versprechend lächelte. Er, Heinz Gruner, hatte so eine Frau verdient, auch wenn es keine echte war. Das Leben eines Mannes war schließlich nicht dafür bestimmt, im Alter von dreißig Jahren noch immer jungfräulich zu sein. Natürlich würde er lieber den heißen Körper einer richtigen Frau spüren, wenn er es zum ersten Mal tat, und in seinen Träumen war das auch schon tausendmal passiert, doch er hatte es satt, auf etwas zu warten, was seiner Meinung nach sowieso niemals passieren würde. Welche Frau ließ sich dazu herab, mit einem wie ihm ins Bett zugehen? So hässliche Typen wie er, waren dazu verdammt, es mit Plastikludern zu treiben. Und wer weiß, vielleicht war es sogar gut so. So eine Plastikgespielin konnte niemals herummeckern. Heinz dachte für einen Moment an seinen Freund Andy. Wie oft hatte Andy sich schon im Freundeskreis über seine Tina beschwert, hatte erzählt, dass sie oft ohne Grund zickig wurde, doch, so Andy, was sich liebt, das neckt sich. Und was den Sex mit Tina angeht, nun, da war Andy auch immer ganz offen zu seinen Freunden gewesen. Wenn sie keine Lust hatte, dann gab sie an, Kopfschmerzen zu haben, und das war oft. Zieht man dann noch die Zeit ab,

13

in der sie ihre Tage hatte, dann blieb für die schönsten Momente im Bett nicht mehr viel übrig. Aber wenn sie es mal taten, dann war Tina so richtig gut. Andy war scheinbar dennoch mit seinem Liebesleben zufrieden, sonst hätte er sich nicht dazu entschlossen, Tina bald zu heiraten.

Heinz kehrte in seinen Gedanken zurück zu seiner neuen Gespielin. Lola war besser als Andys Tina. Lola würde niemals Kopfschmerzen haben und sie würde auch niemals ihre Tage bekommen. Sie könnte auch niemals zickig sein und der allergrößte Vorteil einer Plastikfrau war der, dass sie immer zur Stelle war. Mit Lola würde Heinz seine Fantasien ausleben können, ohne dass sie ihm etwas verweigern konnte.

Er verließ die Wohnung und stieg die Treppen hinunter.

Mit jeder Stufe wuchs seine Aufregung. Wie würde es heute Abend sein, das erste Mal?

Plötzlich wurde er aus seinen Gedanken gerissen. Oben klingelte ein Telefon und diesen Klingelton kannte er nur zu gut. Es war sein Telefon, welches dort laut schrillend nach ihm rief. Im ersten Moment dachte Heinz daran, sich einfach nicht an das Klingeln zu stören. Sollte der Anrufer doch glauben, dass Heinz nicht zu Hause war. Dann kam ihm aber der Gedanke, dass es Mutti sein könnte. Vielleicht hatte sie ja etwas in seiner Wohnung vergessen und wollte ihm mitteilen, dass sie noch einmal vorbeikommt, um es abzuholen. Mit schnellen Schritten hastete er die Treppen wieder hinauf in die Wohnung und griff zum Telefon.

„Ja, Gruner", kam es etwas abgehetzt aus seinem Mund.

„Warum jappst du denn so?", klang eine Stimme aus dem Telefon.

Heinz erkannte sofort die Stimme seines Freundes Micha.

„Was ist los, Heinzchen? Du schnaufst ja, wie `ne alte Dampflokomotive. Oder holst du dir grad einen runter?"

Nun klang Gelächter aus dem Telefon. Heinz wusste, dass man Michas Sprüche niemals ernst nehmen durfte, zumal fast jeder dritte Satz seines Freundes irgendetwas mit dem Thema Sex zu tun hatte.

„Ich wollte mir gerade was zu trinken aus dem Keller holen, war schon fast unten. Wenn du so schnell die Treppen raufrennen würdest, dann möchte ich dich mal sehen. Bei deiner sportlichen Konstitution würdest du mit Sicherheit noch mehr pusten."

Damit spielte Heinz auf Michas körperliche Verfassung an. Dieser war nämlich etwas korpulent. Früher in der Schule, und auch noch in seiner Jugend, gehörte Micha zu den besten Sportlern. Doch seitdem er vor Jahren den Sport an den Nagel gehängt hatte, ging es mit seiner Fitness bergab und mit seinem Gewicht bergauf.

14

„Mensch Heinzchen, kannst ruhig zugeben, dass du dir einen geschüttelt hast." Wieder klang Michas dreckiges Lachen aus dem Telefon.

„Weißt du, Micha", gab Heinz seinem Freund zu verstehen, „es ist kein Wunder, wenn du nur an so was denkst. Liegt ganz bestimmt daran, dass du dir selbst den ganzen Tag lang einen schüttelst."

„Na ja." Micha und lachte immer noch. „Legen wir dieses Thema mal beiseite. Rate mal, wer mich grad angerufen hat?"

„War es Andy?"

„Volltreffer! Woher wusstest du das?"

„Ich hab es geraten."

„Jetzt rate aber mal, was unser Freund Andy vorhat?"

„Nun, Micha, dann lass mich mal weiter raten. Will Andy vielleicht heiraten?"

„Ja toll, du hast es schon gewusst."

„Natürlich, so etwas weiß man doch."

„Und seit wann weißt du es?"

„Andy rief mich deshalb schon heute Vormittag an."

Heinz wunderte sich darüber, dass er dieses Mal scheinbar der erste war, der etwas Wichtiges erfuhr. Er sah das als große Ehre an, denn eigentlich war er das letzte und schwächste Glied in seinem Freundeskreis. Wenn irgendwo etwas Aufregendes passierte, dann war er bisher immer der letzte, der das erfahren hatte.

„Hör zu, Heinzchen", klang Michas Stimme aus dem Telefon. „Ich hab bereits mit Scherbe gesprochen. Wir wollen unserem Andy einen schönen Junggesellenabschied bereiten. Selbstverständlich werden wir uns dazu etwas ganz Besonderes einfallen lassen. Das muss natürlich alles genau besprochen werden und deshalb kommen Scherbe und ich gleich bei dir vorbei."

Das hatte Heinz noch gefehlt.

„Das ist mir heute aber nicht recht, Micha. Ich fühl mich heut nicht so gut und mir wär es lieber, wenn wir unser Treffen auf morgen verlegen."

„Wie, du fühlst dich heute nicht so gut? Was hast du denn? Hast du dir etwa zu oft einen von der Palme geholt?" Michas Lachen schallte laut aus dem Telefonhörer.

Heinz ging auf diese Bemerkung nicht ein.

„Nein. Ich hab Kopfschmerzen."

„Ach, papperlapapp, Kopfschmerzen, du bist doch schließlich kein Weib und außerdem ist Scherbe schon unterwegs zu dir. Ich werd mich jetzt auch aufmachen. Also, bis gleich." Dann machte es "Klick" in der Leitung und das Gespräch war beendet.

Heinz fluchte. „So eine Scheiße!"

15

Er hatte sich so auf sein erstes Mal mit Lola gefreut und nun war der Abend gelaufen. Da hatte er endlich eine Frau, mit der er seine Triebe ausleben könnte, eine Frau, die ihm immer und uneingeschränkt zur Verfügung stand, die niemals Kopfschmerzen haben würde, um den Sex mit ihm zu verhindern, und nun waren es seine besten Freunde, die dafür sorgten, dass er auch den heutigen Tag noch als männliche Jungfrau verbringen musste. Der schöne Abend mit Lola war gelaufen.

Heinz begab sich zum Fenster und öffnete es sperrangelweit. Er stütze seine Ellenbogen auf das Fensterbrett ab und lehnte sich hinaus. Das, was er jetzt brauchte, war frische Luft. Heinz atmete ein paar Mal tief durch und zog dabei die immer noch warme Sommerluft in seine Lungen. Er dachte daran, dass er heute normalerweise zum Strand gegangen wäre, wie immer, wenn er an einem sonnigen Tag frei hatte. Doch der heutige Tag war anders, denn heute hatte er auf seine Lola gewartet.

Sein Leben verlief eigentlich seit vielen Jahren immer gleich, es verlief nach ganz festen Regeln, die schon seit langer Zeit bestand hatten. Er arbeitete in der Druckerei der hiesigen Tageszeitung. An den schlechten Arbeitszeiten hatte er sich schon lange gewöhnt. Die Arbeit begann abends um halb Acht und endete nachts um halb drei. An jedem Samstag und an einem weiteren Wochentag, der sich immer änderte, hatte er frei. So war es auch am heutigen Donnerstag. In der vergangenen Woche hatte er am Mittwoch frei und in der kommenden Woche würde es der Freitag sein. Dieser freie Tag verschob sich jede Woche um einen Tag weiter nach vorne. Sie nannten das ein „Roulierendes System". Normalerweise machte er es sich an so sonnigen Tagen, wie es heute einer war, immer am Prickenstetter Strand bequem. Dort verschlief Heinz fast den ganzen Vormittag unter einem Schatten spendenden Sonnenschirm, den er so geschickt im Sand verankerte, dass der starke Wind, der hier oben an der Küste allgegenwärtig war, ihm nichts anhaben konnte. Aber Heinz schlief nicht nur, wenn er dort am Strand lag. Besonders jetzt, zur Ferienzeit, pulsierte dort am Strand das pure Leben. Es gab immer etwas zu sehen. Heinz belächelte die Leute, die den halben Tag damit verbrachten, sich irgendwelche Sandburgen zu bauen, die vom Wind dann wieder nach und nach abgetragen wurden. Er freute sich auch jedes Mal darüber, wenn der Wind einen der Sonnenschirme erfasste und über den ganzen Strand wehte. Es war einfach köstlich, mit anzusehen, wie die Leute dann hinter ihren Schirmen her rannten. Ihm, mit seiner speziellen Sonnenschirmverankerung, könnte so etwas niemals passieren. Aber das, was Heinz bei seinen Strandausflügen am meisten im Auge hatte, das waren die jungen und knackigen Frauen. An denen konnte er sich überhaupt nicht satt sehen, all diese kleinen Nymphen, die dort halbnackt herumsprangen und ihre geilen Körper zur Schau stellten. Heinz liebte es, wenn sie oben ohne Softball spielten und ihre süßen Möpse dabei einladend hüpften. Er hatte sich eigens eine verspiegelte Sonnenbrille gekauft, damit niemand merkte, wo er ständig hinstarrte. Natürlich hatte er sich schon Gedanken darüber gemacht, ob das nicht pervers war, doch da seine Freunde das gleiche taten, war es in seinen Augen das Normalste der Welt.

Nun schaute er oben aus seinem Fenster und dachte darüber nach, dass ihm heute sein großer Tag mit Lola verdorben wurde. Als sein Blick auf das hintere Ende der Straße fiel, sah er in der Ferne einen jungen Mann, der in seine Richtung ging. Heinz erkannte sofort seinen Freund Scherbe. Scherbes richtiger Name war Peter, aber seitdem er es als Kind geschafft hatte, sich gleich dreimal an einem Tag mit einer Glasscherbe zu schneiden, trägt er den Spitznamen Scherbe. Dieser Name hatte sich so verfestigt, dass viele bereits vergessen hatten, dass er eigentlich Peter hieß. Scherbe war, genau wie Micha, bereits mit Heinz zur Schule gegangen. Sie hatten sogar die gleiche Klasse besucht. Micha und Scherbe waren ebenfalls dreißig Jahre alt. Ihr gemeinsamer Freund Andy war erst später nach Prickenstett zugezogen und zwar in die unmittelbare Nachbarschaft von Heinz. Obwohl Andy zwei Jahre jünger als Heinz war, hatten sich die beiden Jungen von Anfang an gut verstanden. Sie waren dicke Freunde geworden. Überhaupt, die Freundschaft stand noch heute ganz oben in der Prioritätenliste ihres Lebens.

Micha, Scherbe, Heinz und Andy waren eine eingeschworene Gemeinschaft. Sie nannten sich selbst immer das „unzertrennliche Viergespann". Irgendwann in ihrer Jungend war der Tag gekommen, an dem sie den Beschluss gefasst hatten, sich gegenseitig ewige Freundschaft zu schwören. Jeder musste den Schwur ablegen, gegenüber den anderen aus dem Viergespann stets ehrlich und aufrichtig zu sein. Keiner sollte vor dem anderen ein Geheimnis haben. Genau an diesen Schwur musste Heinz gerade denken, als er aus dem Fenster heraus seinen Freund Scherbe kommen sah. Heinz bekam plötzlich ein schlechtes Gewissen. Wenn er seinen Freunden verheimlichen würde, dass er sich eine aufblasbare Bettgespielin zugelegt hatte, dann wäre der Schwur gebrochen. Wie aber sollte er den anderen so etwas erzählen? Sollte er etwa sagen, dass er ab heute mit einer Gummipuppe fickt, dass er es mit einer Plastikgespielin treibt, mit der er alle seine Fantasien ausleben kann? So etwas zu zugeben, das wäre wohl die allergrößte Blamage, die man sich nur vorstellen konnte. Heinz stellte sich das verächtliche Gelächter der anderen vor, das hämische Gelächter, welches in großen, die Seele zerschmetternden Wogen über ihn zusammenrauschen würde. Seine Freunde kannten das Problem nicht, im Alter von Dreißig noch jungfräulich zu sein. Sie hätten kein Verständnis dafür, dass jemand so tief sinken kann und sich an einer Puppe vergeht. Heinz dachte an die Sprüche von Micha, die er sich dann immer anhören müsste, Sprüche, die garantiert tief unter die Gürtellinie gehen würden.

Spontan entschloss er sich dazu, den Schwur zu brechen. Seine Freunde sollten alles von ihm wissen, aber diese eine Sache musste für immer ein Geheimnis bleiben.

Scherbe hatte mittlerweile seinen Freund oben am Fenster entdeckt und winkte ihm zu. Fast gleichzeitig fuhr der Twingo von Micha vor.

Etwas später saßen die drei oben zusammen und zerbrachen sich den Kopf darüber, wie sie so einen Junggesellenabschied gestalten könnten.

Jeder hatte da so seine eigenen Vorstellungen. Während Heinz der Meinung war, dass man einfach eine richtig wilde Fete feiern sollte, bei der man sich bis zum Gehtnichtmehr zu säuft, beharrte Scherbe auf dem Standpunkt, dass so eine einfache Fete nicht ausreichend sei. Sie müssten dem Bräutigam wenigstens eine Stripperin servieren, damit er den letzten Abend als Junggeselle auch in schöner Erinnerung behält. Micha hatte aber noch eine ganz andere Vorstellung von einem Junggesellenabschied.

„Hört zu, Leute", sagte er. „Da draußen am Stadtrand hat doch dieses Lokal neu eröffnet, ihr wisst doch, dieses Kleinparis. Das wär der richtige Ort, um unseren Andy ein letztes Mal zu verwöhnen. Dort können wir saufen und den Striptease gibt es auch noch dazu."

„Dieses Etablissement nennst du Lokal?", warf Heinz ein. „Es ist eine Spillunke, eine verruchte Stripteasebar. Ein Kollege von mir hat sich mal dort rein gewagt. Er meinte, dass dort die Nutten in Reih und Glied an der Bar sitzen und darauf warten, dass ihnen jemand ein Gläschen Sekt zu einem Preis von läppischen dreißig Euro ausgibt. Danach verschwinden sie mit ihrem Gönner in eines der Séparées."

„Das hab ich auch schon gehört", meinte Scherbe.

„Ja und?", verteidigte Micha seinen Vorschlag. „Was ist denn schlimm daran, dreißig Euro für eine gute Sache auszugeben. Schließlich hat man was davon, oder?"

„So was kann auch nur aus deinem Mund kommen, Micha", sagte Heinz missmutig. „Kannst du auch mal an was anderes denken? Hier geht ´s schließlich nicht darum, dass deine Geilheit von irgendeiner Nutte befriedigt wird. Es geht um den Junggesellenabschied unseres Freundes Andy."

„Genau", meinte Scherbe. "Ich würd sowieso keinen Fuß in ein solches Bumslokal setzten."

„Ich auch nicht", sagte Heinz.

Micha zuckte mit den Schultern. „Dann eben nicht."

Damit war sein Vorschlag aus der Welt.

Die drei diskutierten weiter und einigten sich darauf, dass so eine Stripperin etwas zu Abgedroschenes sei. Mittlerweile strippten Mädels auf fast jeder Veranstaltung und Andys Fete sollte schließlich etwas Besonderes werden, etwas, was sich von anderen Feierlichkeiten deutlich abhob.

„Eine Kollegin von mir", sagte Scherbe, „wurde von ihren Freundinnen zum Junggesellenabschied mit einer Männergruppe überrascht, wisst ihr, so etwas, wie die California dream boys."

Micha lachte. „Unser Andy ist doch nicht schwul."

„Ich dachte dabei ja auch nicht an eine Männergruppe. Es gibt zu einer solchen Gruppe doch bestimmt auch ein weibliches Gegenstück, eine Mädchengruppe, die das Gleiche veranstaltet."

Heinz schüttelte den Kopf. „Damit wären wir schon wieder beim Strippen. Nur dieses Mal geht es um so eine Art Rudelstrippen."

Micha erhob sich. „Von dem ganzen Gerede bekommt man ja einen trockenen Hals. Ich hol mir mal `ne Cola. Hat noch jemand Durst?"

Scherbe nickte. „Bring mir ein Bier mit."

„Mir auch", meinte Heinz.

Jeder der drei jungen Männer war in den Wohnungen der anderen so gut wie zu Hause. So ging Micha wie selbstverständlich in die Küche und holte drei Gläser aus dem Schrank. Dann öffnete er die Kühlschranktür.

„Ist bei dir etwa die Armut ausgebrochen, Heinzchen?", rief er plötzlich.

„Warum?"

„Na ja, die Cola habe ich ja gefunden, doch anscheinend hast du kein Bier mehr im Haus."

„Wenn im Kühlschrank kein Bier mehr steht, dann muss ich welches aus dem Keller holen."

„Bleib ruhig sitzen, Heinzchen", meinte Micha. „Wenn ich sag, dass ich was zu trinken hole, dann mach ich das auch. Heute geh ich mal freiwillig in den Keller, um Bier zu holen."

Er verließ die Wohnung und man hörte ihn die Treppen hinuntersteigen.

„Seit wann geht dieser faule Kerl freiwillig in den Keller?", wunderte sich Heinz. „Eigentlich vermeidet er doch jede überflüssige Bewegung."

„Hat Micha dir denn noch nichts von seinem neuen Vorhaben erzählt?"

Jetzt wurde Heinz neugierig. „Was für ein Vorhaben?"

„Micha hat sich vorgenommen, mindestens zehn Kilo abzuspecken."

„Und wie will er das bewerkstelligen?"

„Er will weniger essen und sich mehr bewegen."

Das war für Heinz natürlich eine logische Erklärung dafür, dass Micha freiwillig das Bier aus dem Keller holte. Bei dem Gedanken an das Wort "Keller" kam ihm wieder seine Lola in den Sinn. Sie lag nun dort unten, gut versteckt unter dem Schrank und wartete immer noch darauf, von ihm aus ihrer engen Plastikhülle befreit zu werden. Morgen, morgen würde er es tun, morgen würde er sich von niemandem davon abhalten lassen, seine Lola zu entjungfern.

„Es ist wirklich nicht ganz einfach", holte Scherbe ihn aus seinen Gedanken, „einen wirklich unvergessenen Junggesellenabschied für unseren Andy zu veranstalten."

Heinz nickte.

Micha kehrte in diesem Moment wieder zurück. Er begab sich direkt in die Küche.

Heinz und Scherbe hörten, wie sich die Kühlschranktür öffnete und Micha mit lautem Geklimper einige Flaschen Bier kalt stellte.

„Und?", rief Micha aus der Küche. „Habt ihr mittlerweile eine gute Idee?"

„Nein", antwortete Heinz.

„Ich aber", verkündete Micha und betrat das Wohnzimmer.

Dabei hatte er die Hände hinter dem Rücken versteckt. „Und ob ihr es glaubt oder nicht, diese geniale Idee ist mir unten im Keller gekommen."

„Na, dann erzähl doch mal", forderte Scherbe ihn auf.

„Wir werden Andy mit der heimlichen Geliebten unseres Freundes Heinzchen beglücken."

In diesem Moment ahnte Heinz Schlimmes. Micha musste im Keller seine Lola entdeckt haben. Jetzt war er blamiert. Heinz durchfuhr in diesem Augenblick nur ein Gedanke, er durfte sich einfach nichts anmerken lassen, musste so tun, als wüsste er überhaupt nichts von Lola.

„Was für eine heimliche Geliebte?", hakte Heinz deshalb sofort nach und schaffte es tatsächlich, ein verwundertes und vor allen Dingen unschuldiges Gesicht zu machen.

Micha blickte ihn überrascht an. „Ahnst du etwa nicht, was ich in deinem Keller entdeckt hab?"

Heinz zuckte mit den Schultern. „Was soll es in meinem Keller schon zu entdecken geben?"

Nachdem dieser Satz ausgesprochen war, wunderte Heinz sich selbst über seine schauspielerischen Fähigkeiten. Es überraschte ihn, wie cool er trotz dieser brenzligen Situation geblieben war.

Micha fixierte seinen Freund nun mit forschenden Blicken. „Bist du dir da ganz sicher, dass es in deinem Keller nichts zu entdecken gibt?"

Heinz antwortete nicht. Er schaute verwundert drein, schüttelte leicht mit dem Kopf und zuckte dabei erneut mit den Schultern.

„Also gut", sagte Micha. „Dann werd ich dir mal erzählen, was mir gerade in deinem Keller passiert ist. Ich stand vor dem Stapel Getränkekisten und griff

20

in den obersten Bierkasten. Da war allerdings nur noch eine einzige Flasche drin. Also nahm ich die Flasche heraus und stellte sie auf den Boden. Als ich dann aus dem unteren Kasten Bier rausnehmen wollte, stieß ich die abgestellte Flasche um. Sie rollte unter den alten Schrank und als ich mit der Hand nach der verschwundenen Flasche tastete, bin ich auf etwas sehr Merkwürdiges gestoßen." Jetzt blickte er Heinz noch durchdringender an. „Na, Heinzchen, weißt du immer noch nicht, was ich entdeckt hab?"

Heinz, der sich immer noch darüber wunderte, wie gut er den Unschuldigen spielen konnte, reagierte erneut mit einer unwissenden Mine. „Also, Micha, jetzt mach es nicht so spannend." Er blickte sein Gegenüber stirnrunzelnd an. „Was, außer ein paar alten Spinnengeweben soll denn unter dem Schrank gewesen sein? Sag endlich, was du da entdeckt hast."

Micha, der die ganze Zeit über etwas hinter seinem Rücken versteckt hatte, präsentierte nun sein Fundstück. Er hielt die verschweißte Plastiktasche mit Lola hoch.

„Was ist das?" fragte Heinz scheinbar verwundert.

Nach außen hin wirkte er ganz ruhig. Innerlich aber kochte er vor Wut, denn jetzt war alles verdorben. Er konnte sich schließlich nicht zu dieser Plastikpuppe bekennen, denn dann wäre er bei seinen Kumpels unten durch gewesen. Heinz musste für einen Augenblick daran denken, was für eine Überwindung es ihm gekostet hatte, diese Puppe überhaupt zu bestellen. Doch kaum besaß er sie und freute sich auf sein erstes Zusammensein mit Lola, da war auch schon wieder alles verdorben. *Wie gewonnen, so zerronnen,* ging ihm verbittert das alte Sprichwort durch den Kopf.

„Du weißt wirklich nicht, was es ist?", hakte Micha noch einmal nach. Unsicherheit lag in seiner Stimme.

Nun mischte sich auch Scherbe in das Gespräch. „Jetzt möcht ich aber auch endlich wissen, was du da mitgebracht hast."

Micha hatte die Plastiktasche so hingehalten, dass nur die Seite mit dem hautfarbenen Kunststoff zu sehen war. Jetzt drehte er die Tasche um.

„Oh", meinte Scherbe. „Ein Bild mit einer nackten Tussi. Sind da etwa Pornohefte drin?"

„Das sind keine Pornohefte", stellte Micha nun klar. „Das ist eine aufblasbare Gummipuppe, die man vögeln kann."

Heinz runzelte die Stirn. „Und das Ding soll in meinem Keller gelegen haben?"

Nun lachte Scherbe laut auf. „Nichts für ungut, Heinzchen, aber wenn man bei mir so etwas finden würde, dann tät ich es auch abstreiten. Wer gibt schon zu, `ne Puppe zu bumsen?"

„Ihr spinnt wohl!" Die Empörung in Heinz´ Stimme klang überzeugend. Für einen Augenblick hatte er das Gefühl, die abschätzenden Blicke seiner

Freunde körperlich zu spüren, glaubte, Misstrauen in den Augen der beiden zu erkennen. Heinz hielt sich aber mittlerweile für einen brillanten Schauspieler und so reagierte er erneut nach außen hin so, als sei er der Unwissende. „Jetzt guckt mich nicht so saublöd an. Ich weiß wirklich nicht, wie dieses Teil in meinen Keller gekommen ist." Noch bevor einer seiner Freunde etwas dazu sagen konnte, fiel ihm eine noch bessere Verteidigungsstrategie ein. Er lachte nun laut los.

„Ihr Blödmänner! Und ich wär fast drauf reingefallen."

Micha machte große Augen und blickte Heinz verdutzt an. „Worauf?

„Für wie blöd haltet ihr zwei mich eigentlich? Als du gerade im Keller warst, bist du so ganz nebenbei auch zu deinem Auto gegangen und hast dieses Plastikding aus dem Wagen geholt. Ich muss zugeben, es war ein guter Geck."

„Ich hab davon aber nichts gewusst", meinte Scherbe und wandte sich an Micha. „Warum hast du mir nichts davon erzählt?"

Nun war es Micha, der seine Freunde ungläubig ansah.

„Verdammt noch mal!" Ein wütender Unterton lag in seiner Stimme. „Ich hatte das Ding nicht in meinem Auto. Wenn ich euch sag, dass es unter dem großen Schrank im Keller lag, dann stimmt das auch. Ihr wollt doch nicht etwa behaupten, dass ich lüge?"

Für einen Moment schwiegen die drei.

„Zeig das Ding mal her", meinte Scherbe schließlich.

Micha überreichte es ihm.

Scherbe begutachtete die Plastiktasche ganz genau. Dabei schob er konzentriert die Augenbrauen zusammen. „Also, eines steht fest. Heinzchen hat nicht gelogen. Er hat diese Gummipuppe mit Sicherheit noch nie gevögelt."

„Und was macht dich da so sicher?", wollte Micha wissen.

„Du solltest dir das Ding mal genauer ansehen. Die Puppe ist noch original verpackt, eingeschweißt in dieser Plastiktasche. Diese Puppe ist noch niemals benutzt worden, ist quasi noch jungfräulich. Übrigens, ich lese gerade dass sie sogar einen Namen hat. Sie heißt Lola."

„Ja, aber wie kommt diese Lola denn dann in Heinz´ Keller?", fragte Micha.

„Wenn diese Puppe wirklich in meinem Keller lag", sagte Heinz, „dann wurde sie von irgendjemandem dort deponiert."

Mit einem Mal schien Scherbe die Lösung gefunden zu haben. „Als Heinzchen damals hier eingezogen ist, da haben wir doch alle mitgeholfen. Kannst du dich daran erinnern, dass dieser Schrank schon damals im Keller stand, Micha?"

„Ja, der Schrank war schon da. Der Vormieter hatte ihn einfach zurückgelassen und Heinzchen hat den Schrank übernommen."

„Da haben wir doch schon die Lösung", sagte Scherbe. „Da wir alle davon ausgehen können, dass keiner von uns lügt, bleibt nur eine logische Erklärung. Diese Puppe wurde vom Vormieter dort versteckt."

„Trotzdem ist diese Sache sehr merkwürdig", blieb Micha skeptisch. „Ich frag mich, warum der Vormieter die Puppe bei seinem Auszug nicht mitgenommen hatte?"

„Ich kann es mir fast denken", sagte Heinz. „Der Mann war verheiratet und wenn seine Frau diese Puppe beim Umzug entdeckt hätte, dann wär Polen offen gewesen."

Scherbe nickte. „Logisch. So muss es gewesen sein."

Diese Lösung des Problems spielte Heinz in die Karten. Er war haarscharf an einer Blamage vorbeigerutscht.

„So", meinte Micha. „Jetzt, wo wir das geklärt haben, werd ich euch mal von meiner Idee erzählen, eine Idee, die den Junggesellenabschied unvergessen machen wird, besonders für unseren Andy."

Scherbe und Heinz blickten ihn erwartungsvoll an.

„Ich hab mir das so gedacht", erklärte Micha. „Wir mieten uns den kleinen Saal im Ankerkrug."

„Das wird aber Probleme geben", warf Scherbe ein. „Der Wirt vom Ankerkrug hat uns doch nach der letzten Feier, die wir in diesem Saal veranstaltet hatten, fast rausgeschmissen, weil irgend so ein Idiot, der nicht mal zu uns gehörte, randaliert hatte."

„Das stimmt", meinte Heinz. „Hat der Wirt nicht sogar gesagt, dass es das letzte Mal war, dass wir dort feiern durften?"

„Das lasst mal mein Problem sein", gab Micha zu verstehen. „Ich weiß zufällig genau, dass der Wirt Spaß an meiner ältesten Schwester hat. Die wird das schon für uns regeln. Also, wir mieten uns den Saal und lassen es so richtig krachen. Wir müssen dafür sorgen, dass unser lieber Andy mit jedem von uns immer wieder anstößt, damit er schneller einen in der Krone hat."

„Das wird aber anstrengend für uns", kommentierte Heinz den Vorschlag. „Ihr wisst doch, was Andy alles vertragen kann. Den haut so schnell nichts um."

„Keine Angst, das schaffen wir schon. Schließlich werden ja auch noch genug andere Gäste dort sein, die ihn ebenfalls zum Trinken animieren."

Scherbe lachte.

„Warum lachst du?", wollte Micha wissen.

„Ich musste gerade an Tina denken. Sie kann sich dann aber warm anziehen, wenn Andy nach dieser Fete nach Hause kommt. Ihr wisst doch, wie geil Andy immer wird, wenn er zu viel getrunken hat."

„Das ist ja auch der Sinn der Sache", erklärte Micha. „Wenn Andy von dieser Fete nach Hause kommt, dann wird er sich bereits ausgetobt haben, und zwar mit Lola."

Micha hielt grinsend die Plastiktasche mit der Puppe hoch.

„So besoffen kann Andy überhaupt nicht werden", meinte Heinz. „Ich wag es zu bezweifeln, dass er sich dazu herablässt, eine Bumspuppe zu besteigen."

Micha grinste. „Er wird. Wir müssen es nur richtig anstellen."

„Und wie?" Scherbe blickte ihn neugierig an.

„Wir werden dieser Puppe etwas Geiles anziehen und ehe Andy merkt, was abgeht, wird er schon auf Lola liegen."

„Das stellst du dir aber sehr einfach vor", meinte Heinz.

„Es könnte wirklich funktionieren", sagte Scherbe nachdenklich. „Wir warten, bis es draußen dunkel wird. Dann müssen wir Andy nur in die Dünen locken, dort, wo die dichten Ginsterbüsche wachsen. Wir deponieren die Puppe vor einem dieser Büsche und einer von uns versteckt sich direkt dahinter, so, dass er die Puppe noch berühren kann. Derjenige muss die Puppe hin und her wackeln lassen. Nur wenn sie sich bewegt, wird Andy drauf reinfallen. Oben in den Dünen ist es immer ziemlich duster. Da wird Andy Mühe haben, diese Gummipuppe von `ner echten Frau zu unterscheiden."

Die drei lachten.

„Was haltet ihr davon, wenn wir eine Kassette mit einer lockenden Frauenstimme dort abspielen", schlug Micha vor.

Heinz sah ihn fragend an. „Und welche Frau soll darauf sprechen?"

Micha befeuchtete sich kurz die Lippen. „Na, ganz einfach. Wir rufen eine dieser Telefonsex-Nummern an und lassen uns was Heißes erzählen. Das Telefongespräch nehmen wir auf und schneiden die besten Sprüche für unsere Zwecke raus."

„Genial!", kommentierte Scherbe Michas Idee. „Aber wer von uns soll denn da anrufen?"

„Das mach ich freiwillig", sagte Micha. „Es ist bestimmt mal ganz interessant, sich so was anzuhören." Er deutete auf die verschweißte Plastikhülle. „Aber jetzt werden wir uns erst mal diese Lola genauer ansehen."

Er riss die Plastiktasche auf und zog den Inhalt heraus. Dann faltete er die Kunststoffmasse auseinander.

Die drei jungen Männer starrten auf ein flaches Stückchen Plastik, welches tatsächlich die Größe einer Frau hatte. Im Gesicht der Puppe, dort wo Augen, Nase und Mund sein sollten, waren bereits im nicht aufgeblasenen Zustand einige Erhebungen und Vertiefungen zu erkennen. Auch die Nippel an den Brustwarzen standen bereits ab. Ein Blick zwischen die Beine der Puppe

24

verriet den drei Freunden, dass dort im aufgeblasenen Zustand eine wahrlich übergroße Vagina entstehen würde.

„Wir werden sie jetzt aufblasen." Entschlossenheit lag in Michas Stimme. „Ich möchte wissen, wie das Ding aussieht." Dann suchte er an der Puppe nach dem Ventil.

„Das gibt `s doch nicht", meinte er nach einer Weile. „Wo bläst man denn da die Luft rein?"

Auch Heinz und Scherbe konnten kein Ventil entdecken.

Jetzt griff Heinz nach dem Beipackzettel. Als er diesen durchlas, lachte er plötzlich auf. „Ihr werdet es nicht glauben, aber das Ventil verbirgt sich unter der rechten Brustwarze."

Nun erkannten es auch seine Freunde.

„Genial", murmelte Scherbe.

Als Micha mit einem geschickten Handgriff den Nippel von der Brustwarze zog, blickten sie tatsächlich auf das Ventil.

„Genial", wiederholte Scherbe sich.

Wenn Scherbe sich über irgendetwas positiv äußerte, dann geschah das jedes Mal mit dem Wort „Genial", ein Wort, welches ihm gefühlte einhundert Mal am Tag über die Lippen kam.

"Na, dann wollen wir mal." Micha, nahm das Ventil in den Mund und pustete kräftig hinein.

Der Plastikkörper dehnte sich zögerlich aus. Langsam aber sicher nahm die Puppe Gestalt an. Micha brachte es aber nicht fertig, die Sache zu Ende zu bringen. Ihm ging schlicht und einfach die Luft aus.

Scherbe übernahm das weitere Aufblasen. Er schaffte es schließlich, Lolas Körper prall und fest werden zu lassen.

Schnell wurde der Nippel wieder auf die Brustwarze gedrückt und fertig war die Plastikgespielin.

„Es scheint sich aber um eine Fehlkonstruktion zu handeln", meinte Micha und deutete auf den rechten Arm der Puppe.

Dieser stand nach oben und war in Schulterhöhe etwas abgeknickt. Der Arm wackelte hin und her, so, als würde die Puppe winken. Ansonsten wirkte Lola wirklich sehr echt. Gut, ihr fehlten richtige Haare, aber das Gesicht strahlte fast etwas Lebendiges aus. Lola hatte blaue Augen und einen leicht geöffneten Mund, von dem ein viel versprechendes Lächeln ausging. Ihre Brüste waren sehr üppig. Die Brustwarzen wirkten unnatürlich groß und waren mit riesigen Nippeln versehen, und wer es nicht wusste, der würde nicht glauben, dass eine dieser Brustwarzen ein Ventil verbarg. Lolas Beine waren leicht gespreizt und dass, was dort zwischen ihren Schenkeln zu sehen war, erschien unnatürlich.

„Hast du schon mal eine so riesige Vagina gesehen?", fragte Scherbe. Diese Frage ging natürlich an Micha, denn Scherbe wusste, dass Heinz in dieser Beziehung nicht mitreden konnte.

Micha schüttelte den Kopf. „Nein. Das ist keine Vagina, das ist ein Monster."

Heinz sagte nichts. Er starrte mit großen Augen auf das, was sich dort zwischen Lolas Schenkel auftat. Als er seinen Blick endlich davon lösen konnte, schaute er in Lolas Gesicht.

„Ich glaub nicht", sagte er plötzlich, "dass Andy darauf reinfällt."

„Warum nicht?", wollte Micha wissen.

„Sie hat doch keine Haare."

„Das macht nichts. Man sieht doch gleich, dass du noch nie `ne Frau hattest, Heinzchen. Heutzutage sind viele Frauen untenherum rasiert."

„Ich rede nicht von untenherum, ich rede vom Kopf."

„Es ist in der Tat das einzige, was an dieser Gummibraut unecht wirkt", bestätigte Scherbe Heinz´ Bedenken.

Micha winkte ab. „Kein Problem. Meine Schwester hat eine Perücke aus langen schwarzen Haaren. Die hat sie mal getragen, als sie zur Karnevalszeit Bekannte in Köln besuchte und als Cleopatra verkleidet war. Die Perücke werden wir der Gummibraut aufsetzen. Ich glaub nicht, dass unser Andy sie dann noch von `ner echten Frau unterscheiden kann."

„Und was sollen wir ihr anziehen?", fragte Heinz.

„Ich werd einfach den Schrank meiner Schwester durchwühlen. Darin wird sich mit Sicherheit was Brauchbares finden."

Scherbe nickte. Ein zufriedenes Lächeln huschte über seine Lippen. „Ich glaub, unser Andy wird seinen Junggesellenabschied niemals vergessen, vorausgesetzt, dass unser Plan auch funktioniert. Wenn er wirklich auf dieses Plastikluder reinfällt und die Puppe in den Dünen durchbumst, dann haben wir genug Gesprächsstoff für die nächsten zwanzig Jahre. Ich hoff nur, dass Andy im Nachhinein auch drüber lachen kann."

„Er wird garantiert darüber lachen", meinte Heinz.

„Das glaub ich auch." Micha grinste. „Wir müssen nur drauf achten, dass niemand es bemerkt, wenn wir Andy in die Dünen locken. Wenn Fremde zufällig mitbekommen, dass Andy eine Puppe bumst, dann wäre er blamiert. Diese Sache muss unbedingt unter uns bleiben."

„Ich hab aber immer noch einige Bedenken", bemerkte Scherbe, „Was ist, wenn Andy sofort erkennt, dass es sich um eine Gummigespielin handelt."

„Warum sollte er das?", fragte Micha. „Diese Braut ist nahezu perfekt."

„Ja, aber diese riesige Vagina macht mich doch nachdenklich. Ich glaub nicht, dass es wirklich Frauen mit einem so großen Geschlechtsteil gibt."

„Wer weiß, vielleicht gibt es sie ja doch. Es gibt ja auch Männer, die einen Penis haben, der so groß ist wie der von einem Hengst. Das hab ich schon mal in einem Pornofilm gesehen."

„Du hast Recht, Micha. So was hab ich auch schon gesehen."

„Na also, warum sollte es dann nicht auch so große Muschis geben?"

„Wo wir gerade bei großen Geschlechtsteilen sind", meinte Scherbe, „Ich hab letztens einen interessanten Bericht gelesen. Es ging dabei um die wahre Geschichte von Adam und Eva. In diesem Bericht war zu lesen, dass die Schöpfungsgeschichte aus sittlichen Gründen in einer geänderten Fassung in der Bibel aufgenommen wurde. Die originale Geschichte von Adam und Eva war demnach ganz anders verlaufen. Es soll keine Schlange, gewesen sein, die Eva zur Sünde verführt hat und diesen besagten Apfel der Versuchung soll es auch nicht gegeben haben. Der Teufel persönlich hat Eva verführt. Die in der Bibel erwähnte Schlange war demnach in Wirklichkeit der Penis des Teufels, der mehr als doppelt so groß gewesen sein soll, wie der von Adam, und der vermeintliche Apfel der Versuchung war die pralle Eichel des Teufels, der Eva einfach nicht widerstehen konnte."

„Wo hast du denn den Quatsch gelesen?", wollte Heinz wissen.

„Das stand in irgendeinem dieser Männermagazine."

Heinz lachte. „Das hab ich mir fast gedacht. In solchen Zeitungen steht sowieso nur Blödsinn drin."

„Mag sein", entgegnete Scherbe. "Aber im gleichen Magazin hab ich zum Beispiel einen Witz gelesen, über den ich noch Stunden lachen konnte. Übrigens, der Witz passt sogar ganz genau zu unserem Thema, große Muschis und so."

„So?" Micha warf seinem Gegenüber einen erwartungsvollen Blick zu. „Dann erzähl doch mal."

„Also, ein Mann saß mit seiner Frau morgens am Frühstückstisch. `Weißt du, was ich heute Nacht geträumt hab?´, sagte die Frau zu ihm. `Was?´, wollte er wissen. `Ich hab von einem Eimer geträumt, der randvoll mit großen und prallen Penissen gefüllt war.´ Der Mann stutzte. `War mein Penis denn auch dabei?´ `Ja, das war der mit Abstand kleinste.´ Natürlich war der Mann nach dieser Aussage seiner Frau sauer. Als die beiden am nächsten Morgen wieder zusammen am Frühstückstisch saßen, da sagte der Mann: `Ich hab heute Nacht einen ähnlichen Traum gehabt, wie du gestern.´ `Und, was hast du geträumt?´ `Ich hab auch von einem Eimer geräumt, einen Eimer gefüllt mit engen Muschis.´ `Kam meine Muschi denn auch in deinem Traum vor?´, fragte die Frau neugierig. `Na klar´, sagte der Mann. `Da stand doch der Eimer drin.`."

Heinz und Micha brachen in schallendes Gelächter aus. Auch Scherbe konnte über seinen eigenen Witz lachen.

Bald folgte ein Witz nach dem anderen.

Die drei Freunde saßen an diesem Abend noch lange beisammen, lachten über irgendwelche Witze und besprachen noch einmal alle Einzelheiten ihres Planes.

Schließlich ließen sie bei Lola wieder die Luft heraus, falteten die Gummipuppe zusammen und schoben sie zurück in die Plastiktasche.

Als Micha und Scherbe sich von Heinz verabschiedeten, war es schon sehr spät geworden. Heinz legte sich sofort ins Bett, doch an einschlafen war nicht zu denken. Immer wieder dachte er an Lola. Sie hatten die Puppe wieder in den Keller gebracht und unterm Schrank versteckt. Heinz hatte seinen Freunden erklärt, dass er so ein Ding nicht in der Wohnung haben wollte, weil seine Mutter darauf stoßen könnte. Sie hätte bestimmt kein Verständnis für so etwas. Natürlich hatte Micha daraufhin sofort gesagt, dass Heinz die Puppe nicht in der Wohnung haben wollte, damit er nicht in Versuchung kommt. Für Micha war diese Bemerkung nur ein Scherz, doch Heinz dachte anders darüber. Wie groß wäre die Versuchung gewesen, Lola wieder aufzublasen? Wären seine Freunde nicht gekommen, dann hätte er es sowieso getan. Ja, Heinz hatte sich sogar danach gesehnt, endlich seine Lola benutzen zu können. Und was war jetzt? Lola lag im Keller. Eigentlich brauchte er ja nur nach unten zu gehen und sie wieder heraufholen. Heinz dachte daran, dass er sie noch einmal aufblasen könnte, nur so, um sie noch einmal in Ruhe zu betrachten. Vorhin, im Beisein seiner Freunde, war es ihm irgendwie peinlich, die Puppe genauer zu begutachten. Sollte er es wirklich tun? Sollte er sie wieder nach oben holen? Die Antwort gab er sich selbst, ein klares: "Nein". Er dachte daran, dass er Lola aus Versehen beschädigen könnte. Dann würden seine Freunde wissen, dass er sie erneut aufgeblasen hatte. Was sie dann über ihn denken würden, das war amtlich. Sie würden ihn für einen Puppenficker halten. Heinz beschloss, dass das Thema Lola ab jetzt ein Tabu für ihn war. Er wollte einfach nicht mehr an sie denken. Das war allerdings einfacher gesagt, als getan. Immer wieder sah er Lola vor sich. Er sah ihre tollen, großen Brüste und dachte daran, wie es wäre, sie einmal zu streicheln. Würden die sich so anfühlen, wie die Brüste einer echten Frau? Natürlich wusste Heinz nicht, wie sich echte Brüste anfühlen, doch diese Gummipuppe war ja angeblich täuschend echt. Warum sollte sie sich dann nicht echt anfühlen? Micha und Scherbe hätten es gewusst, denn sie hatten Lola ja aufgeblasen. Ja, sie hatten ihre Brüste dabei sogar mit dem Mund berührt. Heinz musste daran denken, dass er Lola nicht ein einziges Mal berührt hatte. Was für eine große Ungerechtigkeit! Allein diese Tatsache war bereits Grund genug dafür, in den Keller zu gehen und die Puppe aus ihrem Versteck zu holen. Warum sollte Heinz nicht das Gleiche zustehen, wie seinen beiden Freunden? Sie hatten beide seine Lola berührt. Warum sollte er es also nicht auch tun? Da lag er nun in seinem Bett und kämpfe mit sich selbst. „Was wär daran schlimm, wenn ich ihre Brüste berühre?", sagte er leise zu sich. In diesem Moment dachte Heinz an seine Mutter. Was würde passieren, wenn sie diese Sexpuppe im Keller entdeckt? Es wäre eine Katastrophe. Selbst wenn Heinz ihr erklären würde, dass er und seine Freunde diese Puppe für einen Scherz brauchten, Mutter würde sich fürchterlich darüber aufregen, dass er so ein unsittliches Ding in seinem Keller aufbewahrte. Wahrscheinlich würde sie sogar behaupten, diese Puppe wäre Heinz` moralischer Untergang. Bei diesem Gedanken war Heinz sich sicher, dass Mutter sogar den Pastor holen würde, damit dieser ihren Sohn wieder auf den rechten Weg bringt.

Dann sah er in Gedanken wieder Lolas Gesicht vor sich. Er sah ihren leicht geöffneten Mund mit den wirklich echt wirkenden Lippen. Wie wäre es, wenn man diese Lippen küsst? Wäre es, wie ein echter Kuss? Schließlich dachte er an das, was sich zwischen Lolas Schenkel befand. Wie würde sich ihre Vagina anfühlen? Auch echt? Bei diesem Gedanken verspürte er eine merkwürdige Nervosität. Er war sich sicher, dass etwas Schlimmes passieren würde, wenn er Lola jetzt wieder nach oben holt. Sein Entschluss stand endgültig fest: Lola bleibt im Keller.

Irgendwann gelang es ihm schließlich, doch noch einzuschlafen.

* * *

Heute war der große Tag, heute sollte ein Junggesellenabschied gefeiert werden, den der Bräutigam niemals vergessen würde. Allerdings nur, wenn es alles so ablief, wie es geplant war.

Es lag nun schon ein paar Wochen zurück, dass die drei Freunde diesen Plan gefasst hatten. Der kleine Saal in der Gaststätte "Zum Ankerkrug" war bereits ohne große Probleme angemietet worden. Genau so, wie es besprochen war, trafen sie sich heute Morgen bei Heinz zu Hause. Dort bereiteten die drei alles vor.

Scherbe stellte ein kleines Tonbandgerät auf den Tisch. „Jetzt hört euch erst mal an, was mein Anruf bei einer dieser Telefonsex-Nummern gebracht hat". Er drückte auf die Taste und aus dem kleinen Lautsprecher erklang die Stimme einer Frau, deren Worte die pure Wollust versprachen, eine Stimme, die eher einem gierigen Hauchen glich: „Hallo, Andy", hörte man die sexy Stimme sagen. Bevor sie weiter sprach, war es einige Sekunden still. „Hallo, Andy", kam es erneut betörend aus dem Lautsprecher. „Ich bin hier, Andy. Ich hab die ganze Zeit über schon sehnsüchtig auf dich gewartet. Komm doch endlich zu mir. Oh, Andy, ich zergehe vor Sehnsucht nach deinem Körper."

Als die Stimme schließlich schwieg, bekundete Heinz mit einem erhobenen Daumen und einem zustimmenden Kopfnicken seine Zufriedenheit über Michas Aufnahme.

„Genial", meinte Scherbe.

„Pst." Micha legte den Finger auf seine Lippen. „Es geht doch noch weiter."

Nach einer kurzen Pause erklang erneut die Frauenstimme: „Komm doch endlich, Andy. Ich möchte dich jetzt spüren. Oh, Andy, ich möchte dich endlich richtig spüren."

„So", sagte Micha. „Das war alles."

Heinz klopfte ihm anerkennend auf die Schulter. „Mensch, Micha, das ist einfach unglaublich. Wie hast du das denn so hinbekommen?"

„Das frage ich mich auch", gab Scherbe zu verstehen. „Man merkt nicht ein einziges Mal, dass es ein Zusammenschnitt ist."

Micha grinste. „Es ist auch kein Zusammenschnitt. Ich hab mich gefragt, warum ich mir soviel Arbeit machen soll, wo es doch viel einfacher geht."

Seine beiden Freunde schauten ihn fragend an.

„Nun sag schon, Micha", forderte Heinz ihn auf. „Wie bist du an ein so geiles Band gekommen? Lass mich raten. Du hast einen Pornofilm entdeckt, in dem ein Mann mitspielt, der zufällig auch Andy heißt und diese Bandaufnahme ist ein Mitschnitt des Films, richtig?"

Micha schüttelte den Kopf und grinste dabei, wie ein Honigkuchenpferd.

„Ja, verdammt noch mal, wie bist du denn sonst an ein solches Band gekommen?"

„Es ist doch ganz einfach. Ich hab euch doch gesagt, dass ich eine dieser Telefonsex-Nummer anrufen werde. Gesagt, getan. Ich erzählte der Frau am anderen Ende des Telefons einfach, dass ich Andy heiß und es gerne höre, wenn mir eine Frau erzählt, wie geil sie auf mich ist. Das hat sie dann auch sofort getan."

„Genial."

„Diese Aufnahme ist die Krönung unseres Plans", sagte Heinz. „Wenn Andy das hört, dann wird er sich fast blind auf Lola stürzen. Ehe der merkt, dass er eine Gummipuppe bumst, ist er schon dreimal gekommen."

Micha lachte.

„Aber warum macht die Frauenstimme auf dem Band immer so lange Sprechpausen?", wollte Scherbe wissen. „Wär es nicht besser, sie würde es an einem Stück erzählen?"

„Sie hatte es ursprünglich an einem Stück erzählt", antwortete Micha. „Ich hab diese Pausen in die Aufnahme eingefügt, weil ich mir den wahrscheinlichen

Ablauf von Andys Handeln durch den Kopf gingen ließ. Ohne diese Pausen wäre der Auftritt der Frauenstimme einfach zu kurz."

Heinz nickte. „Stimmt. Wenn alles so abläuft, wie wir uns das vorstellen, dann wird unser Andy eine Vorstellung abliefern, die wir unser Leben lang nicht mehr vergessen werden."

Scherbe grinste. „Und Andy auch nicht.

Dann wurde Lola feierlich aus dem Keller geholt und wieder aufgeblasen. Dieses Mal pustete auch Heinz mit kräftigen Schüben Luft in den Nippel von Lolas rechter Brustwarze.

Endlich konnte auch er Lola berühren, endlich konnte auch er ihren Nippel an seinen Lippen spüren. Doch Heinz war enttäuscht. Das, was er spürte war nichts anderes, als kalter Kunststoff. Er war sich sicher, dass sich eine echte Frauenbrust doch anders anfühlen musste.

Als Lola endlich prall aufgeblasen vor ihnen lag und Heinz den hautfarbenen Nippel auf das Ventil in der Brustwarze drücken wollte, rutschte dieser immer wieder ab.

Scherbe verfolgte Heinz' Versuche mit einem Lächeln. „Was ist los, Heinzchen? Schaffst du es nicht, so einen simplen Nippel zu befestigen?"

„Ich weiß nicht, woran es liegt, aber das Ding hält einfach nicht."

„Vielleicht ist unserem Heinzchen beim Aufblasen vor lauter Gier nach einer dicken Titte ja das Wasser im Mund zusammengelaufen", kommentierte Micha Heinz' Versuch, den Nippel zu befestigen. „Schließlich war es ja das erste Mal für ihn, dass er an einer Frauenbrust nuckeln durfte."

„Blödmann!" Heinz warf ihm einen bösen Blick zu. „Dann mach du es doch besser." Er ließ von der Puppe ab.

Nun versuchte Micha sein Glück. Doch auch er schaffte es nicht, das Ventil unter dem Nippel zu verstecken. „Das versteh ich nicht. Es hat doch beim ersten Mal funktioniert."

„Vielleicht ist das ja eine Einwegpuppe, die man nur einmal benutzen kann", meinte Scherbe.

Micha winkte ab. „Quatsch. So was gibt`s nicht."

Nun versuchte Scherbe, den Nippel über das Ventil zu stülpen. Doch auch bei ihm rutschte der Gumminippel immer wieder ab. „Verdammt! Was machen wir denn jetzt? Wir können unseren Andy mit einer Puppe, aus deren Brust eindeutig ein Ventil rausschaut niemals täuschen."

„Doch", sagte Micha, „wir können." Er griff in eine Tragetasche, die er mitgebracht hatte. „Ich sagte euch doch, dass ich bei meiner Schwester im Schrank die passenden Sachen finden werde. Selbstverständlich hab ich dabei auch an ein Bikinioberteil gedacht."

31

Micha packte die mitgebrachten Dinge aus, eine schwarze, langhaarige Perücke, einen kurzen Faltenrock und ein Bikinioberteil.

„Genial", meinte Scherbe. „Aber warum hast du kein Höschen mitgebracht?"

„Ich hab extra kein Höschen mitgebracht. Wenn unser Andy nur das Röckchen anheben muss und dabei sofort diese einladende Möse sieht, dann folgt er blind seinen Instinkten. Er wird sich sofort über die Puppe hermachen. Wenn er ihr aber ein Höschen ausziehen muss, dann würde er dabei sofort merken, dass es nur ein Plastikluder ist."

Nun kleideten sie Lola ein. Der kurze Faltenrock besaß im Bund einen Gummizug und passte deshalb sofort. Das Bikinioberteil von Michas Schwester war allerdings etwas knapp bemessen. Die Körbchen des Bikinis waren Lolas übergroßen Brüsten nicht gewachsen und bedeckten gerade mal etwas mehr als die Brustwarzen. Auch war der Umfang des Oberteils nicht ganz ausreichend. Damit es schließlich doch noch passte, zog Micha das Oberteil stramm zusammen. Dabei gab der Gummikörper an den Seiten etwas nach. In dem Moment, als Micha den kleinen Metallverschluss einhakte, quollen Lolas Riesenbrüste durch den Druck bedrohlich aus dem Bikinioberteil heraus.

Nun wurde der Gummifrau auch noch die Perücke aufgesetzt. Die langen, schwarzen Haare hingen bis über ihren Busen herab.

„So können wir es aber nicht lassen", meinte Scherbe. „Die Haare verdecken ja die tollen Titten."

Micha schob daraufhin die Haarpracht nach hinten über die Schulter der Puppe. Dabei rutschte die Perücke von Lolas Kopf.

„Mist", schimpfte Micha. „Die Perücke hält nicht."

„Da kann man doch Abhilfe schaffen", sagte Heinz. „Ich hab da so einen Superkleber. Was haltet ihr davon, wenn wir die Perücke damit festkleben?"

Scherbe nickte. „Wir haben wohl keine andere Wahl. In den Dünen ist es immer sehr windig und wenn die Perücke fliegen geht, dann können wir unseren Plan vergessen."

Heinz begab sich zu einem seiner Schränke, zog eine Schublade heraus und wühlte suchend darin herum. Schließlich hielt er eine Tube in der Hand. „Da haben wir den Kleber ja." Er reichte die Tube seinem Freund Micha.

Dieser las die Aufschrift der Tube. „Donnerwetter. Das Zeug ist ja sogar absolut hitzebeständig und wasserfest. Genau das, was wir brauchen."

Er öffnete die Tube und gab in einer kreisförmigen Bewegung etwas Klebstoff auf Lolas Kopf. Dann legte er die Perücke darauf.

„So", sagte er und betrachtete sein Werk. „Es sieht doch richtig gut aus, oder?"

„Es sieht sehr gut aus", bestätigte Heinz.

Er musste zugeben, dass Lola jetzt, wo sie diese Perücke trug, wirklich täuschend echt wirkte. Die schwarze Haartracht ließ das Gesicht fast lebendig erscheinen.

Scherbe betrachtete Lola und runzelte die Stirn. „Vielleicht könntest du die Perücke noch einen Millimeter nach links schieben, Micha. Aus meiner Sicht sieht es aus, als sei sie etwas schief."

Heinz schüttelte den Kopf. „Ich finde, die Perücke sitzt genau richtig."

Trotzdem versuchte Micha, Lolas Haare noch etwas zu verschieben. Doch der Versuch misslang. Der Kleber erwies sich bereits nach kürzester Zeit als äußerst beständig. Dann stellte er die Puppe an die Wand.

Die drei Freunde setzten sich auf das Sofa und betrachteten ihr Werk.

„Genial", sagte Scherbe.

„Ja, das ist sogar obergenial", stimmte Heinz ihm zu.

Auch Micha nickte zustimmend. Ganz offensichtlich waren die drei mit ihrem Werk sehr zufrieden.

Scherbe wog den Kopf hin und her. „Wenn das Bikinioberteil nur nicht so knapp wär."

„Ich finde, dass es genau richtig ist", gab Micha zu verstehen. „Dadurch kommen ihre dicken Titten so richtig zur Geltung. Findet ihr nicht, dass es sehr geil aussieht, wenn die Brüste so einladend hervorquellen?"

Heinz spitzte die Lippen. „Das sieht wirklich geil aus. Bei diesem Anblick möchte man gleich das Oberteil wegreißen, um die Titten in ihrer ganzen Pracht zu sehen."

„Wenn ich an Andys Stelle wär, dann würd ich genau so denken", meinte Micha.

„Genial", ertönte Scherbes üblicher Kommentar.

Dann saßen sie schweigend auf dem Sofa und betrachteten Lola.

Plötzlich fasste sich Scherbe am Kopf. „Scheiße."

Seine beiden Freunde blickten ihn verwundert an.

„Was ist scheiße?", fragte Heinz.

„Ich hab grad dran gedacht, was passiert, wenn Andy ihr wirklich das Oberteil auszieht, um sich die Titten zu betrachten. Das erste, was er sehen wird, ist der fehlende Nippel."

„Scheiße", meinte nun auch Heinz. "Dann wär alles umsonst gewesen."

„Und was sollen wir jetzt machen?" In Michas Stimme klang Verzweiflung.

Heinz grinste. „Wo ist das Problem? Wir nehmen einfach meinen Kleber. Damit wird der Nippel bombenfest auf dem Ventil sitzen."

„Das ist es." Micha nahm die Klebstofftube zur Hand.

Er begab sich zur Puppe und griff zum Verschluss des Bikinioberteils. Als er diesen öffnete, entlud sich die gesamte Spannung der zusammen

33

gequetschten Brüste mit einem Schlag. Das Oberteil schoss blitzschnell nach vorne und schlug fast im gleichen Moment in Scherbes Gesicht ein.

„Au!" Scherbes Aufschrei ließ seine Freunde zusammenzucken.

Kaum hatten Heinz und Micha die Situation erfasst, brachen sie in lautes Gelächter aus.

Scherbe fand diese Situation anscheinend überhaupt nicht komisch. Zwar wusste er, dass es lediglich ein kleines Bikinioberteil war, was ihn da getroffen hatte, doch den Schmerz, den er in diesem Moment verspürte, hätte seiner Meinung nach auch vom Aufschlag eines Steins stammen können. Seine Hand betastete den Wangenknochen unterhalb seines linken Auges. „Man", sagte er mit schmerzverzerrtem Gesicht. „Tut das weh."

Seine Freunde lachten immer noch.

„Ich find das überhaupt nicht lustig." Scherbe wirkte sauer. „Dieser scheiß Metallverschluss hat mich getroffen. Das tut verdammt weh. Wär das Teil etwas höher eingeschlagen, dann hätte es mir das Auge ausschlagen können."

Nun lachten Micha und Heinz noch mehr.

„Das ist verdammt noch mal nicht lustig!", schimpfte Scherbe erneut. „Aber euch ist es ja scheißegal, dass euer Freund fast ein Auge verloren hätte."

Michas Gesicht war mittlerweile vor Lachen rot angelaufen. Ihm standen sogar die Tränen in den Augen. Er japste regelrecht nach Luft. „Ich stell mir gerade vor, wie du…"

Den Satz brachte er nicht zu Ende, weil ihn erneut ein Lachkrampf durchschüttelte. Dabei schien er verzweifelt nach Luft zu ringen. Nachdem er sich wieder etwas beruhigt hatte, versuchte er erneut, einen Satz herauszubringen. „Ich stell mir gerade vor, wie du mit einem ausgeschlagenen Auge herumläufst, Scherbe, und dich jemand fragt, wodurch du dein Auge verloren hast. Als Antwort würdest du ganz lässig sagen: `Bikinioberteil´".

Jetzt war es Heinz, der sein lautes Lachen regelrecht herausschrie.

Nun fand auch Scherbe trotz der schmerzenden Wange seinen Humor wieder. Diese Situation war wirklich so komisch, dass er selbst darüber lachen konnte.

Es dauerte eine ganze Weile, bis sich die Gemüter wieder einigermaßen beruhigt hatten.

Dann schmierte Micha etwas von dem Klebstoff auf das Ventil in Lolas rechter Brustwarze und setzte den Nippel darauf. Dieses Mal saß der Nippel sofort fest. Das Ventil war nun wieder so gut getarnt, dass man es kaum erkennen konnte.

Als Micha der Puppe das Bikinioberteil wieder anzog, entstand die gleiche Spannung, wie beim ersten Mal und die großen Brüste quollen bedrohlich hervor.

Scherbe war bei dieser Aktion vorsorglich beiseite getreten. Er wollte nicht noch einmal getroffen werden, falls Micha beim Befestigen des Kleidungsstückes abrutschen sollte.

Es ging aber alles gut.

„Jetzt müssen wir nur noch das Problem des Transportes lösen", sagte Heinz nachdenklich. „Wir können schließlich nicht mit dieser Puppe quer durch die Stadt laufen."

Micha nickte nachdenklich. „Das stimmt."

„Und selbst wenn", meinte Scherbe, „wo sollen wir die Puppe verstecken? Wir können sie auf keinen Fall mit in den Ankerkrug nehmen."

„Da haben wir uns ein riesengroßes Problem aufgehalst", stellte Micha fest. „Unser Plan ist einfach genial, aber die praktische Umsetzung bringt echte Probleme mit sich."

Scherbe atmete tief durch. „Unser Vorhaben wird ja wohl nicht an einem Transportproblem scheitern."

„Ich habe `s", Micha hob den Zeigefinger. „Wir werden die Puppe schon vorher in den Dünen deponieren. Dann ist sie gleich an Ort und Stelle."

Heinz wog seinen Kopf abwägend hin und her. „Sicher, wir könnten ein Versteck in den Dünen finden, doch wenn irgendjemand durch Zufall dieses Versteck entdeckt und die Puppe einfach mitnimmt, dann ist unser Plan im Arsch."

Micha atmete tief durch. „Es ist doch immer dasselbe. Immer muss ich für euch mitdenken."

Heinz und Scherbe blickten ihn verwundert an.

„Es ist doch ganz einfach", fuhr Micha fort. „Ich verstaue die Puppe auf dem Rücksitz meines Autos. Dann leg ich eine Decke drüber und niemand kann Lola sehen. Den Wagen stell ich schon vor der Fete auf den Parkplatz neben den Dünen ab."

„Genial", meinte Scherbe.

Nun stand der großen Überraschung, die sie ihrem Freund Andy bereiten wollten, nichts mehr im Wege.

*   *   *

Als die drei Freunde abends den kleinen Saal der Gaststätte "Zum Ankerkrug" betraten, stand Michas Twingo, mit der brisanten Ladung im Fond, bereits auf dem Strandparkplatz neben den Dünen, nur ganze fünfzig Meter vom Ankerkrug entfernt.

Der Saal war mit einigen Reihen aus Tischen und Stühlen ausgestattet. Am Ende des Saales befand sich eine kleine Theke. Hinter dieser Theke stand der Wirt persönlich. Da er bereits schlechte Erfahrungen mit solchen Veranstaltungen gemacht hatte, wollte er heute alles genauestens im Auge behalten.

Aus den Lautsprecherboxen erklang der alte Song „The Wanderer" von Status Quo. Andy liebte die Musik aus den Sechzigern und Siebzigern. Er sagte immer, dass das noch Musik mit Gefühl und Herz war. Ganz offensichtlich hatte er auch für den heutigen Abend seine Oldie-CDs mitgebracht.

Andy, dem dieser Abend gewidmet war, kam strahlend auf seine drei Freunde zu.

Mit einer Größe von 1,88 Meter und seiner sportlichen Figur war er eine stattliche Erscheinung. Seine kurz geschnittenen, blonden Haare betonten die markanten, männlichen Gesichtszüge.

„Da seid ihr ja endlich", sagte er und umarmte jeden der drei freundschaftlich. „Ich hab schon gedacht, ihr kommt nicht mehr. Die anderen sind schon alle hier. Ihr seid die Letzten."

Heinz blickte sich im Saal um. Es waren etwa zwanzig Leute im Raum. Die meisten von ihnen kannte er. Einige waren ihm aber auch fremd. Das mussten Andys Arbeitskollegen sein.

„Hoffentlich wird der Abend nicht langweilig", meinte Scherbe.

Andy sah ihn verwundert an.

„Warum sagst du sowas?"

„Na, guck dich hier doch mal um. Im ganzen Raum ist nicht eine geile Tussi."

Damit spielte er auf die Gäste an, die ausnahmslos männlichen Geschlechts waren.

„Weiber haben hier auch nichts verloren", sagte Andy. „Das ist schließlich mein Junggesellenabschied und da will ich mir mit meinen Freunden einen saufen, ohne dass mir jemand ständig vorschreibt, wie viel ich trinken darf."

Jeder wusste sofort, was er damit meinte. Seine Tina hatte die Angewohnheit, sehr darauf zu achten, dass Andy bei Feierlichkeiten nicht zuviel trank. Sie hatte auch einen guten Grund dafür. Tina wusste nur zu gut, dass Alkohol bei Andy wie eine Sexdroge wirkte. Ab einem bestimmten Alkoholpegel wurde ihr Andy immer geil. Dann war er nicht mal abgeneigt, seine gierigen Blicke auch auf andere Frauen zu lenken.

36

Micha grinste und legte Andy die Hand auf die Schulter. „Du hast Recht, Andy. Lass uns am besten sofort einen darauf trinken, dass dieser Abend so richtig klasse wird."

Die beiden schritten zur Theke hinüber.

„Herr Wirt", sagte Micha. „Zwei Bier und zwei Kurze für meinen Freund und mich."

Als die Getränke vor ihnen standen, stießen die zwei an.

„Auf dass der Abend unvergesslich wird." Mit diesen Worten nahm Micha das Bierglas und leerte es mit einem Zug.

Andy tat es ihm nach. Dann griffen sie zu den Schnapsgläsern und ließen den hochprozentigen Klaren durch ihre Kehle laufen.

Nun war auch Scherbe neben sie getreten. „Herr Wirt, das Gleiche noch mal." Er wiederholte das Trinkritual mit Andy.

Jetzt war Heinz an der Reihe. „Mein lieber Andy, ich möchte mit dir darauf anstoßen, dass dir heute keiner vorschreiben wird, wie viel du trinken darfst."

„Das ist allerdings ein sehr guter Grund, anzustoßen", meinte Andy und hob sein Glas, um es auf ex zu leeren.

Micha, Heinz und Scherbe nahmen zu ihrer Zufriedenheit wahr, dass ihr Plan bestens zu laufen schien. Sie hatten es geschafft, dass Andy bereits innerhalb von einigen Minuten drei Bier und drei Schnäpse in sich hineingeschüttet hatte. Wenn das so weiter ging, dann würde ihre geplante Aktion mit Sicherheit sehr erfolgreich werden.

„Sag mal, Scherbe", sprach Andy ihn an, „hast du dich geprügelt?"

„Wie kommst du denn darauf?"

„Es sieht so aus, als hättest du ein blaues Auge."

Micha und Heinz hatten Andys Äußerung mitbekommen. Sie schauten sich Scherbes Gesicht genauer an. Tatsächlich war auf dem Wangenknochen unter dem linken Auge, genau dort, wo der Metallhaken des Bikinis eingeschlagen war, eine Hautverfärbung zu erkennen.

Heinz dachte an das fliegende Bikinioberteil und lachte unwillkürlich laut los.

Andy blickte Hein verwundert an. „Warum lachst du? Hab ich was Falsches gesagt?" Als Andy merkte, dass nun auch Scherbe und Micha lachten, runzelte er verständnislos die Stirn. „Kann mir vielleicht mal jemand sagen, was hier so lustig ist?"

Micha atmete tief durch. „Wir werden es dir später erklären."

„Ich möchte es aber jetzt wissen."

„Du musst noch etwas Geduld haben", meinte Heinz und lachte weiter.

Andy runzelte unverständlich die Stirn und schüttelte den Kopf. „Irgendwie komm ich mir verarscht vor."

„Heute ist was Lustiges passiert", erklärte Micha. „Wir können es dir aus einem ganz bestimmten Grund leider nicht sagen. Du wirst es aber bald erfahren, versprochen."

Andys Augenbrauen zogen sich zusammen. Man sah ihm an, dass sein Gehirn Schwerstarbeit leistete. Ihm war klar, dass seine drei besten Freunde irgendeinen Plan ausgeheckt hatten. „Ich würd zu gerne wissen, was ihr drei wieder im Schilde führt."

Scherbe grinste, wie ein Honigkuchenpferd. „Du wirst es schon noch erfahren."

„Genau", sagte Heinz. „Lasst uns noch etwas Anständiges trinken. Komm Andy, wir hauen uns noch ein Schnäpschen hinter die Binde."

Andy ließ sich das nicht zweimal sagen. Ausgelassen prosteten sie sich zu und als der Song „Born to be wild" aus den Lautsprecherboxen ertönte, grölten sie laut mit.

Heinz, Micha und Scherbe waren allerdings nicht die einzigen, die eine Überraschung für den Junggesellenabschied parat hielten. Andys Kollegen hatten einen Striptease der besonderen Art gebucht. Natürlich waren alle im Saal auf diesen Strip vorbereitet worden. Nur Andy und der Wirt ahnten noch nichts davon.

Dann war es schließlich soweit. Zwei Polizistinnen in Uniform betraten den Saal. Während die eine bereits so um die Vierzig sein musste, war die andere höchstens halb so alt. Im Saal wurde es augenblicklich ruhig. Niemand redete mehr. Es war nur noch die Musik zu hören.

„Wer ist für diese Feierlichkeit hier verantwortlich", wollte die ältere Polizistin wissen.

„Es ist mein Junggesellenabschied", gab Andy der Polizistin zu verstehen. Obwohl er sich dessen bewusst war, nichts ausgefressen zu haben, wurde er mit einem Mal sehr unsicher.

„Soso", meinte die Frau in Uniform. „Sie sind also der Verantwortliche hier."

„Worum geht es denn?" Andy wurde immer unsicherer.

„Sie haben wohl noch nie etwas von ruhestörendem Lärm gehört, wie?"

„Aber wen sollen wir hier denn stören? Der Saal hier ist so schalldicht, dass man die Musik draußen fast gar nicht wahrnehmen kann."

„Wir haben den Geräuschpegel draußen nachgemessen." Die Stimme der Polizistin klang streng. „Er übersteigt eindeutig die vorgeschriebenen Höchstwerte."

„Aber das versteh ich nicht", kam es ungläubig aus Andys Mund.

„Das verstehen viele nicht, junger Mann. Für solche Leute wie Sie, hilft wohl nur eine Belehrung."

Andy blickte sie unsicher an.

Die jüngere Polizistin nahm nun einen der Stühle und stellte diesen mitten in den Raum.

„Nehmen Sie bitte Platz, junger Mann", sagte die ältere Frau in Uniform und wies auf den Stuhl. „Dort bekommen Sie Ihre Belehrung."

Sie griff in ihre Uniformtasche und zog eine CD heraus. Diese CD reichte sie einem von Andys Arbeitskollegen.

„Legen Sie diese CD bitte in die Anlage und spielen Sie die Aufnahme ab. Darauf ist ein Belehrungsdemo."

Obwohl Andy tief im Unterbewusstsein bereits ahnte, dass hier irgendetwas nicht stimmt, nahm er den zugewiesenen Platz ein. Die jüngere Polizistin stellte sich direkt vor ihm auf. Obwohl sie eine recht hübsche Frau war, so wirkte ihre Körperhaltung irgendwie bedrohlich auf Andy. Wie sie so da stand, mit leicht gespreizten Beinen, die Arme vor der Brust verschränkt, das wirkte irgendwie theatralisch. Dabei machte sie einen so strengen Gesichtsausdruck, dass einem angst und bange werden konnte.

Dann ertönte aus den Lautsprecherboxen die eingelegte polizeiliche CD. Es erklang das Lied "Big spender".

Im gleichen Moment begann die vermeintliche Polizistin vor Andy zu tanzen.

Andy fasste sich am Kopf und lachte. Jetzt hatte er begriffen, was hier abging und als er kurz zu einem seiner Arbeitskollegen blickte und dessen Augenzwinkern sah, wusste er auch sofort, wer sich diese Vorstellung ausgedacht hatte. Es konnte nur sein Kollege Kurt Peters gewesen sein, denn der hatte immer so ausgefallene Ideen. Später stellte sich heraus, dass Andy mit dieser Vermutung richtig lag.

Die junge, als Polizistin getarnte Stripperin beherrschte ihr Handwerk perfekt. Gekonnt löste sie Knopf für Knopf der Uniformjacke. Jeder ihrer Handgriffe war bestens einstudiert und jede ihrer Bewegungen war äußerst aufreizend. Als die junge Frau sich schließlich bis auf einen winzigen Stringtanga entkleidet hatte, trat sie ganz dicht an Andy heran und ließ ihre strammen Brüste nur wenige Zentimeter vor seinen Augen im Takt hin und her wippen. Sie wusste genau, was sie tat. Man konnte sehen, wie Andy schluckte. Dann drehte die Stripperin sich um und hielt ihm ihren Po hin, mit dem sie aufreizend wackelte. Man sah es Andy an, dass er dieses einladende Hinterteil am liebsten sofort getätschelt hätte.

Nun trat die ältere Polizistin an Andy heran und reichte ihm eine Cremedose. Sie wies ihn an, damit den Hintern der Stripperin einzucremen. Das ließ er sich nicht zweimal sagen. Zum guten Schluss der Vorstellung wurde Andy noch die Ehre zuteil, der jungen Frau auch noch das letzte Kleidungsstück, den winzigen Tanga, auszuziehen.

Damit war der Auftritt beendet.

Die beiden Frauen packten ihre Sachen und verabschiedeten sich unter Applaus der Anwesenden.

Natürlich begab sich Andy sofort zu seinen Arbeitskollegen, um sich für das tolle Geschenk zu bedanken. Dann ging er wieder zur Theke, denn dort standen immer noch seine drei besten Freunde.

„So ein Geschenk möcht ich auch mal bekommen", meinte Heinz zu ihm.

„Ich auch", stimmte Scherbe zu. „Das war ja wirklich `ne heiße Braut, und wie sie sich bewegt hat, da ist mir das Wasser im Mund zusammengelaufen."

Nun meldete sich der Wirt hinter der Theke zu Wort:

„Als die beiden Polizistinnen gerade hereinkamen, da hab ich schon das Schlimmste befürchtet. In diesem Moment hatte ich es bereits bereut, euch wieder den Saal vermietet zu haben. Jetzt bin ich aber zu der Meinung gekommen, dass ihr meinen Saal viel öfter mieten solltet. Man, da bekommt man ja wirklich was geboten."

„Nana, Herr Wirt", meinte Andy. „Lassen Sie das nicht ihre Frau hören."

Der Wirt lachte. „Wenn ich es ihr erzähle, dann wird sie mir wohl verbieten, den Saal noch mal an euch zu vermieten."

Irgendjemand hatte mittlerweile Andys Oldie-CD wieder eingelegt und zufällig erklang genau in diesem Moment der Kinks -Titel "Lola".

Scherbe stieß Heinz und Micha an.

„Hört doch mal, was für ein Song gerade läuft."

„Was für ein Zufall", meinte Micha lachend.

Dann stimmten die drei lauthals ein und sangen mit. Dabei legten sie sich gegenseitig die Arme um die Hüften und schunkelten ausgelassen.

„Lola, la, la, la, la, Lola!", klang es laut aus ihren Kehlen.

Andy war vom plötzlichen Stimmungshoch seiner drei Freunde sichtlich überrascht. „Was ist denn mit euch los? So schnell kann doch kein Mensch besoffen sein."

Als Antwort bekam er nur lachende Gesichter zu sehen. Die drei schunkelten unverdrossen weiter und schienen dabei einen Riesenspaß zu haben.

Andys Blick ging fragend zum Wirt hinüber, doch der zuckte unwissend mit den Schultern.

„Herr Wirt", meinte Andy schließlich, „ganz egal, was Sie den dreien in die Getränke getan haben, ich will dasselbe."

Andys Junggesellenabschied schien ein gelungener Abend zu werden. Die Stimmung im Saal stieg von Minute zu Minute an. Es wurde getrunken, gesungen und gelacht. Die anwesenden Männer schunkelten zusammen und tanzten sogar miteinander. Alle waren sich einig, dass eine Fete so ganz ohne Frauen viel besser war, als jede andere Feierlichkeit. Besonders Andy war der Meinung, dass man solche Feten, von denen die Frauen ausgeschlossen waren, regelmäßig veranstalten sollte. Er erzählte jedem, dass Frauen zwar ein wichtiger Bestandteil des Lebens sind, aber wenn es ums Feiern geht, dann wären sie nur ein Klotz am Bein.

Zur Freude seiner drei besten Freunde zeigte der Alkoholkonsum bei Andy bald schon seine Wirkung.

„Noch ein paar Bierchen mehr", sagte Micha zu Scherbe und Heinz, „dann können wir zu Plan Lola übergehen."

Scherbe rieb sich die Hände. „Das wird ein Riesenspaß."

Micha grinste bis über beide Ohren. „Die Vorstellung der Stripperin hat Andy bestimmt schon so richtig scharf gemacht. Man konnte ihm deutlich ansehen, dass er vorhin am liebsten über sie hergefallen wäre."

„Ja", bestätigte Heinz. „Diesen Eindruck hatte ich auch. Bei so einem Rasseweib bleibt das ja auch nicht aus. Wenn ich an ihren geilen Körper denke, an ihre tollen Titten und so, man, da kann ich Andy verstehen, da kann einem schon das Wasser im Mund zusammenlaufen." Als er das sagte, fuhr er mit der Zunge über seine vorstehenden Zähne und schmatzte danach, als hätte er gerade etwas Köstliches gegessen.

„Hört, hört." Micha lachte. „Scheinbar ist auch unserem Heinzchen das Wasser im Mund zusammengelaufen. Wenn Heinzchen gleich schnell auf die Toilette rennt, dann muss er nicht pinkeln, sondern er geht sich garantiert einen schütteln." Dabei schlug er Heinz auf die Schulter.

Als Andy, der sich für eine Weile zu seinen Arbeitskollegen gesellt hatte, wieder zu ihnen an die Theke kam, wechselten sie sofort das Thema. Andy sollte nicht mal ahnen, dass die drei noch etwas vorhatten.

Kaum stand Andy bei seinen Freunden, da verließ Heinz die Gruppe.

„Ich komme und du gehst", beschwerte sich Andy bei ihm. „Du wirst doch plötzlich nichts gegen mich haben, nur weil ich heiraten will, Heinzchen."

Heinz schüttelte lachend den Kopf. „Blödmann. Soll ich mir wegen dir in die Hose machen?" Er verschwand in die Richtung der Toiletten.

Als Micha das sah, sagte er laut: „Jetzt ist es soweit!"

Andy blickte ihn verwundert an. „Was ist soweit?"

Micha deutete hinter Heinz her. „Jetzt geht unser Heinzchen sich einen schütteln." Michas dreckige Lache hallte durch den ganzen Saal. „Er holt sich jetzt einen runter", fuhr er fort, „weil die strippende Alte ihn vorhin total aufgegeilt hat." Dann schlug er sich lachend auf die Knie.

Die anderen lachten zwar mit, aber dennoch nahm niemand Michas Äußerung ernst. Sie alle kannten ihn nur zu gut. Micha war, wie so oft, wieder bei seinem Lieblingsthema gelandet.

Als Heinz nach kurzer Zeit wieder auftauchte, wurde er dementsprechend von Micha empfangen. „Du bist aber verdammt schnell wieder hier. Du hast wohl einen neuen Rekord im Schnellschütteln aufgestellt." Erneut erklang seine dreckige Lache.

Die Stimmung im Saal stieg weiterhin an und bald kamen Heinz, Scherbe und Micha zu der Ansicht, dass nun der richtige Zeitpunkt für den Plan Lola gekommen war. Ihrer Meinung nach hatte Andy nun genug Alkohol konsumiert und würde auch dementsprechend geil sein.

Als Andy sich wieder zu seinen Arbeitskollegen gesellte, besprachen die drei noch einmal ihr genaues Vorgehen.

„Also", sagte Micha, „ich werd mich gleich unauffällig verdrücken. Gebt mir zehn Minuten Zeit für die letzten Vorbereitungen. Das müsste ausreichen, um Lola in die richtige Position zu bringen. Ihr wisst noch, wohin ihr Andy führen müsst?"

Diese Frage war überflüssig. Natürlich wussten Scherbe und Heinz ganz genau, wohin sie ihren Freund führen mussten, denn schließlich hatten sie es bereits einige Male durchgespielt. Sie waren gemeinsam in die Dünen gegangen, um dort die richtige Stelle für den Plan Lola zu finden. Zwischen den Dünen gab es tiefe Mulden, in denen sie schon als Kinder gerne gespielt hatten. Eine dieser Mulden war fast zur Hälfte mit Büschen bewachsen, vorwiegend war es Ginster. Genau in dieser, von hohen Dünen umgebenen Mulde, sollte der Plan Lola ablaufen. Die drei hatten sogar schon probeweise das Tonbandgerät aufgestellt, um die Lautstärke richtig einzustellen. Diese Einstellung war nicht einfach gewesen, denn der stetige Küstenwind schluckte die Hälfte des Gesprochenen. Drehte man den Lautstärkenregler zu hoch, dann klang die Stimme unglaubwürdig laut. Es dauerte eine ganze Weile, bis die richtige Einstellung endlich gefunden war.

Andy fuhr fort: „Ich hol jetzt die Puppe und das Tonband mit unserer Lockstimme aus meinem Wagen. Dann geh ich zu den Dünen und postiere Lola genau an die Stelle, die wir uns ausgesucht haben. Wenn ich eure Stimmen hör, dann werd ich Lola zum Leben erwecken."

„Das wird geil", kicherte Scherbe.

„Hoffentlich ist bei Lola noch die Luft drin", sagte Heinz.

„Und ob die Luft da drin ist", meinte Micha. „Als ich mein Auto vorhin auf den Dünenparkplatz abstellte, hab ich noch einmal nachgefühlt. Das Gummiweib ist hart und prall und nachdem wir den Nippel mit deinem Spezialkleber auf das Ventil geklebt haben, wird die Puppe auch ewig hart und prall bleiben."

Das Gespräch der drei wurde jäh unterbrochen, als Andy sich wieder ihn ihre Richtung begab. Schließlich war er ein guter Gastgeber, der sich um all seine Gäste gleichviel kümmerte. Mal stand oder saß er bei einigen seiner Arbeitskollegen und mal bei seinen besten Freunden an der Theke. Nachdem er gemeinsam mit ihnen zum wiederholten Mal sein Glas geleert hatte, wechselte er erneut seinen Standort und setzte sich an einen der Tische. Dort wurde er bereits lauthals von einigen Kollegen empfangen.

Das war der entscheidende Zeitpunkt. Micha verließ den Saal, ohne dass es jemandem auffiel.

„Noch zehn Minuten", sagte Scherbe zu Heinz.

„Ja, noch zehn Minuten."

In diesem Moment dachte Heinz daran, dass es ja eigentlich gemein war. Nicht, weil sie ihren besten Freund dermaßen verarschen wollten, sondern weil Andy es ganz offiziell mit Lola treiben durfte, mit seiner Lola. Er sah sie vor sich. Sie schaute mit ihrer langen, schwarzen Perücke richtig gut aus, seine Lola. Auch wenn sie nur eine Puppe war, es war eigentlich sein Eigentum und wenn irgendjemand sie besteigen durfte, dann war er es. Doch leider konnte er an der Tatsache, dass Lola jetzt für andere Zwecke benutzt wurde, nichts ändern. Wie auch? Hätte er von Anfang an zugegeben, dass er sich diese Puppe bestellt hatte, dann wäre er zum Gespött seiner Freunde geworden. Würde er jetzt mit der Wahrheit herausrücken, dann hätte er offen zugegeben, gelogen zu haben und somit den heiligen Schwur des „unzertrennlichen Viergespanns" gebrochen. So blieb ihm keine andere Wahl, als Lolas Entjungferung einem anderen zu überlassen.

„Noch fünf Minuten", wurde er von Scherbe aus seinen Gedanken geholt.

„Hoffentlich läuft alles nach Plan, Scherbe."

„Was soll denn schief gehen?"

„Der Küstenwind ist heute etwas stärker als sonst."

„Ja und?"

„Ich denke daran, dass Andy die Tonbandstimme dadurch nicht richtig verstehen könnte."

„Das wäre allerdings dumm."

„Das wäre sehr dumm."

„Aber andersrum ist es in der Mulde zwischen den Dünen ja immer etwas geschützter. Ich glaube nicht, dass der Wind uns da einen Strich durch die Rechnung machen wird."

Die zwei wurden immer unruhiger.

Scherbe blickte auf seine Uhr. „Noch drei Minuten."

Diese drei Minuten wollten einfach nicht vergehen. Ihnen kam es so vor, als würde jemand die Zeiger der Uhr abbremsen.

Dann war es so weit. Sie begaben sich zu Andy, der noch immer am Tisch bei seinen Arbeitskollegen saß.

„Andy, können wir dich mal einen Moment sprechen?", sprach Heinz ihn an.

„Aber sicher doch. Für meine besten Freunde hab ich immer Zeit. Was habt ihr denn auf dem Herzen?"

43

„Würdest du mal mit uns vor die Tür gehen?"
Andy zog seine Augenbrauen hoch. „Das muss aber ganz wichtig sein", meinte er und folgte seinen Freunden nach draußen.
Es war bereits stockfinster. Die Außenbeleuchtung der Gaststätte spendete nur ein diffuses Licht.
Als sie vor der Tür standen, blickte Andy seine Freunde fragend an. „Ich hoffe, dass ihr mir nichts Unangenehmes zu sagen habt."
„Nein", meinte Scherbe. „Es ist eher das Gegenteil."
„Ja", bestätigte Heinz. „Es ist sogar etwas sehr Angenehmes."
Da weder Heinz noch Scherbe in diesem Augenblick wussten, wie sie mit ihrer Geschichte anfangen sollten, ergriff Andy wieder das Wort. „Na, wenn es doch etwas Angenehmes ist, dann raus mit der Sprache."
Scherbe holte tief Luft. „Ich werd `s dir erklären. Da gibt es so ein Mädchen, ein wunderschönes Mädchen, genau so eine, von der jeder Mann träumt. Sie hat lange, schwarze Haare, ein wunderhübsches Gesicht und einen geilen Körper, der wirklich nichts zu wünschen übrig lässt. Sie hat pralle, wunderschön geformte Brüste, eine Traumtaille und einfach alles, was zu einem richtigen Rasseweib gehört."
Andy grinste. „Da bekommt man ja richtig Appetit."
„Jetzt kommt aber das Beste, Andy. Dieses Rasseweib ist scharf auf dich. Sie würde alles dafür geben, dich beglücken zu dürfen."
„Ja", bestätigte Heinz Scherbes Worte. „Und da du ja heiratest und somit für dieses geile Mädchen unantastbar wirst, möchte sie den heutigen Abend dazu nutzen, ihren Traum zu verwirklichen, den Traum, von dir einmal so richtig geliebt zu werden."
Andy blickte seine Freunde mit großen Augen an. „Ihr wollt mich verarschen, oder?"
„Haben wir dich schon mal verarscht?"
Man sah es Andy an, dass er scharf nachdachte. Wenigstens versuchte er das. Aber so richtig klar und logisch denken, das konnte er nicht mehr, denn der Alkohol hatte seine Sinne bereits etwas getrübt. „Jetzt weiß ich, was ihr vorhabt", sagte er schließlich. „Ihr wollt mir zu meinem Junggesellenabschied noch einmal eine heiße Nummer gönnen und habt die geile Stripperin von vorhin zu einem Date mit mir überredet."
„Nein, Andy", widersprach Scherbe. „Es ist weder diese Stripperin, noch irgendeine Nutte, die wir dir besorgt haben."
„Ja, aber..."
„Sie heißt Lola. Du kennst sie nicht, Andy, aber ich kann dir sagen, dass ihr Körper wesentlich geiler ist, als der von der Stripperin."

„Was? Noch geiler?" Andy blies anerkennend die Luft durch seine Backen. „Noch geiler", sagte er leise.

„Ja, noch geiler, Andy, und sie will dich."

„Also, Leute, irgendwie kann ich das einfach nicht glauben. Warum sollte so eine Frau ausgerechnet auf mich scharf sein?"

„Warum?", meinte Heinz und runzelte die Stirn. „Du bist ein gut aussehender Mann, bist sehr groß und hast eine stattliche Figur. Das ist jawohl genug Grund für eine Frau, scharf auf dich zu sein."

So etwas hörte Andy natürlich gerne. „Und wo ist diese Lola?"

„Sie hat sich für euer Treffen einen ruhigen Ort ausgesucht, eine Stelle in den Dünen, wo ihr ungestört sein werdet."

„Und ihr wollt mich wirklich nicht verarschen?"

„Wir werden dich jetzt zum Treffpunkt bringen. Dann wirst du sehen dass dort die schärfste Braut auf dich wartet, die man sich nur vorstellen kann."

Andy schüttelte den Kopf. „Ich kann es immer noch nicht glauben."

Sie gingen in die Richtung der Dünen.

„Woher kennt diese Lola mich denn eigentlich?", wollte Andy wissen.

Heinz zuckte mit den Schultern.

„Ich hab keine Ahnung. Aber Micha müsste es wissen. Ihn hat Lola schließlich auf dich angesprochen", log er.

Erst jetzt wurde es Andy bewusst, dass Micha überhaupt nicht bei ihnen war. „Wo ist Micha eigentlich?"

Heinz brauchte sich keine Ausrede für Michas Abwesenheit auszudenken, denn auf diese Frage waren sie gefasst gewesen. Und so kam die nächste Lüge. „Unser armer Micha musste dringend aufs Klo und da wir mit Lola eine Zeit für euer Treffen vereinbart hatten, meinte er, dass wir dich ohne ihn dorthin führen sollen. Schließlich sollst du pünktlich bei Lola erscheinen."

„Der arme Micha", murmelte Andy.

Dann erreichten sie die Dünen. Sie folgten einem Weg, der sich dort hindurch schlängelte. Einige Laternen, die etwas weiter entfernt in unmittelbarer Nähe des Prickenstetter Strandes standen, spendeten ausreichend Licht, um die Umgebung gut zu erkennen. Weit hinten am Strand erkannte man zwei Gestalten. Beim genaueren Hinsehen entpuppten sie sich als Liebespärchen, welches sich in inniger Umarmung dem Dauerknutschen hingab. Die beiden nutzten die abendliche Ruhe am Strand, um sich ungestört lieben zu können.

Als sich die zwei Dauerknutscher in den Sand sinken ließen, um sich ungehemmt ihren Gefühlen hinzugeben, meinte Andy: „Die beiden haben aber Mut, es hier in der Öffentlichkeit zu treiben."

„Warte ab, Andy", sagte Heinz. „Du wirst dich gleich auch austoben können, und zwar so richtig hemmungslos."

45

„Ich kann es kaum erwarten."

„Ich könnte es auch nicht erwarten", meinte Scherbe. „Du wirst sehen, Andy, diese Lola ist das heißeste Mädchen, was du je gesehen hast. So gut aussehende Frauen sieht man sonst nur im Film."

„Und selbst dort sieht man sie selten", bestätigte Heinz. „Gegen Lola verblassen sogar Frauen wie Pamela Anderson oder Carmen Elektra, und das in jeder Beziehung."

Andy blieb kurz stehen und blickte seine beiden Begleiter skeptisch an. „Wieso bekomme ich langsam wieder das Gefühl, dass ihr mich verarschen wollt?"

„Na gut", meinte Heinz. „Ich geb ja zu, dass Lola vielleicht nicht besser als Pamela Anderson aussieht, aber genauso gut sieht sie auf jeden Fall aus und was ihren Körper angeht, der übertrifft den von der Anderson in jeder Hinsicht, und den von der Elektra auch."

Nach einer Weile verließen die drei den Weg und stiegen eine der Dünen empor. Oben auf der Düne pfiff ihnen ein kräftiger Wind um die Ohren.

„So, Andy", sagte Scherbe sehr laut um die Windgeräusche zu übertönen. „Da wären wir. Du gehst jetzt einfach diese Düne hinunter, immer geradeaus. Dort wartet Lola auf dich. Wir werden wieder zum Ankerkrug gehen."

„Aber wollt ihr sie mir nicht zuerst vorstellen?"

„Nein, das wird nicht nötig sein. Lola erwartet, dass du ganz alleine kommst."

Andy stieg die Düne in die besagte Richtung hinab.

Scherbe blickte ihm hinterher. „Hoffentlich hab ich gerade laut genug geredet, so, dass Micha mich da unten hören konnte."

„Das war bestimmt laut genug."

Und es war laut genug, denn als die beiden um die Düne herumliefen, um einen Platz einzunehmen, von dem aus sie alles beobachten konnten, versuchte Micha den herannahenden Andy auszumachen. Trotz der Dunkelheit sorgte das Restlicht der Laternen, welches in die Mulde fiel, dafür, dass man alles noch gut erkennen konnte. Micha hatte Scherbes Stimme vernommen und konzentrierte sich. Er saß in einem Busch direkt hinter Lola und hielt die Puppe mit einer Hand fest, und zwar genau am Verschluss des Bikinioberteils. Das war gar nicht so einfach, denn er musste dafür seinen Arm weit ausstrecken. Micha dachte daran, dass er Lola überhaupt nicht hin und her bewegen brauchte, denn dafür sorgte bereits der immer stärker werdende Wind. Der Wind sorgte auch dafür, dass Lolas nach oben ausgestreckter Arm pausenlos winkende Bewegungen vollzog.

Jetzt erkannte Micha, dass Andy nah genug war.

Sofort drückte er auf die Taste des Tonbandgerätes.

Andy bewegte sich langsam vorwärts. Hier auf dem weichen Sandboden erschien ihm jeder Schritt unsicher. Das lag aber nicht nur am sandigen Untergrund. Es war auch eine Begleiterscheinung des reichlichen Alkoholkonsums. Hier unten, in der Mulde zwischen den Dünen, war es deutlich dunkler und Andys Augen mussten sich erst an die neuen Lichtverhältnisse gewöhnen.

Da vernahm er eine Stimme. „Hallo, Andy."

Er verhielt im Schritt und lauschte. „Hallo?", kam es zögerlich aus seinem Mund.

Nun erkannte er, dass etwa zwanzig Meter vor ihm eine Frau stand, eine junge Frau, die mit einem kurzen Rock und einen knappen Bikinioberteil bekleidet war. Ihre langen, schwarzen Haare wehten im Wind. Die Frau winkte ihm zu. Einzelheiten konnte er allerdings noch nicht ausmachen. Es war zu dunkel und außerdem war er noch zu weit von ihr entfernt.

„Hallo, Andy", hörte er sie wieder sagen. „Ich bin hier, Andy. Ich habe die ganze Zeit über schon sehnsüchtig auf dich gewartet. Komm doch endlich zu mir. Oh, Andy, ich vergehe vor Sehnsucht nach deinem Körper."

Andy konnte nicht glauben, was er da vernahm. Niemals vorher hatte er eine Frau mit einer dermaßen sexy Stimme reden gehört. Diese Stimme schien den Himmel auf Erden zu versprechen. Und die Frau, der diese wahnsinnig geile Stimme gehörte, wollte ihn, sie begehrte ihn, ja, sie verging vor Sehnsucht nach ihm. Gewiss, Andy war schon mit vielen Frauen zusammen gewesen, aber so etwas, wie diese Lola hatte er noch nie kennen gelernt. Noch keine Frau hat so offen und hingebungsvoll ihre Begierde nach ihm bekundet.

Andy schritt auf sie zu.

Als er etwa fünf Meter von ihr entfernt war, hörte er erneut diese viel versprechende Stimme:

„Komm doch endlich, Andy. Ich möchte dich jetzt spüren. Oh, Andy, ich möchte dich endlich richtig spüren."

Erneut blieb Andy stehen. Jetzt hatten sich seine Augen an die schlechten Lichtverhältnisse gewöhnt und er erkannte jedes Detail ganz deutlich. Seine Freunde hatten ihm von der tollen Figur Lolas bereits etwas vorgeschwärmt, doch das, was er jetzt sah, übertraf all seine Erwartungen. Er blickte auf pralle Brüste und hatte den Eindruck, dass das knappe Bikinioberteil große Mühe hatte, diese Prachtstücke im Zaum zu halten. Dann sah er ihre wohlgeformte Taille und die wunderschönen Beine. Jetzt erst galt sein Blick dem Gesicht der Frau und Andy musste sich eingestehen, dass sie außerordentlich gut aussah. Er dachte daran, dass man so hübsche Frauen nur selten zu Gesicht bekam. Bei dieser Frau stimmte von Kopf bis Fuß wirklich alles. Ihr leicht geöffneter Mund mit dem viel versprechenden Lächeln bewog ihn dazu, nun langsam an sie heran zu schreiten.

Als plötzlich ein kräftiger Windstoß Lolas kurzen Rock nach oben flattern ließ und dabei ihren unbekleideten Unterleib freilegte, verharrte Andy wieder in der Bewegung. Er schluckte so laut, dass es sogar Micha hinter der Puppe vernehmen konnte. Mit großen Augen starrte Andy auf das, was sich dort zwischen Lolas leicht gespreizten Schenkeln auftat. *Ich werd verrückt*, ging es ihm durch den Kopf. *Was für eine Muschi, zum Teufel, was für eine Muschi!* Ihm lief regelrecht das Wasser im Mund zusammen und er musste erneut laut schlucken. „Du willst mich, Lola", sagte er leise. „Ich will dich auch."

Er konnte nicht ahnen, was sich in diesem Moment im Gebüsch direkt hinter Lola abspielte. Dort hatte Micha schwer damit zu kämpfen, dass Lola in ihrer Stellung blieb. Der immer stärker werdende Wind zerrte und zog an der leichten Puppe und es bereitete Micha die allergrößte Mühe, sie einigermaßen festzuhalten.

Dann passierte etwas, was überhaupt nicht eingeplant war.

Der immer stärker auffrischende Wind bewog Micha dazu, das Bikinioberteil kräftiger zu umfassen. Die Puppe sollte seinem Freund Andy schließlich nicht entgegenfliegen.

Durch diesen kräftigen Griff löste sich plötzlich das Bikinioberteil und Micha verlor die Gewalt über Lola.

Als Andy mit großen Augen sah, dass der knappe Bikini der vor ihm stehenden Frau wie von Geisterhand gelöst zu Boden fiel, schluckte er erneut. „Boaaah!", kam es unvermittelt aus seinem Mund, als die prallen Brüste regelrecht nach vorne sprangen. „Boaaah!"

Es waren aber nicht nur die großen und strammen Brüste, die Andy nun fast um den Verstand brachten. Als er die übergroßen Nippel auf ihren Brustwarzen erblickte, da lief ihm erneut das Wasser im Mund zusammen. Nachdem er zum wiederholten Mal geschluckt hatte, sagte er: „Ja, Lola, ich will dich. Oh Gott, Lola, du glaubst gar nicht, wie ich dich will." Er war nur noch einen Meter von ihr entfernt und seine Hände streckten sich bereits nach vorne, um gierig nach diesen unvorstellbar tollen Brüsten zu greifen, als Lola plötzlich hin und her wankte.

Andy verharrte in der Bewegung. Als ein kräftiger Windstoß die Frau vor ihm einfach in die Lüfte hob, wurden seine Augen noch größer.

Für einen Moment schien sie in etwa einem Meter Höhe vor ihm in der Luft zu tänzeln. Dabei entblößte sich ihre Vagina noch einmal unmittelbar vor seinem Gesicht.

„Boaaah!", kam es wieder aus seinem Mund.

Dann blies der Wind Lola einfach davon. Mit weit aufgerissenem Mund starrte Andy ihr nach, bis sie schließlich hinter einer Düne verschwand.

Noch einmal war Andys "Boaaah!" zu hören.

Krampfhaft versuchte er, das zu verstehen, was da gerade passiert war. Für einen Moment glaubte er sogar daran, in irgendeinem Traum zu sein. Ja, eigentlich war er sich sogar ganz sicher, zu träumen. So geile Frauen wie diese Lola kann es nur im Traum geben und Frauen, die einem so richtig einheizen und dann einfach davonfliegen, sowieso.

Plötzlich vernahm er aus dem Busch vor sich ein lautes Fluchen.

„Scheiße! Scheiße! Scheiße!"

War das nicht die Stimme seines Freundes Micha? Und hörte er jetzt nicht auch ein Lachen, welches oben von den Dünen kam? Andy versuchte sich zu konzentrieren. War das hier alles nur ein Traum, oder passierte es wirklich? Alles erschien ihm total unrealistisch. Es gab keine fliegenden Frauen. Also musste es einfach ein Traum sein.

Dann kam ihm der Gedanke, dass es vielleicht am Alkohol lag. Vielleicht hatte ihm ja auch irgendjemand auf der Feier etwas ins Glas geschüttet, ihn unter irgendwelche Drogen gesetzt? Er hatte sich noch nie in seinem Leben an Rauschgift herangewagt, wusste aber vom Hörensagen, dass einige Rauschmittel zu solchen Halluzinationen führen konnten.

Noch einmal ging sein Blick zu der Stelle, an der Lola hinter den Dünen verschwunden war.

Wie von Geisterhand getragen, tauchte Lola genau in diesem Augenblick wieder hinter der Düne auf.

Der Wind hatte sich gedreht und die Flugrichtung der Gummipuppe wieder geändert. Nun drückte der Wind die Puppe etwas nach unten, sodass ihre Füße oben auf der Düne über den Sand schliffen und schließlich in einem niedrigen Busch hängen blieben.

Für Andy sah es von unten so aus, als hätte sich Lola nun auf die Düne gestellt. Sie stand da und winkte ihm zu.

Ihre langen, schwarzen Haare wurden vom Wind nach allen Seiten geweht. Andys Augen fixierten sich wieder auf ihre strammen und prallen Brüste, die jetzt im Gegenlicht schon fast unnatürlich wirkten. Der flatternde Rock ließ immer wieder einen kurzen Blick auf Lolas einladende Vagina zu. Obwohl Andy ganz genau wusste, dass es keine fliegenden Frauen gab und dass folge dessen hier etwas nicht stimmen konnte, begann er zu laufen. Er rannte die Düne hinauf in Lolas Richtung. „Ich komme, Lola!", rief er. „Warte auf mich!" Ihm ging es gar nicht schnell genug und als die Düne im oberen Bereich immer steiler wurde, rutschte ihm der Sand unter den Füßen weg. So sehr er sich auch anstrengte, er kam kaum voran.

49

Er schaute nach oben. Da stand Lola nur wenige Meter von ihm entfernt und winkte ihm verlockend zu.

„Ich komme, Lola!"

Lola stand da und lächelte ihn auffordernd an. Dieses viel versprechende Lächeln machte Andy fast verrückt. Er musste diese Frau einfach haben. Andy war sich sicher, dass eine Nacht mit ihr das Allergrößte war, was ein Mann sich wünschen konnte.

Er fluchte, als der Sand unter seinen Füßen immer wieder nachgab.

Hätte er in diesem Moment geahnt, dass seine drei besten Freunde ihn schmunzelnd beobachteten, wäre er mit Sicherheit vor Wut geplatzt.

Heinz und Scherbe hatten sich vorhin schon fast verraten, weil sie laut lachen mussten, als Lola so plötzlich abhob und dieses unglaubliche "Boaaah!" aus Andys Mund kam. Auch Micha hatte sich verraten, als ihm ungewollt ein paar laute Flüche über die Lippen gekommen waren. Doch ihr Freund hatte das scheinbar überhaupt nicht registriert.

Mittlerweile waren Scherbe und Heinz die Düne hinunter gestiegen und hatten sich zu Micha gesellt. Sie beobachteten nun gemeinsam das Schauspiel, welches ihr Freund ihnen bot. Sie waren sich darüber einig, dass dieses Schauspiel wohl das allerbeste war, was jemals in Prickenstett stattgefunden hat.

Andy hatte sich mittlerweile bis auf einen Meter an Lola herangearbeitet. Als er wieder nach oben blickte und Lolas winkenden Arm sah, bemerkte er, dass dieser Arm im oberen Bereich regelrecht eingeknickt zu sein schien. Andy wollte nicht glauben, was er da sah. Er schloss für einen Moment die Augen und kniff diese fest zusammen, weil er meinte, dadurch einen klareren Blick zu bekommen.

In diesem Augenblick drehte sich der Wind erneut und der Busch gab die Füße der Gummipuppe wieder frei.

Kaum hatte Andy seine Augen wieder geöffnet, sah er Lola noch einmal winken, ehe sie vom Wind endgültig davon gewirbelt wurde.

An Aufgeben dachte er aber noch lange nicht. Er wollte diese Lola unbedingt haben, egal, wie geheimnisvoll sie auch war. Wenn das hier wirklich ein Traum war, dann war dieser Traum zwar total verrückt, aber dennoch wert, geträumt zu werden. Ja, er war fest entschlossen, diesen Traum zu Ende zu träumen, wenigstens so lange, bis er mit dieser Lola zusammen sein würde. Diese Frau versprach den Himmel auf Erden und die Erfüllung aller Träume. Diese Erfüllung wollte er sich nicht entgehen lassen.

Der reichliche Alkoholkonsum hatte Andys Sinne nachhaltig verwirrt, denn normalerweise wäre er niemals auf solch absurde Gedanken gekommen, einer Frau nachzulaufen, die ihm einfach davonfliegt.

Mühselig erklomm er schließlich auch den letzten Meter der Sanddüne. Oben angekommen hielt er nach allen Seiten Ausschau. Von dieser geheimnisvollen Schönheit war aber nirgendwo etwas zu sehen. Verzweiflung kam in ihm auf. Er wollte diese Frau, er brauchte diese Frau, ja, er war versessen darauf, mit dieser Frau zusammen zu kommen.

„Lola!", rief er laut. „Lola, wo bist du?" Natürlich bekam er keine Antwort. „Lola", rief er erneut. „Lola, gib mir doch ein Zeichen!"

Das einzige, was er hörte, war das Rauschen des Windes, welcher ihm hier oben wild um die Ohren pfiff.

Langsam wurde ihm bewusst, dass Lola nicht mehr kommen würde. Er fühlte sich mit einem Mal erschöpft und ließ sich einfach auf den weichen Sandboden sinken.

„Ich versteh das einfach nicht", murmelte er leise. „Sie hat mir doch gesagt, dass sie mich will. Sie hatte doch eindeutig gesagt, dass sie mich endlich richtig spüren will."

Andy saß oben auf der Düne und starrte vor sich hin. Er verstand die Welt nicht mehr. So sehr Andy auch versuchte, seine Gedanken irgendwie zu sortieren, er war einfach nicht in der Lage, auch nur etwas von dem zu begreifen, was hier gerade passiert war.

Seine drei Freunde Scherbe, Micha und Heinz standen unten in der Mulde und beobachteten ihn. Obwohl ihr von langer Hand vorbereiteter Plan Lola einen ganz anderen Verlauf genommen hatte, so waren sie sich doch einig, eines der grandiosesten Schauspiele aller Zeiten gesehen zu haben. Auch wenn Andy nicht, wie geplant, die Gummipuppe bestiegen hatte, so war ihnen doch ein Bravourstück gelungen. Sie hatten Andys Handeln mit Begeisterung verfolgt. Zunächst hatten sie geglaubt, dass die Vorstellung in dem Moment beendet sein würde, als die Puppe vom Wind hinweg geweht wurde. Spätestens in diesem Augenblick hätte Andy merken müssen, dass Lola nichts anderes war, als eine aufblasbare Gummipuppe. Tatsächlich schien Andy auch für einen Moment zu begreifen, was da passiert ist, doch dann war er der Puppe hinterhergelaufen und rief dabei sogar ihren Namen.

Diese Szene bewog Scherbe zu dem Kommentar:

„Mein Gott, was Alkohol aus einem Menschen machen kann."

Heinz stimmte ihm zu.

„Bei jemandem, der einer fliegenden Puppe hinterher hetzt, müssen wirklich einige Gehirnwindungen vom Alkohol betäubt sein."

„Es ist nicht nur der Alkohol", meinte Micha. „Es ist die Geilheit, die ihn blind gemacht hat."

Die drei gaben sich allergrößte Mühe, nicht allzu laut zu lachen. Das war allerdings nicht ganz einfach.

51

Als Andy dort oben auf der Düne stand und verzweifelt nach Lola rief, war es Micha, der sich nun endgültig vor Lachen nicht mehr halten konnte. Während der arme Andy da oben aus Verzweiflung traurig in die Knie sank, schrie Micha sein Lachen förmlich heraus, und zwar so laut, dass es sogar sämtliche Windgeräusche übertönte.

Natürlich vernahm es nun auch Andy.

Sein Blick ging suchend nach unten in die Mulde. Er erkannte, dass sich dort drei Gestallten befanden, die nun langsam auf ihn zukamen. Obwohl das Licht, welches in die Mulde fiel, kaum ausreichte, um Einzelheiten zu erkennen, wusste Andy augenblicklich, dass es sich um seine drei besten Freunde handelte, die nun ebenfalls im Begriff waren, die Düne emporzusteigen. Er wunderte sich nicht einmal darüber, dass sie so plötzlich da waren. Als er registrierte, dass sie alle drei lachten, stieg langsam eine gewisse Ahnung in ihm auf. Andy begriff, dass er soeben von ihnen kräftig geleimt worden war. Sie hatten das mit Lola eingefädelt und sie hatten auch dafür gesorgt, dass Lola einfach davongeflogen ist. Doch als er sich die Frage stellte, wie seine Freunde es geschafft hatten, der jungen Frau das Fliegen beizubringen, zeigte sich doch die fatale Wirkung des übermäßigen Alkoholkonsums. Auf die logische Folgerung, dass es eine aufgeblasene Puppe und keine echte Frau war, kam sein sichtlich beeinträchtigtes Gehirn erst gar nicht.

Als die drei ihn erreichten, wurden sie von einem schimpfenden Andy empfangen. „Das war wohl die größte Gemeinheit, die man einem Freund antun kann", schimpfte er lallend. „Zuerst lasst ihr zu, dass diese Lola mich so richtig heiß macht, und dann sorgt ihr dafür, dass sie verschwindet. Ihr habt jetzt euren Spaß gehabt, und ich? Hättet ihr mir nicht wenigstens eine halbe Stunde mit ihr gönnen können?"

„Mensch Andy", kam es überrascht aus Michas Mund. „Du hast es wirklich nicht kapiert?"

„Was habe ich nicht kapiert?" Er versuchte, Micha in die Augen zu blicken, doch es war, als ob dieser absichtlich hin und her wackelte, damit er ihn nicht klar erfassen konnte.

Micha schüttelte den Kopf. „Lola ist keine echte Frau."

Andys ungläubiger Blick ließ erkennen, dass er es nicht kapiert hatte.

Heinz fasste ihn an die Schulter.

„Mensch, Andy, Lola ist doch nur eine Gummipuppe, eine aufgeblasene Gummipuppe."

„Eine Gummipuppe?", murmelte Andy leise und schüttelte dabei leicht den Kopf. Er blickte nun einen nach dem anderen an. „Das kann doch nicht wahr sein. Ich bin wirklich auf eine Gummipuppe reingefallen?"

Die drei vor ihm nickten und lachten wieder laut los.

Nun musste selbst Andy lachen.

„Seht doch mal", meinte Heinz plötzlich und zeigte in die Richtung des Prickenstetter Strandes. „Da fliegt sie."

Nun sahen sie es alle. Dort flog Lola. Der Wind trug sie in gut zehn Meter Höhe durch die Luft. Lola war bereits etwa hundert Meter von ihnen entfernt und schwebte leicht torkelnd in westlicher Richtung davon.

Die vier Freunde standen oben auf der Düne und schauten ihr hinterher. Bevor Lola aus ihrem Blickfeld verschwand, winkte sie ihnen noch einmal zu.

*   *   *

Das beschauliche Küstenstädtchen Gaubelsteg liegt etwa zwanzig Kilometer westlich von Prickenstett. Gaubelsteg ist ein sehr beliebter Ferienort und in den warmen Sommermonaten leben hier mehr Touristen als Einheimische. Dann ist der Gaubelsteger Sandstrand überfüllt mit sonnenhungrigen Gästen aus dem ganzen Land und wem es am Strand zu hektisch wird, der setzt sich gerne in eines der gemütlichen Straßencafés, die überall auf der Flaniermeile zu finden sind.

Wenn abends die Sonne untergeht und sich der Strand geleert hat, dann zieht es die Touristenschar in die zahlreichen Gastronomiebetriebe, die in den Sommermonaten für ihre Besitzer wahre Goldgruben sind.

In der warmen Hauptsaison pulsiert in Gaubelsteg das Leben und die meisten Feriengäste merken nicht einmal, dass es hier statt der erhofften Ruhe und Erholung, eigentlich nur nervige Hektik gibt.

In der kalten Jahreszeit hingegen ist es in Gaubelsteg sehr ruhig und beschaulich. Das kleine Städtchen wirkt dann fast wie ausgestorben. Dann gibt es nur noch ein paar Hartgesottene, denen es nichts ausmacht, dass ihnen der eisige Wind, der zu dieser Zeit allgegenwärtig ist, fast den Atem verschlägt.

Einige Einheimischen nutzen die Wintermonate aus, um selbst Urlaub im sonnigen Süden zu machen. Natürlich bleiben auch viele Gaubelsteger daheim. Dann werden nötige Reparaturen und Restaurationsarbeiten an den Häusern durchgeführt, um für die nächste Saison wieder vorbereitet zu sein.

Natürlich gibt es auch noch die verwegenen Ur-Gaubelsteger. Das sind Menschen, die in Gaubelsteg geboren sind, hier leben und auch irgendwann hier begraben werden; Menschen von einem ganz besonderen Schlag. Wenn sie untereinander in ihrem eigenen Dialekt „snacken", dann ist kein Außenstehender in der Lage, auch nur ein einziges Wort zu verstehen.

Zu diesen Leuten zählt auch Hein Petersen, der wie jeden Morgen, auch heute wieder früh unterwegs war. Petersen gehörte unbestritten zum Gaubelsteger Urgestein. Er war mit seinen fünfundachtzig Jahren der älteste Bürger des kleinen Städtchens und es gab keinen Gaubelsteger, der ihn nicht kannte. Hein Petersen war dafür bekannt, dass er regelmäßig weit über den Durst trank. Dann erzählte er ohne Unterlass Geschichten aus der guten alten Zeit.

Der alte Mann sah eigentlich sehr lustig aus. Seine grauen Haare wirkten etwas ungepflegt, waren ziemlich dünn und wuchsen nur noch sehr spärlich auf seinem Haupt. Hein Petersens Gesicht glich einer Furchenlandschaft. Die raue Seeluft hatte in seinem Gesicht ihre Spuren hinterlassen und die Haut wirkte, wie gegerbt. Seine Nase leuchtete genauso rot, wie seine mit kleinen Äderchen durchzogenen Wangen. Obwohl Heins kleine Augen auf dem ersten Blick glasig wirkten, so sah es beim zweiten Blick so aus, als schauten sie eher listig drein. Früher einmal war er Krabbenfischer gewesen. Er besaß damals sogar einen eigenen Kutter. Bis zu seinem fünfundsiebzigsten Lebensjahr ist er noch regelmäßig jeden Morgen hinaus auf die See gefahren. Dann aber war die Gicht in seinen Fingern so schlimm geworden, dass er die Krabbenfischerei an den Nagel hängen musste. Er verkaufte schweren Herzens seinen Kutter und ging in den Ruhestand. So richtig verkraftet hatte er diesen plötzlichen Ruhestand, den er ja eigentlich überhaupt nicht wollte, nie. So kam es, dass er immer öfter zu tief ins Glas schaute.

In seinem Leben hatte sich viel geändert, doch eines ließ sich Petersen trotzdem niemals nehmen, seinen morgendlichen Spaziergang. Er hatte sich in seiner Zeit als Krabbenfischer an das Aufstehen in den frühesten Morgenstunden gewöhnt und diese Gewohnheit auch im Ruhestand niemals abgelegt.

Auch heute Morgen war er wieder früh unterwegs. Hein Petersen liebte die morgendliche Ruhe. Er mochte diese herrliche Stille, eine Einsamkeit, die ihn angenehme fesselte. Die Straßen und der Strand waren menschenleer. Der alte Mann drehte jeden Morgen die gleiche Runde. Sein Weg führte ihn als erstes zum Hafen, wo er wehmütig den auslaufenden Kuttern hinterher schaute. Auch der Kutter, der einmal sein eigen war, fuhr noch genauso regelmäßig auf das Meer hinaus, genau wie zu seinen Zeiten. Der Mann, der diesen Kutter jetzt besaß, war Heins ehemaliger Bootsmann. Petersen wusste, dass sich sein alter Kutter bei ihm in gute Hände befand. So war ihm die Trennung von dem Boot damals nicht ganz so schwer gefallen. Anfänglich war Hein sogar im Ruhestand noch regelmäßig mit hinausgefahren. Allerdings schaute er dem jetzigen Besitzer und dessen neuem Bootsmann

54

nur bei der Arbeit zu. Mit anfassen, das konnte Hein nicht mehr, da die Gicht in seinen Fingern immer weiter fort schritt.

Da stand Hein Petersen nun am Kai und blickte den auslaufenden Kuttern so lange hinterher, bis diese im Dunst der Morgendämmerung verschwunden waren.

Nun setzte er seine morgendliche Runde fort. Diese sollte ihn wie immer zunächst ein paar hundert Meter über den Deich führen. Dann folgte er gewohnheitsgemäß einem schmalen Pfad, der hinunter zum Strand verlief.

Heute Morgen hatte Hein das Gefühl, nicht richtig wach zu sein. Er wusste auch warum, denn für ihn war es gestern in seiner Stammkneipe sehr spät geworden. Der ehemalige Krabbenfischer konnte sich nicht mehr genau daran erinnern, wann er nach Hause gekommen war, aber es muss nachtschlafende Zeit gewesen.

Hein Petersen galt als bester Stammgast der kleinen Hafenkneipe „Zum Leuchtturm". Mindestens dreimal pro Woche konnte man ihn dort finden und wenn er sein Pensum Alkohol verkonsumiert hatte, dann plauderte er pausenlos von der guten, alten Zeit. Die Gaubelsteger, die Heins Erzählungen kannten, wussten natürlich, dass seine Geschichten mit den Jahren mit immer mehr Fantasie ausgeschmückt wurden. Wie oft hatte Hein Petersen schon erzählt, wie er auf dramatische Weise dem Blanken Hans entkommen war oder wie ihm auf hoher See sogar der leibhaftige Klabautermann erschienen ist. Auch wenn Hein Petersen als stadtbekannter Säufer galt, den man auf keinen Fall für voll nehmen sollte, so war er doch wegen seiner liebenswürdigen Art bei den Gaubelsteger Einwohnern sehr beliebt.

Er schlenderte oben auf dem Deich entlang. Zwischendurch blieb er immer wieder stehen und zog die frische Luft tief in seine Nase, ein Versuch, die Müdigkeit zu besiegen. Hier oben vom Deich bot sich ihm ein wunderbar friedliches Bild. Zur einen Seite blickte er auf die Dächer der kleinen Gaubelsteger Häuschen, die teilweise mit Reet gedeckt waren. Das Städtchen wirkte so, als sei es noch im Tiefschlaf.

Auf der anderen Deichseite lag der ebenfalls noch menschenleere Strand. Heins Blick ging hinaus über das grau wirkende Meer, welches sich weit hinten am diesigen Horizont verlor.

Die insgesamt sieben Inseln, die dem Städtchen Gaubelsteg vorgelagert waren, lagen noch im Morgennebel verborgen. Drei der Inseln waren klein und unscheinbar. Die vier größeren Inseln hießen Belaworn, Wargworn, Sölesand und Sellstad. Auf der Insel Sölesand gab es sogar einige Restaurants, denn dorthin ließen sich jeden Morgen zahlreiche Touristen übersetzen, um den Tag am berühmten Sölesand-Strand zu verbringen. Am Ende des Tages fuhren sie dann wieder mit der Fähre nach Gaubelsteg zurück, um sich in ihre Ferienquartiere zu begeben. Neben den Inseln gab es noch fünf Sandbänke, die ebenfalls vom Wasser umschlossen waren. Die Inseln und Sandbänke waren schon vor vielen Jahren zum Vogelschutzgebiet erklärt worden und durften, mit Ausnahme von Sölesand, von Menschen nicht betreten werden.

Hein Petersen genoss die morgendliche Ruhe. Er vernahm das sanfte Rauschen des Windes und das Gekreische einiger Möwen, Geräusche, die zu seinem friedlichen Weltbild einfach dazu gehörten. Doch so schön und friedlich es auch war, heute Morgen schien irgendwie nicht sein Tag zu sein. Er fühlte sich müde und schlapp. Als sein Blick auf eine der Bänke fiel, die hier oben auf dem Deich für die Touristen aufgestellt worden waren, beschloss er, sich dort niederzulassen. Hein wollte heute ausnahmsweise mal eine Pause während seines Morgenspazierganges einlegen. So ließ er sich mit einem tiefen Seufzer auf die Bank nieder.

„Man", sagte er zu sich selbst. „Dat tut goot."

Jetzt, wo er so dasaß, fragte er sich, warum er nicht eigentlich jeden Morgen so eine Pause einlegte. Es tat so richtig gut, einfach auf der Bank zu sitzen und auf das Meer zu schauen, auf das Meer, welches immer seine zweite Heimat gewesen ist. Hein Petersen dachte wieder mal an die gute alte Zeit, als er noch jeden Tag hinaus auf die hohe See gefahren war. Die See und sein Kutter, das war sein Leben. Und was hatte er jetzt? Was war ihm geblieben? Außer den schönen Erinnerungen besaß er eigentlich nichts mehr, was das Leben lebenswert machte. Hein war nicht verheiratet, hatte jedem immer erzählt, dass der vertraute Kutter seine Braut war. Natürlich gab es in seinen besten Jahren auch das eine oder andere Mädel, doch zu einer Heirat ist es nie gekommen. Petersen war sogar einmal verlobt. Seine Braut hatte aber lange vor der geplanten Hochzeit einen Rückzieher gemacht. Sie hatte behauptet, dass Hein ihr zu versoffen war. Er blieb aber damals bei seiner Meinung, dass ein guter Seemann jeden Tag seinen steifen Grog oder sein halbes Fläschchen Korn braucht, um auf rauer See bestehen zu können. Diese Meinung machte ihn damals zu einem einsamen Mann.

Nun saß er oben auf dem Deich und blickte zum diesigen Horizont hinaus. Langsam schien sich der morgendliche Nebel aufzulösen, denn Hein Petersen erkannte allmählich die Umrisse von Sölesand. Auch die Insel Wargworn schälte sich, etwas weiter rechts, langsam aus dem Nebel heraus. Es war, als tauchte ein untergegangenes Land auf wundersame Weise aus der Versenkung empor.

Der alte Mann auf der Bank sog mit einem tiefen Zug die würzige Seeluft in seine Nase.

„Ach", sagte er sich. „Wat bruuk ik ne Froo?" Was soviel hieß, wie „Was brauch ich ´ne Frau?" Er lächelte. *Bin frei, kann machen, was ich will und kein keifendes Weib wartet zu Hause auf mich, um mir zu sagen, dass ich weniger trinken soll.* Hein beschloss, von nun an jeden Morgen auf dieser Bank eine Pause einzulegen. Das Sitzen tat so richtig gut und er hatte das Gefühl, als kehrten seine Lebensgeister langsam wieder zurück.

Plötzlich glaubte er, Stimmen zu hören. Er lauschte, doch der Wind, der in diesem Moment etwas auffrischte, schluckte alle Geräusche. Erst als der Wind sich wieder legte, vernahm Hein wieder diese Stimmen. Irgendwo aus der Ferne hallten Frauenstimmen zu ihm herüber. Diese Frauen schienen bester Laune zu sein, denn er konnte deutlich ihr ausgelassenes Kreischen und Kichern hören.

Hein wandte seinen Blick nach rechts. Nun erkannte er in etwa hundert Meter Entfernung einige junge Leute, die am Strand und im flachen Wasser herumtollten.

Die sind aber verdammt früh auf den Beinen, ging es Petersen durch den Kopf. Er dachte daran, dass die Touristen um diese Zeit eigentlich noch schlafen.

Als die Frühaufsteher, die da so ausgelassen am Strand herumtobten, näher gekommen waren, erkannte Hein, dass es sich um vier Personen handelte, um einen jungen Mann und drei junge Frauen. Jetzt sah er auch, dass die vier etwas Gemeinsames hatten, sie waren alle splitternackt.

Jetzt kommen diese Nudisten auch schon zu uns. Hein war empört. *Denen reicht es wohl nicht mehr, dass die Frauen ihre nackten Brüste zur Schau tragen. Jetzt müssen sie sich auch noch die Hosen ausziehen.* Hein war eigentlich niemals prüde gewesen, doch eine solche Unsittlichkeit ging ihm doch gegen den Strich. Als vor Jahren „Oben ohne" zur Mode geworden war und die ersten Frauen ihre Bikinioberteile einfach wegließen, da hatte er sich fürchterlich darüber aufgeregt. Er hatte sich zu dieser Zeit sogar der Gaubelsteger Vereinigung für Sittlichkeit und Anstand angeschlossen, einer Vereinigung, die dafür plädierte, an allen Stränden ein Oben-ohne-Verbot zu erlassen. Doch die Vereinigung war mit ihren Forderungen gescheitert. Selbst als man den hiesigen Pfarrer, der als einer der größten Widersacher dieses Nacktkultes galt, einschaltete, biss man im Rathaus auf Granit. Der Rat hatte ganz offensichtlich Besseres zu tun, als sich um irgendwelche Nackte zu kümmern. Erst hinterher erfuhr man, dass der Bürgermeister und seine Frau schon seit langem ihren Urlaub an südlichen Nudistenstränden verbrachten. Die Gattin des Bürgermeisters gehörte sogar zu den ersten Frauen, die hier am Gaubelsteger Strand ihre Brüste ungeniert zur Schau stellten. Zum Ärger von Hein Petersen hatte das die Gaubelsteger Bürger nicht daran gehindert, diesen schamlosen Bürgermeister ein Jahr später wieder in sein Amt zu wählen.

Mit den Jahren hatte sich Hein aber an den Anblick von nackten Brüsten gewöhnt, doch das, was er nun dort unten am Strand sah, empörte ihn. Die vier Splitternackten befanden sich mittlerweile an dem Strandabschnitt, der unmittelbar unter dem Deich lag, auf dem Petersen saß und eigentlich seine morgendliche Ruhe genießen wollte. Kopfschüttelnd verfolgte er dieses ungenierte Umhertoben der jungen Leute. Die vier fühlten sich da unten unbeobachtet und ließen dementsprechend „die Sau raus". Der junge Mann schnappte sich eine der Frauen, umarmte sie eng und knutschte sie nach Herzenslust ab. Plötzlich schubste die Frau ihn von sich und kicherte. „Seht doch mal, Mädels, was Peter für einen Ständer hat!"

Jetzt sah Hein es auch. Das Glied des jungen Mannes war erigiert. So etwas Schändliches hatte der ehemalige Krabbenfischer in seinem ganzen Leben noch nicht erlebt. Doch es sollte noch schlimmer kommen. Die drei Mädchen traten kichernd an den erregten Mann heran und griffen ungeniert nach seinem Glied. Als Petersen die Kommentare der Mädchen hörte, stieg seine Empörung gewaltig.

„Fühlt sich verdammt gut an", sagte die eine.

„Ja", meinte eine andere. „Knüppelhart und einsatzbereit."

Als die dritte das Glied abwägend in der Hand hielt und sagte: „Na, Peter, meinst du, du kannst uns alle drei damit beglücken?", hielt es den sitten-gestrengen Hein Petersen nicht mehr auf seiner Bank.

Er sprang auf und schrie die jungen Leute an: „Wat seid ihr nur für unerzogene Menschen! Früher, da hatte man noch Kinderstube, aber ihr seid bis aufs Tiefste verdorben!" Er bemühte sich, hochdeutsch zu reden, damit ihn diese schamlosen Touristen auch verstanden.

Sofort gingen die Blicke der vier nach oben. Als sie den alten Mann auf dem Deich erkannten, erschraken sie für einen Moment, doch ganz offensichtlich überwanden sie diesen Schreck sehr schnell.

„Bist du etwa ein Spanner?", rief eine der Frauen.

Bevor Hein sich dazu äußern konnte, erklang auch schon die nächste Frauenstimme: „Komm, Opa, genier dich nicht. Wenn du willst, dann kannst du mitmachen. Mal sehen, ob deiner auch noch so gut steht, wie der von Peter."

Dann hallte lautes Gelächter den Deich hinauf.

Hein schluckte. So etwas war ihm noch nie untergekommen. Zunächst fehlten ihm regelrecht die Worte. Dann aber sprudelten die Beschimpfungen nur so aus ihm hinaus. „Macht, dass ihr hier wegkommt! So ein schmutziges Pack wie euch, können wir in Gaubelsteg nicht gebrauchen. Hier leben nur anständige Leute. Haut ab und macht eure Schweinereien woanders!"

Auf solche Beschimpfungen waren die vier jungen Leute wohl nicht gefasst gewesen. Sie wirkten mit einem Mal unsicher.

„Na los!", schrie Petersen sie wieder an. „Verschwindet hier oder ich hol sofort die Polizei. Dann könnt ihr mal das Gefängnis von innen kennen lernen. Solche verdorbenen Schweine wie ihr, werden bei uns eingesperrt." Petersen spürte, wie sein Puls vor Aufregung schneller schlug.

Erleichtert vernahm er die Stimme des jungen Mannes: „Kommt, Mädels, lasst uns hier verschwinden. Der Alte verdirbt uns doch nur den ganzen Spaß."

Ohne dem alten Mann auf dem Deich noch einen Blick zu gönnen, entfernten die sich vier wieder in die Richtung, aus der sie gekommen waren.

Nach einer Weile kehrte wieder Ruhe ein. Für Hein Petersen aber war dieser Morgen gelaufen. Er konnte die morgendliche Stille, die er so liebte, nicht mehr genießen. So viel Frechheit war ihm noch nie untergekommen und er musste diesen Vorfall erst einmal verdauen. „Ik schall mitmak ´n, hat dat Meßstück seggt", murmelte er. „So een Unverschaamthet." (Ich soll mitmachen, hat das Miststück gesagt, so eine Unverschämtheit)

Hein dachte an seine Jugend. Da ging es noch anständig zu. Wo waren die Zeiten geblieben, in der Zucht und Ordnung noch zur guten Tugend gehörten? Damals ging man mit dem weiblichen Geschlecht noch mit Würde um und die Mädchen erröteten, wenn ein junger Kavalier sie ansprach. Und was war heute? Heute liefen sie nackt am Strand herum, ganz ungeniert und schamlos. Früher, da hob man sich die körperlichen Liebe noch bis zur Hochzeitsnacht auf, und heute? Heute treiben sie es bereits vor der Heirat. Die jungen Frauen haben es scheinbar nicht mehr nötig, ihre Unschuld für den auserwählten Ehemann aufzuheben. Doch dann musste Hein sich doch eingestehen, dass es auch früher schon so manche Dinge gab, die nicht so ganz den tugendhaften Vorstellungen entsprachen. Es gab sogar Ehefrauen, die sich fremden Männern hingaben, um ihre Triebe heimlich auszuleben. Er selbst war einmal einer solchen Frau erlegen. Hein konnte sich noch ganz genau daran erinnern. Er war damals siebzehn und arbeitete noch als Schiffsjunge auf dem Krabbenkutter seines Nachbarn. Eines Tages war er auf dem Kutter über ein Netz gestolpert und dabei so unglücklich gestürzt, dass er sich den rechten Fuß gebrochen hatte. Deshalb musste er zwei Wochen zu Hause bleiben, um den Fuß zu schonen. Da seine Familie viel arbeiten musste, um den kärglichen Lebensunterhalt zu verdienen, kümmerte sich eine Nachbarin um ihn, die Frau des Mannes, für den er auf dem Kutter seine Arbeit verrichtete. Diese Nachbarin hatte sich sogar sehr intensiv um ihn gekümmert. Während ihr Mann draußen auf See war, vergnügte sie sich mit dem siebzehnjährigen Hein. Sie war damals Mitte Zwanzig und zeigte ihm, was ein Mann mit einer Frau so alles anstellen kann. Zum ersten Mal in seinem Leben hatte Hein einen weiblichen Körper nackt gesehen. Bei diesem Anblick hatte es ihn fast umgehauen. Sehr schnell hatte ihm die Nachbarin gelernt, was bei der körperlichen Liebe möglich war. Sie kannte wirklich alle Tricks, um ihn, und vor allem sich selbst, zufrieden zu stellen. Für den jungen Mann war es damals das erste Mal, dass er mit einer Frau so richtig zusammen war.

Jetzt, wo Hein Petersen hier oben auf dem Deich saß und an dieses Erlebnis zurückdachte, wurde ihm regelrecht warm ums Herz. Wie oft schon waren diese wunderschönen Erinnerungen in ihm aufgestiegen. Diese zwei Wochen, in denen sich die Nachbarin um ihn gekümmert hatte, waren eigentlich die schönsten Tage seines Lebens gewesen.

Es gab noch eine zweite Frau, in deren Bett er so manches Mal gestiegen war. Aber auch das lag schon viele, viele Jahre zurück. Es war Änne, die Wirtin seiner Stammkneipe gewesen. Sie war Witwe und hatte sich außer um Hein, auch um andere Gäste ihrer Kneipe immer sehr intensiv gekümmert. Als man Änne vor zwanzig Jahren unter die Erde brachte, bestand die Trauergesellschaft fast nur aus Männern, von denen die meisten ebenfalls schon des Öfteren in Ännes Bett gestiegen waren.

Sicher, Hein hatte auch in seinen jungen Jahren mit einigen Mädchen geflirtet und es gab auch das eine oder andere Küsschen, aber zu mehr ist es niemals gekommen. Seine damalige Verlobte war das letzte Mädchen, welches mit ihm zusammen war, doch diese Beziehung ging nie über das Küssen hinaus. Damals begann die Zeit, in der er immer öfter zum Alkohol griff. Es war die Zeit, in der sich die weibliche Welt von ihm abgewandte. Hein hatte keine besonderen Erinnerungen an die Frauen. Nur die Zeit mit der Nachbarin, die war wirklich unvergessen.

Er dachte wieder an die schamlosen Nackten, die er gerade verscheucht hatte. Sofort kamen ihm wieder die Worte der jungen Frau in den Sinn. „Komm Opa, genier dich nicht. Wenn du willst, dann kannst du mitmachen." Was wäre passiert, wenn er sich darauf eingelassen hätte? Ob sie das ernst gemeint hatte? Sicher, er war ein alter Mann und der regelmäßige Alkoholkonsum hatte seine Manneskraft bereits erheblich geschwächt. Doch manchmal, wenn auch nur ganz selten, da regte sich selbst bei ihm noch etwas. Und wer weiß, wenn sich so eine schmucke, junge Deern richtig mit ihm beschäftigen würde, dann wäre es durchaus denkbar, dass sich dann auch bei ihm etwas regen wird. Eigentlich war sich Hein seiner Sache sogar ganz sicher. Es würde sich ganz bestimmt sogar etwas regen, denn er war davon überzeugt, immer noch ein richtiger Mann zu sein.

60

Er hatte die Nackten übel beschimpf und sie weggescheucht. Hätte er das vielleicht doch nicht tun sollen? Wer weiß, wie die Nackten sich verhalten hätten, wenn er nett zu ihnen gewesen wäre. Frauen, die sich so schamlos zeigten und ohne zu zögern, ganz ungeniert den erigierten Penis eines Mannes in die Hand nahmen, um zu prüfen, ob er „knüppelhart und einsatzbereit" war, solche Frauen waren so wild auf Sex, dass sie es bestimmt auch mit einem alten Mann treiben würden.

„Schiet", sagte Hein zu sich selbst, „wat bin ik een Döskopp."

Dann aber wurde ihm bewusst, wie absurd diese Vorstellung doch war, er und eine so junge Frau, einfach absurd. Nun ärgerte er sich darüber, überhaupt so etwas gedacht zu haben. Vorhin hatte er sich noch über die jungen Leute aufgeregt und jetzt kamen ihm selbst so lüsterne Gedanken. Ausgerechnet er, ein Verfechter von Zucht und Ordnung, war tatsächlich für einen Moment schwach geworden. Petersen beschloss, weiterzugehen. Er wollte seine morgendliche Runde fortsetzen. Das würde ihn auf andere Gedanken bringen. Hein folgte wie immer dem Weg, der vom Deich zum Strand hinunterführte. Er spazierte nun direkt am Wasser entlang.

Heute Morgen war die See sehr ruhig. Die Wellen dümpelten sanft über den seichten Uferbereich.

Der ehemalige Krabbenfischer blieb für einen Moment stehen und ließ seinen Blick über das Meer schweifen.

Mittlerweile hatten sich die Inseln endgültig aus dem morgendlichen Dunst herausgeschält. Neben den beiden größten Inseln, Sölesand und Wargworn, erkannte er nun auch die etwas weiter draußen liegende Insel Belaworn und einige Sandbänke.

Eigentlich wollte sich Hein Petersen durch den Blick auf die Inseln von seinen unsittlichen Gedanken ablenken, doch es gelang ihm einfach nicht. Er versuchte, sich selbst einzureden, dass er schließlich ein alter Mann von fünfundachtzig Jahren war und dass er seine Kräfte durch den ungehemmten Alkoholgenuss fast vollständig zugrunde gerichtet hatte. Normalerweise dürften ihm solche Lüsternheiten überhaupt nicht mehr durch den Kopf gehen. Dennoch, diese Gedanken waren da und mit einem Mal sah er diese junge Frau, die ihn aufgefordert hatte, mitzumachen, mit ganz anderen Augen. Sie war mit einem Mal nicht mehr die Frau, die er vorhin noch als „schmutziges Pack" beschimpft hatte. Für Hein war sie plötzlich zu einem Objekt seiner Begierde geworden. In seinen Gedanken sah er sie wieder vor sich, nackt und ungehemmt. Wieder versuchte er, diese Gedankengänge von sich zu schütteln. Er ging weiter und dachte dabei an die guten alten Zeiten, in denen er jeden Morgen mit seinem Kutter hinaus auf die See gefahren war.

Diese Erinnerungen verwischten in der Tat sämtliche Gedanken, für die er sich gerade selbst geschämt hatte.

Er konnte noch nicht ahnen, dass sich gleich etwas ereignen würde, was ihn erneut in die Gefilde der verlockenden Weiblichkeit führen sollte. Der Westwind hatte in den gestrigen Abendstunden am Strand von Prickenstett eine frivole Fracht übernommen. Diese Fracht war Lola, die aufgeblasene Puppe. Lola hatte über Nacht eine Strecke von etwa zwanzig Kilometer, bis nach Gaubelsteg zurückgelegt. Nun schwebte sie in etwa fünf Meter Höhe über den Gaubelsteger Strand. Es war schon erstaunlich, dass die Windverhältnisse es schafften, die Puppe in konstanter Höhe zu halten.

Lolas Haarpracht wirkte mittlerweile total zerzaust. Das störte aber keineswegs den netten Gesichtsausdruck mit diesem auffordernden Lächeln.

Der Wind ließ genau in dem Moment nach, als Lola über die Gestalt eines alten Mannes hinweg schwebte. Es sah so aus, als würde die nur mit einem knappen Minirock bekleidete Puppe in der Luft verweilen, um eine kurze Pause einzulegen.

Hein Petersen bemerkte, dass da irgendetwas über ihm flog. Zunächst dachte er an einen großen Seevogel, doch als er seinen Blick zum Himmel wandte, fiel ihm vor Schreck die Kinnlade herab. Mit offenem Mund und weit aufgerissenen Augen starrte er nach oben.

Eine fliegende Frau! Nein, dass konnte nicht real sein.

Hein schloss seine Augen, kniff sie fest zusammen und schüttelte einmal kurz, aber kräftig den Kopf. Er war sich sicher, dass seine Fantasie nun endgültig mit ihm durchgegangen war. Die obszönen Gedanken, die ihm gerade durch den Kopf gegangen waren, schienen nun tatsächlich sein Gehirn zu vernebeln. Jetzt sah er die halbnackten Frauen schon über sich fliegen.

Als er die Augen wieder öffnete, um nachzusehen, ob der Spuk nun verschwunden war, schwebte diese Nackte noch immer schräg über ihm.

Hein schluckte. *Jetzt ist es soweit. Jetzt setzt mein Verstand aus, jetzt hat es mich, Delirium tremens. Oh Gott, hätt´ ich doch nie mit dem Saufen angefangen.* Er blickte nach oben. Die Gestalt, die dort über ihm schwebte, schien ihm sanft zu zuwinken. Mit weit offenem Mund starrte Petersen sie an. Obwohl er es eigentlich gar nicht wollte, hob er seine Hand und winkte zögernd zurück. „Hallo", kam es unbewusst aus seinem Mund.

Dann aber versuchte er, sich zusammenzureißen.

Eine Halluzination kann man nicht begrüßen, ging es ihm durch den Kopf. Erneut kniff er seine Augen feste zusammen. Doch es brachte nichts. Diese schwebende Frauengestalt über ihm wollte einfach nicht verschwinden.

Jetzt erst erkannte Hein einige Details, die er zwar sofort gesehen, aber vor Schreck noch nicht so richtig registriert hatte. Er sah Lolas lächelndes Gesicht und ihre großen und prallen Brüste. Auch wenn diese Frau in seinen Augen nur eine Halluzination war, so stellte er fest, dass sie genau seine Kragenweite gewesen wäre. *Bei diesem Weib stimmt aber auch wirklich alles.* Der in diesem Moment schwächer werdende Wind ließ die Puppe bis auf eine Höhe von etwa drei Meter herabsinken. Jetzt schwebte Lola fast genau über seinen Kopf. Da ihr kurzer Faltenrock nicht eng anlag, sondern etwas vom Körper abstand, blieb nichts von dem, was darunter war, vor Hein Petersens Augen verborgen. Hein starrte zwischen die leicht gespreizten Schenkel und erblickte Lolas Vagina. Bei diesem Anblick öffnete sich sein Mund noch weiter.

„Oh, mien Gott." Hein schluckte. „Oh, mien Gott."

Wie gebannt starrte er auf das, was sich zwischen Lolas Beine auftat. Er blickte auf eine einladende Spalte, die ihm regelrecht die Sinne benebelte. Er schluckte erneut. Dieses Schlucken war sehr laut. Wäre in diesem Moment irgendjemand oben auf dem Deich gewesen, er hätte das Schlucken von Hein Petersen bis dorthin vernehmen können.

„Oh, mien Gott", kam es erneut aus seinem Mund.

Genau in diesem Moment frischte der Wind wieder auf und wirbelte die Puppe hin und her. Sie gewann wieder an Höhe und flog aufs Meer hinaus.

Der alte Mann stand wie erstarrt am Strand und blickte ihr hinterher.

„Ik dreih dör", stammelte Hein. „Ik dreih dör." (Ich dreh´ durch)

Er gab sich einen Ruck, wandte sich um und blickte er in die Richtung des Deiches.

Reiße dich zusammen, Hein. Es war `ne Halluzination, `ne irrwitzige Einbildung. Es gibt keine fliegenden Frauen, und schon gar keine, die am Strand entlang fliegen, um den Männern ihre nackten Geschlechtsteile zu zeigen. Er schloss die Augen, atmete tief durch. *So,* dachte er. *Wenn ich mich jetzt wieder umdreh, dann ist dieser Spuk verschwunden.*

Doch scheinbar war es nicht ganz so einfach, diesen Spuk wieder loszuwerden. Als Hein sich erneut dem Meer zuwandte, erkannte er, dass die fliegende Frau immer noch da war. Sie schwebte mittlerweile gut zwanzig Meter von ihm entfernt durch die Luft. Die unheimliche Schönheit flog hinaus auf die See.

Hein schüttelte ungläubig den Kopf.

Dann änderte der Wind erneut die Richtung. Er drückte die aufgeblasene Puppe hinunter, bis diese knapp über der Wasseroberfläche schwebte. Der nun wieder schwächer werdende Wind blies nun wieder landeinwärts, und so kam es, dass sich Lola direkt auf Hein Petersen zu bewegte.

Als dieser das registrierte, schluckte er erneut. Hein wusste in diesem Moment nicht, was er davon halten sollte. Was wollte diese geheimnisvolle Frau, die nun genau in seiner Höhe auf ihn zu kam, von ihm? Noch einmal versuchte er sich einzureden, dass es keine fliegenden Frauen gab. Doch wenn das, was sich ihm dort näherte, keine Frau war, was war es dann? Mittlerweile war sich Hein ganz sicher, dass er nicht halluzinierte. Er fühlte sich so nüchtern wie noch nie und in diesem Moment wusste er, dass diese schwebende Gestalt vor ihm real war. Das fliegende Ding vor ihm war wahrscheinlich sogar gefährlich. Irgendein unheimliches Wesen hatte sich als verführerische Frau getarnt, damit sich seine Opfer sicher fühlten.

Lola war nur noch zehn Meter von ihm entfernt und kam langsam immer näher.

„Mich kriegst du nicht!" Heins Aufschrei hallte laut über den Strand. Er drehte sich um und hastete den Strand entlang.

Das schnelle Laufen fiel ihm schwer. Der sandige Untergrund machte es ihm nicht gerade leichter, zügig voranzukommen. Bereits nach etwa zwanzig Meter blieb er vor Erschöpfung stehen. Hein holte tief Luft; schnaufte, wie eine alte Dampflokomotive. Er stand da, in leicht gebückter Haltung und stützte seine Hände auf die Knie ab.

Als er zurückblickte, erkannte er, dass sich der Abstand zu diesem schwebenden Etwas zwar vergrößert hatte, doch es kam nach wie vor auf ihn zu. Dann drehte der Wind erneut. Lola wurde emporgehoben und flog nun wieder seewärts. Diesen Richtungswechsel der fliegenden Frau verfolgte Hein Petersen mit Erleichterung. *Scheinbar hast du gemerkt, dass du mich nicht kriegen kannst.* Obwohl er immer noch nach Luft rang, richtete er sich wieder auf. *Hau ab und such dir irgendwo ein anderes Opfer. Einen Hein Petersen, den kriegst du nicht.*

Während Lola vom Wind immer weiter auf das Meer hinaus geweht wurde, stand Peterson wie erstarrt am Strand und blickte ihr hinterher. Ein paar Mal sah es so aus, als würde die schwebende Frau das Wasser berühren, doch jedes Mal, wenn sie die Wasseroberfläche fast erreicht hatte, gewann sie auf unerklärliche Weise wieder an Höhe. Der ehemalige Krabbenfischer stand da und versuchte, das soeben Geschehene zu begreifen. Ihm wollte keine logische Erklärung für diese unheimliche Begegnung einfallen. *Der Teufel muss dieses Weib geschickt haben*, dachte er. *Es war gewissermaßen ein Test für mich, ein Test, ob ich dieser Versuchung widerstehen kann.* Dann aber ging ihm durch den Kopf, dass es doch kein Test gewesen sein kann. Wie sollte er einer Versuchung widerstehen, wenn er bei der ersten Annäherung dieser Frau nicht die geringste Möglichkeit hatte, an dieses Rasseweib heranzukommen? Sie war immer in einer sicheren Entfernung zu

Hein geblieben, so, dass er sie noch nicht einmal berühren konnte. Und als sie bei ihrer zweiten Annäherung dann direkt auf ihn zugeflogen kam, da war es keine Verlockung mehr, die von ihr ausging, es war eine Bedrohung. Mittlerweile war die fliegende Schönheit nur noch als kleiner Punkt zu sehen. Damit Hein sie in der immer noch anhaltenden Dämmerung besser erkennen konnte, machte er seine Augen zu schmalen Schlitzen. Er blickte ihr so lange hinterher, bis sie schließlich irgendwo am diesigen Horizont verschwunden war.

Als Hein sich wieder auf den Heimweg machte, war er nicht in der Lage, auch nur einen einzigen klaren Gedanken zu fassen. Die innere Unsicherheit wuchs. Hatte er das alles nun wirklich erlebt, oder war es doch nur eine Art Tagtraum gewesen, eine Halluzination, die ihm sein Geist nur vorgespielt hatte? Waren seine grauen Zellen vom reichlichen Alkoholgenuss, dem er ja sein Leben lang hemmungslos gefrönt hatte, so zerstört, dass ihm sein Gehirn jetzt solche Gespinste vorgaukelte? Im Moment war er nüchtern, stocknüchtern. Nein, dass konnte keine Halluzination gewesen sein. Mit einem Schlag war sich Hein seiner Sache sicher. Die fliegende Frau war wirklich da gewesen, sie war real. Für diese Geschichte gab es nur eine logische Erklärung, er, Hein Petersen, hatte ein echtes Gespenst gesehen. Er dachte an die vielen alten Geschichten, die früher immer erzählt wurden, die Geschichten vom Klabautermann, der sich schon so manchem Seefahrer gezeigt hatte. Natürlich hatte Hein immer geglaubt, dass es diesen Klabautermann in Wirklichkeit nicht gibt, dass solche Geschichten in die Welt der Märchen gehörten. Doch nun sah er diese Sache mit ganz anderen Augen. Es gab einen Klabautermann. Er, Hein Petersen, hatte ihn selbst gesehen und zwar im stocknüchternen Zustand. Der Klabautermann war ihm als Frau erschienen, als verführerische Frau. Heute Abend wird er wieder in seine Stammkneipe einkehren. Er nahm sich vor, allen von seiner unheimlichen Begegnung zu erzählen. *Hoffentlich werden sie mich nicht auslachen oder für verrückt erklären.* Eigentlich war Hein davon überzeugt, dass kein Mensch ihm diese Geschichte abkaufen würde. Viel zu oft schon hatte er behauptet, den Klabautermann draußen auf See gesehen zu haben. Natürlich waren all diese Geschichten Seemannsgarn gewesen, Seemannsgarn, den die Leute aber immer und immer wieder gerne gehört haben. Der Wirt seiner Stammkneipe hatte Hein oft genug animiert, solche Geschichten zum Besten zu geben. Dafür gab es dann für den ehemaligen Krabbenfischer das eine oder andere Gratisschnäpschen. Hein freute sich darüber und der Wirt hatte mit ihm einen kostengünstigen Alleinunterhalter, der die Gäste der kleinen Gaststätte „Zum Leuchtturm" mit seinen Geschichten amüsierte. In erster Linie waren es die Feriengäste, die diese Geschichten stundenlang hören konnten. Die Erwachsenen hatten Spaß daran, wenn der ehemalige Fischer von seinen oft haarsträubenden Abenteuern auf See erzählte und für die Kinder war es eine Art Märchenstunde. Doch was würde der Wirt sagen, wenn Hein heute Abend erscheint, und behauptet, dass ihm der Klabautermann tatsächlich erschienen ist? Wahrscheinlich wird der Wirt ihn auslachen. Eigentlich war sich Hein sogar ganz sicher, dass man ihn auslachen wird.

Hein verwarf diesen Gedanken schnell wieder. Sollen sie ihn doch für verrückt erklären. Die Hauptsache war, dass er selbst genau wusste, was ihm erschienen war. Er konnte es zwar niemandem beweisen, aber es gab den Klabautermann und er, Hein Petersen persönlich, hatte ihn gesehen.

*   *   *

Draußen auf dem Meer tuckerte ein alter Fischkutter durch die seichten Wellen. Zu beiden Seiten des Bugs war der Name des Kutters zu lesen. „Möwe" stand dort in großen, weißen Buchstaben geschrieben.

Der Fischkutter Möwe hatte gerade seinen morgendlichen Fang beendet und Kurs auf seinen Heimathafen Gaubelsteg genommen.

Hinter dem Ruder stand der Schiffsführer Jan Jansen. Er war der Kapitän und gleichzeitig der Eigentümer des kleinen Kutters.

Jan Jansen war zweiundfünfzig Jahre alt. Sein Aussehen spiegelte das wider, was sich die meisten Leute unter einem Kapitän vorstellten. Jansens Gesicht wurde von einem grauen Vollbart umrahmt und auf dem Kopf trug er eine dunkelblaue Kapitänsmütze. Das raue Gesicht ließ ihn um gut zehn Jahre älter erscheinen, als er eigentlich war. Jan Jansen gehörte zu den korpulenten Typen und sein Gürtel hatte Schwierigkeiten, den übermäßig dicken Bauch im Zaum zu halten. Alles in allem wirkte er aber wie ein gutmütiger Teddybär.

Jansen stand hinter dem Ruder und blickte hinaus in die Morgendämmerung. Durch die schmutzverschmierte Glasscheibe des Ruderhauses erkannte er in der Ferne bereits die ersten Inseln, die dem kleinen Küstenstädtchen Gaubelsteg vorgelagert waren.

Die Laune des Fischers war nicht gerade die beste. In der letzten Zeit war der Fang immer sehr kärglich ausgefallen. Auch heute waren die Netze nicht voll geworden. Jan schob den großen Trawlern die Schuld daran in die Schuhe. Diese Schiffe fischten draußen auf See mit ihren riesigen Schleppnetzen alles auf, was sich im Wasser befand. Für solche Fischer wie Jansen, die mit ihren kleinen Kuttern unterwegs waren, blieb da nicht mehr viel übrig.

Vor einigen Jahren hatte Jan Jansen die Gelegenheit ergriffen und einen dieser modernen Trawler besichtigt. Das, was er dort gesehen hatte, ließ ihn an seiner eigenen Zukunft zweifeln. Diese gigantischen Trawler hatten mit einem herkömmlichen Fischerboot nichts mehr zu tun. Es waren in Jans Augen keine Schiffe, sondern riesige, schwimmende Fischfabriken. Die Fische wurden nicht nur gefangen, sondern direkt am Bord zerteilt und filetiert. Dann wurden diese Filets noch auf dem Schiff verpackt und schließlich eingefroren. Waren die Laderäume der Trawler schließlich prall gefüllt, dann liefen diese Schiffe einen der großen Häfen an. Dort wurde der verkaufsfertige Fang in Tiefkühlcontainern auf Lkws verladen, um direkt an die großen Geschäfte ausgeliefert zu werden.

Wenn Jan Jansen an die Art und Weise dachte, mit der diese schwimmenden Fischfabriken auf Beutefang gingen, dann stieg Wut in ihm auf. Diese Trawler hatten ein aufwendiges Sonarsystem an Bord. Damit lokalisierten sie sämtliche Fischvorkommen in ihrer Reichweite. Dieses Sonar war sogar so genau, dass man ohne weiteres die Arten und die Größen der Fischschwärme bestimmen konnte. Die großen Fangschiffe waren so konstruiert, dass die riesigen Netze mit einem Mal hundert Tonnen Fisch über Heck einholen konnten. Doch diese Trawler hatten noch ganz andere Raffinessen am Bord. Mit starken Scheinwerfern wurden sogar Tintenfische angelockt, um diese dann mit großen Saugpumpen in das Schiff zu befördern.

Wehmütig dachte der Kapitän der Möwe an die Zeiten zurück, in denen auch Fischer mit kleinen Kuttern noch so manch fetten Fang machen konnten. Er dachte an die, manchmal prall gefüllten Netze, die er damals noch einholen konnte. Da gab es noch Schwärme von Heringen, Sardinen und Alsen, und heute? Heute blieben diese fetten Fänge aus. Früher fischte Jan noch Heringe, die bereits zwanzig, oder gar fünfundzwanzig Jahre alt waren. Er, mit seiner Erfahrung, konnte das Alter dieser Fische durch die Ringe auf den Schuppen bestimmen, die sich mit den Jahren darauf bildeten. Doch so alte Heringe waren ihm schon lange nicht mehr zu Gesicht gekommen. Dank dieser gigantischen Fangschiffe hatten die Fische kaum noch eine Chance, überhaupt noch so alt zu werden. Gewiss, es gab Bestimmungen, nach denen die Maschen der Netze eine bestimmte Größe nicht unterschreiten durften, damit die jüngeren Fische noch hindurch schlüpfen konnten. Doch Jansen war davon überzeugt, dass sich die großen Schiffe nicht an diese Bestimmungen hielten. Das war in seinen Augen auch der Grund dafür, dass selbst die Fische, die nicht unbedingt in Schwärmen lebten, ebenfalls immer weniger wurden. Immer seltener war heute noch ein Grundfisch, wie Kabeljau oder Schellfisch im Netz. Früher, da wimmelte es nur so von Plattfischen. Große Heilbutts oder Seezungen waren feste Bestandteile des alltäglichen Fanges, doch diese Zeiten gehörten der Vergangenheit an.

Jan Jansen blickte erneut durch die verschmutzte Glasscheibe des Ruderhauses. Die Inseln, die dort im grau wirkenden Wasser der See aufragten, waren schon etwas näher gekommen.

Direkt vor dem Kutter zog langsam eine Nebelbank auf. Das war für den Fischer allerdings eine alltägliche Situation. Er kannte das Meer wie seine Westentasche und wusste selbst im dicksten Nebel, wo sich sein Boot befand.

Trotzdem drosselte Jansen, bevor er in die Nebelbank hinein fuhr, die Maschine. Tagsüber wäre ihm bei einer solchen Suppe angst und bange geworden, denn dann sausten die Touristen, diese Möchtegernkapitäne mit ihren Sportbooten über die See. Doch so früh in der Morgendämmerung waren nur die Fischerboote unterwegs, und Jansen war sich sicher, dass kein anderes Boot in seiner Nähe war. Dennoch schaltete er das Nebelhorn ein, welches sich oben am Top des Mastes befand.

Erfahrungsgemäß würde sich der Nebel bald wieder auflösen. Es dauerte tatsächlich nur wenige Minuten und die Sicht war wieder frei.

Der Fischer wusste, dass es noch eine gute halbe Stunde dauern würde, bis die ersten Pricken zu sehen waren. Diese Pricken markierten die schmalen Fahrrinnen, die das flache Wasser in Landnähe durchzogen. Wer sich als Schiffsführer hier nicht auskannte und das tiefere Fahrwasser aus Versehen verließ, dem konnte es sehr schnell passieren, dass er auf eine Sandbank auflief. Jansen war ein erfahrener Seemann und wusste genau, dass es außerhalb der Zone, die mit den Pricken gekennzeichnet war, einige Untiefen gab, die man selbst bei Flut nicht unterschätzen durfte.

Nun fiel sein Blick auf das Deck des Kutters. Dort war das zweite Besatzungsmitglied der Möwe damit beschäftigt, die ersten Löcher in den Netzen zu flicken.

Es war Fiedje Fedderson, der schon seit vielen Jahren gemeinsam mit Jansen auf der Möwe fuhr. Fiedje Fedderson war vierzig Jahre alt. Es war mit seinem Kapitän so abgesprochen, dass er irgendwann einmal, wenn Jan Jansen die Kapitänsmütze an den Nagel hängt, die Möwe übernehmen sollte. Dann wäre er der Kapitän und würde sich ebenfalls einen Mitarbeiter einstellen.

Jansen bezeichnete Fiedje immer als seinen „Leichtmatrosen". Das sagte er allerdings nur zum Scherz. Der Kapitän wusste ganz genau, dass Fedderson ein sehr zuverlässiger Mann war, ein Mann, der sein Handwerk verstand, wie kaum ein anderer. In den ganzen, langen Jahren, die Jansen gemeinsam mit Fedderson auf die See hinausgefahren war, war dieser nicht ein einziges Mal ausgefallen. Die beiden waren ein eingespieltes Team. Jeder wusste genau, was er zu tun hatte und was der andere gerade machte.

Jansen sah, wie Fiedje gerade aufstand, um ein fertig geflicktes Netz an den Mast zu hängen. Als die beiden Männer Blickkontakt bekamen, hob Fiedje Fedderson den Zeigefinger in die Luft. Damit gab er dem Schiffsführer zu verstehen, dass jetzt nur noch ein Netz zu flicken war.

Jansen nickte zufrieden, denn er war sich sicher, dass sein Leichtmatrose diese Arbeit noch bis zum Einlaufen in den Gaubelsteger Hafen schaffen würde.

Fedderson begab sich zum Bug des Kutters. Dort lagen einige Netze herum. Eines davon war noch zu flicken.

Fiedje war ganz das Gegenteil von seinem korpulenten Kapitän. Er war eher ein hagerer Typ. Seine Größe von 1,85 Meter unterstrich dieses noch. Auch er trug eine dunkelblaue Mütze, aber eben noch keine Kapitänsmütze. Das Einzige, was seinen Oberkörper vor der rauen Seeluft schützte, war ein ebenfalls dunkelblauer, dicker Wollpullover, dessen Rollkragen bis unter das Kinn reichte. Im rechten Ärmel, sowie im Schulterbereich fielen einige Löcher auf, die das hohe Alter des schmutzigen Pullovers erahnen ließen.

Fiedje Fedderson war verheiratet und hatte eine kleine Tochter. Diese freute sich jeden Morgen, wenn ihr Papa wieder nach Hause kam. Manchmal kam Fiedjes Tochter morgens sogar mit zum Hafen. Sie begleitete dann ihre Mutter, die gemeinsam mit der Frau des Kapitäns bereits im Hafen wartete, um beim Ausladen des Kutters zu helfen.

Fiedje dachte daran, dass seine Tochter heute nicht da sein würde, weil sie eine Nacht bei ihren Großeltern verbracht hatte.

Natürlich wusste auch Fiedje ganz genau, dass sie bald wieder im Hafen einlaufen würden. Er kannte das Meer genauso gut, wie sein Kapitän.

(Um die nun folgende Konversation für den Leser verständlich zu machen, wurde sie aus dem Platt- ins Hochdeutsche übersetzt)

Als könnte der Kapitän hinterm Ruder Gedanken lesen, rief er seinem Matrosen zu: „Da haben wir es ja bald wieder geschafft, Fiedje."

„Jau, Skipper." In Fiedjes Wortschatz gab es das Wort „Ja" nicht. Bei ihm hieß es grundsätzlich, ganz nach der hiesigen Mundart, „Jau". Nicht, dass der Kapitän, Jan Jansen, keinen Dialekt sprach, auch er konnte „snacken", dass kaum ein Außenstehender etwas verstand. Doch niemand in ganz Gaubelsteg sprach das Wort "Jau" mit so viel Inbrunst aus, wie Fiedje Fedderson. Es gab auch kaum jemanden, der dieses Wort so oft benutzte, wie er.

„Bald haben wir endlich Feierabend", sagte der Kapitän.

„Jau, Skipper, den haben wir."

Mit Blick auf den nicht so erfolgreichen Fang des Tages, meinte Jansen schließlich: „Mal ehrlich, Fiedje, das war bisher keine gute Woche für uns."

„Jau, das stimmt, keine gute Woche."

„Das kann ja morgen eigentlich nur noch besser werden."

„Jau, das kann es."

Fiedje Fedderson war ein sehr wortkarger Mensch. Er sprach eigentlich nur, wenn es unbedingt nötig war. Selbst zu Hause bei der eigenen Familie, redete er wenig. Doch manchmal, wenn das Gesprächsthema seine kleine Tochter betraf, sprudelten die Worte nur so aus ihm heraus. Dann schwärmte er jedem etwas davon vor, was für eine „Seute Dern", ein süßes Mädchen, sie doch war.

Nun stand er vorne am Bug und blickte zu den Inseln hinüber, die sich langsam aus der Dämmerung schälten. Die Insel Belaworn konnte er schon deutlich erkennen, während das dahinter liegende Sölesand noch nicht zu sehen war. Ein Blick zur Backbordseite verriet ihm, dass dort bereits die nächste Nebelbank im Anmarsch war.

Fiedje wandte sich zum Ruderhaus um und stieß einen lauten Pfiff aus. Als der Kapitän zu seinem Matrosen hinüberschaute, deutete dieser mit der Hand in die Richtung des Nebels, der da von Backbord kam.

Jan Jansen hob die Hand. Er gab Fedderson zu verstehen, dass er die Nebelbank gesichtet hatte.

Im gleichen Moment, in dem Fiedje das kaputte Netz zur Hand nahm, um es zu flicken, wurde der Kutter vom Nebel regelrecht verschluckt. Der Matrose merkte, dass der Kapitän hinter dem Ruder erneut Fahrt weggenommen hatte. Das Ruderhaus konnte Fedderson allerdings nicht mehr sehen, denn der Nebel war zu dicht. Selbst der große Mast, der sich etwa in der Bootsmitte befand, war nicht mehr zu erkennen. Auch wenn der Nebel dafür sorgte, dass es fast wieder dunkel wurde, so war die Sicht noch gut genug, um das Netz zu flicken. Als er nach seinem Flickzeug greifen wollte, wurde ihm bewusst, dass er es neben dem Mast vergessen hatte. Fiedje ließ das Netz wieder fallen und begab sich zur Bootsmitte. Er bemerkte nicht, dass sich in diesem Moment etwas dem Bug des Bootes näherte. Dort schwebte langsam eine aufgeblasene Gummipuppe heran. Es war, als wollte Lola in diesem Nebel Schutz auf dem Fischkutter suchen. Sie schwebte genau auf die Stelle zu, an der Fiedje gerade noch gestanden hatte, und genau in dem Netz, welches der Matrose flicken wollte, blieb sie mit den Plastikfüßen hängen. Ganz offensichtlich hatte Lola einige Mal mit dem Wasser Bekanntschaft gemacht. Ihre schwarzen Haare waren nass. Auch der kurze Rock war mit Wasser voll gesogen. Er klebte an ihrem Körper und war im vorderen Bereich nach oben umgeschlagen, sodass ihre Vagina entblößt war.

Inzwischen hatte Fiedje das Flickzeug aufgenommen. Er wandte sich wieder zum Bug. Deutlich erkannte er einen schemenhaften Umriss. Was dort am

Bug war, wurde vom Nebel noch verborgen, aber für den Matrosen war es eindeutig der Umriss einer Person.

„Hoffentlich sind wir bald wieder aus dieser Suppe draußen", hörte er plötzlich die Stimme des Kapitäns.

Diese Stimme kam eindeutig von hinten aus dem Ruderhaus. Fiedje schluckte. Wenn der Kapitän noch hinter dem Ruder war, wer stand dann dort vorne am Bug? In diesem Moment wurde der Nebel noch dichter und die Gestalt vor ihm wurde von der grauen Masse verschluckt.

Fiedje Fedderson war sich mit einem Mal nicht mehr sicher, ob er wirklich jemanden gesehen hatte. Zögernd ging er wieder in Richtung Bug.

Dann erkannte er sie wieder. Er sah ganz deutlich die Umrisse einer menschlichen Gestalt, und diese deuteten eindeutig darauf hin, dass dort am Bug eine Frau stand. Fiedje blickte auf weibliche Kurven. Er erkannte auch die langen Haare.

Abrupt blieb er stehen.

„Ich glaub, ich spinn", murmelte er vor sich hin.

Das, was er da sah, wollte einfach nicht in seinen Kopf. Wo kam die Frau so plötzlich her? Hatte sie sich irgendwie an Bord geschlichen? Der Kutter war ziemlich klein und es gab darauf keinen Platz, an dem sie sich hätte verstecken können. Fiedje oder der Kapitän hätten sie längst entdeckt.

Fedderson schüttelte ungläubig den Kopf. Dann dachte er daran, dass die Frau ja auch eine Touristin sein konnte, die im Meer schwimmen gegangen war und dabei von der Strömung hinausgetrieben wurde. Irgendwie muss sie sich dann auf den Kutter gerettet haben. Doch diesen Gedanken schob der Matrose schnell wieder bei Seite. Um diese Zeit ging kein Mensch schwimmen. Wer also war diese mysteriöse Frau?

Er trat einen zögerlichen Schritt nach vorne.

Um mehr zu erkennen machte er seine Augen zu schmalen Schlitzen. Doch der Nebel, der in diesem Moment wieder dichter wurde, ließ keine klare Sicht zu.

Ihm war, als würde die Frau ihm zuwinken.

„Hallo?", kam es vorsichtig aus seinem Mund.

Doch die geheimnisvolle Frau antwortete nicht.

„Hallo?", sprach er sie noch einmal an.

Als Fiedje noch immer keine Antwort erhielt, trat er einen weiteren Schritt auf diese merkwürdige Gestalt zu. Da er nun durch die Nebelschwaden etwas mehr von Lolas Körper erkannte, schluckte er. *Mein Gott*, dachte er. *Sie ist ja halbnackt.*

In diesem Augenblick flaute ein leichter Wind auf und Lola wankte sanft hin und her. Dieser Wind reichte allerdings nicht aus, um ihre Füße aus dem Netz, in den sie sich verfangen hatten, zu lösen.

Bisher hatte Fiedje die Umrisse ihres Körpers nur von vorne gesehen. Nun aber drehte Lola sich auch etwas zur Seite. Das gab natürlich auch den Blick auf die seitlichen Konturen ihrer prallen Brüste frei.

Obwohl Fiedje nur Lolas Umriss erkennen konnte, fiel ihm bei diesem Anblick die Kinnlade herunter. Auch er war schließlich nur ein Mann, und eine Frau mit einer solchen Figur, die bekam man eigentlich niemals so ohne weiteres zu sehen. Hinzu kam noch, dass sie oben ohne dort stand und ihm ohne Hemmungen ihre großen Brüste präsentierte. Fiedje machte einen weiteren Schritt auf die Frau zu.

Sie schien immer noch zu winken.

„Hallo?", sprach er sie erneut an. Irgendwie machte es ihn nervös, dass er keine Antwort bekam.

Wie hypnotisiert waren seine Augen auf die prallen Brüste der Frau fixiert. Fiedje Fedderson dachte daran, dass das wohl dieser berühmten Silikonbusen sein musste, von dem überall zu lesen und zu hören war. Er hatte schon einige Brüste gesehen, doch so etwas war ihm noch niemals untergekommen. So tolle Brüste gab es, wenn überhaupt, eigentlich nur in den einschlägigen Männermagazinen zu bewundern.

Der Matrose riss sich zusammen und versuchte, das Gesicht der Frau zu erkennen. Er meinte, durch die Nebelschwaden ein Lächeln zu sehen.

„Können Sie mich verstehen?", fragte er. Eigentlich hatte er schon geahnt, dass auch dieses Mal die Antwort ausbleiben würde. Irgendetwas in seinem Gehirn sagte ihm, dass es hier nicht mit rechten Dingen zuging. Die Situation wurde ihm langsam unheimlich. Warum stand die Frau nur da und winkte? Warum antwortete sie nicht? Fiedje fragte sich auch, warum diese Frau sich einfach so hemmungslos zeigte. Ihn beschlich ein beklemmendes Gefühl. Mit einem Mal kam ihm der Nebel viel dichter vor, als es sonst immer der Fall war. Fiedje wusste nicht warum, aber in diesem Moment fielen ihm diese Spukgeschichten ein, die man über seltsame Gestalten, die heimlich im Nebel auftauchten, erzählte. Der alte Hein Petersen gab diese Erzählungen immer in seiner Stammkneipe zum Besten. Allerdings hatte Fiedje den Alten noch niemals ernst genommen. Nun aber dachte er darüber nach, ob an diesen Geschichten vielleicht doch etwas dran war.

Als in diesem Augenblick das Nebelhorn oben am Top einen lang gezogenen Ton abgab, wurde die gespenstige Szenerie noch unterstrichen.

„Reiß dich zusammen", sagte der Matrose zu sich selbst.

Mutig bewegte er sich auf die Frauengestalt zu. Obwohl er jetzt bereits bis auf zwei Meter an sie herangetreten war, verbarg der dichte Nebel immer noch Einzelheiten. Genau in dem Moment, als Fiedjes Blick auf die Unterleibregion der geheimnisvollen Frau fiel, lichtete sich der Nebel für einen Augenblick. Der Matrose erkannte den hochgeschlagenen Rock und das, was darunter war, in allen Details.

„Mein Gott", kam es leise aus seinem Mund.

Die Frau, die so hemmungslos da stand, präsentierte ihm nun auch noch mit leicht gespreizten Beinen ihre nackte Vagina, eine so ausgeprägt große Vagina, wie sie dem staunenden Matrosen noch niemals zuvor unter die Augen gekommen war.

„Beim Klabautermann", stotterte er.

Im gleichen Moment wurde der Nebel wieder so dicht, dass Lola vor Fiedjes Augen verschwand. In diesem Augenblick wurde ihm klar, dass hier etwas nicht mit rechten Dingen zuging. Irgendetwas spielte ihm ein Trugbild vor. Wieder dachte er an die Spukgeschichten, die so mancher Seemann schon von sich gegeben hatte.

Er atmete tief durch.

„Bleib jetzt ganz ruhig, Junge", sagte er zu sich selbst. „Es gibt keine Frau am Bord. Das ist alles nur eine Einbildung."

Der Nebel verdichtete sich nun so sehr, dass er bei ausgestrecktem Arm nicht einmal mehr seine eigene Hand gesehen hätte.

Fiedje fragte sich, ob er überhaupt schon einmal ein so dickes Wetter erlebt hatte.

Als der Nebel schließlich wieder einen kurzen Blick auf das Gesicht der Frau freigab, sah er durch die Schwaden Lolas Lächeln. Dieses Lächeln wirkte sehr auffordernd, so, als wolle die geheimnisvolle Frau zu ihm sagen: „Komm und nimm mich." Fiedjes Gedanken wirbelten wild durcheinander. Warum zeigte die Frau sich ihm gegenüber so? Warum zeigte sie sich so schamlos und stellte sogar ungeniert ihre intimsten Zonen zur Schau? Auf diese Fragen konnte es nur eine triftige Antwort geben: Die Frau wollte ihn verführen. Sie wollte ihn in Versuchung bringen. Diese Frau auf dem Boot war ein Trugbild, welches vom Teufel stammen musste.

„Beim Klabautermann", kam es erneut aus seinem Mund, als auch die entblößte Vagina wieder zu sehen war.

In diesem Moment war sich der Matrose seiner Sache ganz sicher. Er hatte sich selbst das Stichwort gegeben. Der Klabautermann! Es war der leibhaftige Klabautermann, der sich dort in Frauengestalt zeigte, um ihn in eine Falle zu locken. Fiedje schluckte. Er bekam Angst. Für ihn gab es jetzt nur eines: Rückzug.

Schritt für Schritt trat er nun nach hinten. Das tat er ganz vorsichtig, um nicht ins Stolpern zu geraten. Fiedje bewegte sich rückwärts und ließ den vermeintlichen Klabautermann dabei nicht eine Sekunde aus den Augen. Niemals hätte er es sich gewagt, diesem gespenstigen Wesen auch nur für einen Augenblick den Rücken zuzuwenden. Als er den Mast des Kutters erreichte, konnte er die unheimliche Gestalt nicht mehr sehen. Obwohl ihm klar war, dass diese Frau ihn durch den Nebel ebenfalls nicht mehr sehen konnte, wagte er es immer noch nicht, sich umzudrehen.

Der Kapitän hinter dem Ruder sah, dass sich sein Matrose langsam aus dem Nebelschwaden herausschälte. Jansen wollte seinen Augen nicht trauen, denn Fiedje Fedderson kam Schritt für Schritt rückwärts auf das Ruderhaus zu.

Jan Jansen schüttelte den Kopf.

„Was ist denn in den gefahren?", murmelte er.

Niemals zuvor hatte er seinen Matrosen im Rückwärtsgang über das Deck schleichen sehen.

„Mensch Fiedje!", rief er. „Was ist denn mit dir los?"

Sein Matrose antwortete nicht. Er reagierte nicht einmal darauf, dass sein Skipper ihn angesprochen hatte. Schritt für Schritt näherte er sich weiterhin dem Ruderhaus. Sein Blick war auf den dichten Nebel vor ihm gerichtet.

Jan Jansen verstand die Welt nicht mehr. Er kannte seinen Leichtmatrosen sehr gut und war sich sicher, dass es einen triftigen Grund für Fiedjes merkwürdiges Verhalten geben musste.

Dann hatte Fedderson das Ruderhaus erreicht. Mit einem Satz sprang er neben den Kapitän. „Es ist passiert", kam es aufgeregt aus seinem Mund.

Jansen machte große Augen.

„Was ist passiert? Sind wir irgendwo aufgelaufen, ohne dass ich es bemerkt hab?"

„Nein, es ist viel schlimmer." Fiedje stockte. Ihm fehlten vor Aufregung die Worte.

„Na, sag schon, was ist los?", forderte Jansen ihn auf.

„Der, der,…", der Matrose schluckte laut, „der Klabautermann ist am Bord."

In diesem Moment lachte der Kapitän lauthals los.

Sein Matrose Fiedje Fedderson war noch nie ein großer Komiker gewesen und wenn er mal einen Scherz gemacht hatte, dann reichte es allenfalls für ein leichtes Schmunzeln. Dieses Mal aber war ihm seine Schau wirklich gelungen. Jansen lachte so laut, dass er die Beteuerungen Feddersons, keinen Scherz zu machen, überhaupt nicht wahr nahm.

„Mensch Fiedje, das war wirklich gut", meinte der Kapitän und wischte sich die Tränen aus den Augen.

„Aber Skipper, das war kein Scherz. Der Klabautermann steht vorn am Bug. Er ist mir als eine Frauengestalt erschienen."
Obwohl Jansen die ernste Mine seines Matrosen sah, glaubte er immer noch an einen Ulk. „Ja, ja, Fiedje, der Klabautermann hat sich als Frau verkleidet und steht vorn am Bug."
„Er hat sich nicht verkleidet, sondern ist als Frau erschienen."
Jetzt sah der Kapitän, wie blass sein Matrose um die Nase geworden war. Das machte ihn natürlich stutzig.
„Du sagst also, wir haben ein Weib an Bord, Fiedje?"
„Ja."
„Und dieses Weib steht vorn am Bug."
„Ja."
In diesem Moment wusste Jansen, dass tatsächlich etwas nicht stimmte. Wenn ein Mann, der grundsätzlich mit „Jau" antwortet, mit einem Mal „Ja" sagt, dann war etwas faul.
„Glaub mir, Skipper, das muss der Klabautermann sein. Er wollte mich in Versuchung bringen."
„In Versuchung?"
„Ja, er wollte mich mit seinen Reizen verführen."
„Hat ein Klabautermann Reize?"
„Ich hab doch gesagt, dass er als Frau gekommen ist, als Frau, die mir ihre nackten, großen Brüste gezeigt hat."
Ungläubig blickte der Kapitän seinen Matrosen an.
„Hast du was getrunken, Fiedje?"
„Aber Skipper, du musst mir glauben, die Frau ist wirklich an Bord."
„Eine nackte Frau mit großen Brüsten?"
„Ja."
„Und du hast wirklich nichts getrunken?"
„Nein, ich hab nichts getrunken."
Der Kapitän schüttelte den Kopf. Er wusste nicht recht, was er von der Erzählung seines Leichtmatrosen halten sollte.
„Diese Frau hat dir also ihre großen Brüste gezeigt, um dich damit zu verführen?"
„Nicht direkt. Verführen wollte sie mich mit ihrer nackten Fröhlichkeit."
„Mit ihrer nackten Fröhlichkeit?"
„Ja, mit ihrer nackten Vagina, die sie mir mit gespreizten Beinen gezeigt hat. Glaub mir Skipper, sie hat eine riesige Vagina. Keine normale Frau hat so eine große Vagina. Es muss also der Klabautermann sein."
Jetzt war sich Jan Jansen sicher, dass sein Matrose betrunken war. In den ganzen Jahren, die er schon mit Fiedje Fedderson auf See war, hatte dieser

nicht einmal Alkohol am Bord getrunken. Jansen dachte daran, dass sein Matrose vielleicht familiäre Sorgen hatte, über die er nicht reden wollte. Vielleicht war das der Grund, warum er heimlich während der Arbeit trank.

„Hör zu, Fiedje, wir zwei sind doch die besten Freunde. Wenn du irgendein Problem hast, dann kannst du mit mir drüber reden."

Für einen Augenblick wusste Fedderson nicht, was Jansen von ihm wollte. Dann aber sagte er: „Ich hab kein Problem. Das Einzige, was ich hab, das ist Angst. Was sollen wir machen, wenn er uns holen will?"

Jansen atmete tief durch. Was sollte er jetzt machen? Wie sollte er sich verhalten? Ganz offensichtlich war sein Matrose verwirrt, sei es durch heimlichen Alkoholkonsum oder durch sonst etwas.

Er griff nach dem Hebel auf der Konsole und stellte diesen in den Leerlauf. Die Bootsmaschine stoppte.

„So, mein Junge", meinte er mit väterlicher Stimme. „Wir werden jetzt gemeinsam zum Bug gehen. Dann zeigst du mir, wo der Klabautermann steht. So eine nackte Frau, wie du sie mir beschrieben hast, wollte ich schon immer sehen."

„Aber Skipper, dass kann sehr gefährlich werden. Wir wissen nicht, was der Klabautermann vor hat."

Mittlerweile hatte der Kapitän gemerkt, dass es seinem Matrosen wirklich sehr ernst war. Fiedje war felsenfest davon überzeugt, den Klabautermann gesehen zu haben. Jansen glaubte, dass sein Mitarbeiter von seinen Hirngespinsten befreit werden konnte, wenn er sieht, dass sich niemand, außer ihnen, an Bord befand.

Jansen trat aus dem Ruderhaus, um sich in Richtung Bug zu begeben. In dem Moment fasste sein Matrose ihn an die Schulter. „Wir sollten besser nicht dorthin gehen, Skipper."

„Ich werd vorgehen, Fiedje, und du folgst mir. Du wirst sehen, dass es hier keinen Klabautermann gibt."

„Aber Skipper…"

„Du kommst mit, das ist ein Befehl."

Langsam schritten die beiden durch den Nebel.

Als sie in Höhe des Mastes waren, flehte Fiedje seinen Kapitän erneut an: „Bitte, Skipper, wir dürfen da nicht hingehen. Das Beste wird sein, wenn wir uns im Ruderhaus einschließen, bis der Spuk vorbei ist."

Jansen drehte sich um. Als er das Gesicht von Fedderson sah, erschrak er. Ihm stand die pure Angst im Gesicht geschrieben.

„Hör zu, Fiedje." Jansen sprach bewusst ruhig. „Ich weiß nicht genau, was mit dir los ist, aber ich mach mir wirklich große Sorgen um dich. Du hast Angst, doch ich sage dir, dass es nichts gibt, wovor du Angst haben musst."

76

Fedderson senkte den Kopf. „Ich weiß, was ich gesehen habe, Skipper, und ich hab wirklich große Angst davor."

„Wir werden jetzt zum Bug gehen. Du wirst sehen, dass dort nichts ist. Ich weiß nicht warum, aber du musst dir das alles nur eingebildet haben."

Jetzt, wo der Kutter ohne Fahrt zu machen auf dem Meer trieb, schaukelte er in den seichten Wellen. Es lag daran, dass der Wind nun etwas auffrischte. Dieser Wind war auch der Grund dafür, dass sich der Nebel langsam auflöste. Der Kapitän, der nun, wo er beruhigend auf seinen Matrosen einsprach, mit dem Rücken zum Bug stand, konnte nicht sehen, dass hinter ihm, im schwächer werdenden Nebel langsam eine Frauengestalt zu erkennen war. Fiedje Fedderson allerdings sah sie sofort. Seine Augen starrten angespannt nach vorne. Er hob langsam seinen rechten Arm und zeigte zum Bug. „Da ist sie wieder", flüsterte er.

Jan Jansen schüttelte ungläubig den Kopf. Dann atmete er tief durch. Er wollte einfach nicht glauben, dass ihm sein Matrose immer noch diese Geschichte vom Klabautermann weismachen wollte. Trotzdem drehte er sich in die Richtung, in die Feddersons Arm wies.

In diesem Augenblick fuhr ihm ein Schreck durch die Glieder. Er wurde leichenblass.

Da stand sie wirklich und wahrhaftig, die Frau, vor der sein Matrose Angst hatte. Sie war, genau wie Fiedje es beschrieben hatte, nackt.

Da der Kutter in den Wellen hin- und herschaukelte, bewegte sich auch Lolas Körper hin und her. Diese Bewegung übertrug sich hauptsächlich auf ihren Oberkörper und es sah so aus, als wolle die Frau den beiden Männern ihre prallen Brüste offerieren, als wolle sie sagen: „Seht her, was ich Schönes für euch habe." Dieses stete, auffordernde Lächeln in ihrem Gesicht tat das Übrige dazu.

„Mein Gott", stammelte Jan Jansen. „Es gibt sie wirklich."

Er schloss seine Augen und kniff sie für einen Moment fest zusammen, so, als könne er das Gesehene damit vertreiben. Doch als er seine Augen wieder öffnete, war diese Frau immer noch da. Sie stand vorne am Bug und schien ihm sogar zu zuwinken.

Jetzt erst fiel Jansens Blick auf das, was sich zwischen den leicht gespreizten Schenkeln der Frau auftat.

„Mein Gott", kam es erneut aus seinem Mund.

„Ich hab es doch gesagt, Skipper", hörte er die flüsternde Stimme seines Matrosen. „Das ist der Klabautermann. Er ist uns als Frau erschienen, um uns zu verführen."

Nachdem sich der Kapitän wieder einigermaßen gefangen hatte, meinte er: „Nein Fiedje, das ist kein Klabautermann. Diese Frau ist echt."

„Mensch Skipper, fall bloß nicht auf dieses Trugbild rein. Ich hab schon viele Geschichten gehört, in denen selbst der Teufel als reizvolle Frau erschienen ist, um einen Mann zu verführen. Das, was da unser Deck betreten hat, ist der Klabautermann persönlich. Vielleicht will er uns mit seinem Erscheinungsbild betören und ablenken, damit wir auf eine Untiefe auflaufen und absaufen."

Jan Jansen wusste nicht, was er davon halten soll. Da stand eine schöne Frau und präsentierte den beiden in schamlosester Weise alles, was einen Mann um den Verstand bringen könnte. Gab es solche Frauen überhaupt? Diese riesigen, prallen Brüste, diese wundervolle, schlanke Taille und diese auffordernd wirkende Vagina, die für jeden normalen Mann wie eine Einladung zur Glückseligkeit aussah. Nein, solche Frauen gab es im realen Leben nicht. Vielleicht hatte sein Matrose ja Recht, vielleicht war diese geheimnisvolle Frau, die dort in den Nebelschwaden stand, ja wirklich nur ein Trugbild.

Nun bekam auch der Kapitän ein mulmiges Gefühl im Magen.

„Skipper", hörte er wieder Fiejdes Stimme. „Wir müssen zurück in`s Ruderhaus."

Die Gesichtszüge des Kapitäns, die bis jetzt noch großes Erstaunen ausgedrückt hatten, wurden mit einem Mal sehr ernst. „Du hast Recht, Fiedje. Lass uns hier verschwinden. Ich muss hinter das Ruder, muss wieder Fahrt aufnehmen, damit wir bald die sichere Fahrrinne erreichen."

Die beiden Fischer beeilten sich, um in das rettende Ruderhaus zu kommen. Als sie es betreten hatten, verriegelten sie es von innen.

Jan Jansen warf einen kontrollierenden Blick auf den Kreiselkompass. Ihre Fahrtrichtung hatte sich nur unwesentlich geändert. Er hoffte, dass sie noch Kurs hielten, denn wenn sie mit der Strömung abgedriftet waren, dann bestünde tatsächlich die Gefahr, in diesem Nebel auf eine Untiefe aufzulaufen. Zum ersten Mal bereute Jansen es, dass er kein GPS an Bord hatte. Mit diesem System konnte man jederzeit via Satellit seine genaue Position bestimmen. Bisher hatte er sich immer geweigert, diesen modernen Kram zu benutzen. Schließlich fuhr er bereits fast sein ganzes Leben lang zur See und es hat auch immer ohne GPS gut funktioniert. In diesem Moment aber entschloss er sich dazu, sich umgehend so ein Gerät einbauen zu lassen, vorausgesetzt, sie würde den rettenden Hafen erreichen.

Obwohl der Nebel sich immer noch nicht verzogen hatte, schob der Kapitän den Gashebel so weit nach vorne, dass der Kutter mit halber Kraft fuhr, eine Geschwindigkeit, die bei diesem dicken Wetter eigentlich nicht angebracht war. Aber Jansen wollte möglichst schnell nach Hause. Er verließ sich blind auf sein Gefühl, auch im Nebel sicher zum Hafen zu kommen.

Konzentriert blickten die beiden Fischer durch die schmutzigen Glasscheiben nach vorne. Der Nebel war immer noch so dicht, dass der Bug von hier aus nicht zu sehen war. Dennoch wussten die beiden Männer im Ruderhaus genau, dass dort vorne eine große Gefahr auf sie lauerte. Sie durften sich einfach nicht aus der Ruhe bringen lassen. Selbst wenn diese Frau nun zu ihnen kommen würde, so durften sie nicht auf sie reinfallen. Das Ziel dieser teuflischen Frau war ganz klar: Sie wollte die beiden Fischer ablenken, um sie auf einen falschen Kurs zu bringen.

Trotzdem hatten der Kapitän und der Matrose fast die gleichen Gedanken. Sie dachten beide daran, wie es wäre, noch einmal zum Bug zu gehen, um sich dieses Prachtweib in aller Ruhe anzusehen. Sie waren sich ganz sicher, nie mehr im Leben so etwas Aufregendes zu Gesicht zu bekommen. Was wäre schon dabei, sich dieser verführerischen Frau erneut zu nähern. So, wie sie ihnen zu gewunken hatte, wollte sie bestimmt nichts Böses. Ganz im Gegenteil, sie wollte ihnen etwas zeigen, etwas, was sie sonst nie zu sehen bekamen, und so auffordernd, wie sich diese Schönheit gegeben hatte, wollte sie den beiden Männer vielleicht sogar etwas geben, das die zwei noch niemals in ihrem Leben bekommen hatten, die aufregendsten Stunden, die sich ein Mann nur vorstellen konnte. Doch Jan und Fiedje waren sich auch dessen bewusst, dass die Frau genau das von ihnen erwartete. Wenn sie dem Scharm dieses Weibes erliegen würden, dann würde das Boot aus dem Ruder laufen und unkontrolliert abdriften.

„Glaubst du mir jetzt, Skipper, dass es der Klabautermann ist?"

Jan Jansen hatte noch nie an solchen Spukgeschichten geglaubt. Doch wenn sich hinter diesem Weib nicht wirklich der Klabautermann versteckte, wer würde ihnen dann so ein Trugbild vorgaukeln? Das, was sich da vorne im dichten Nebel verbarg, musste einfach der Klabautermann sein.

„Ja, Fiedje, ich glaub auch, dass es der Klabautermann ist."

Lola hatte es tatsächlich geschafft, dass zwei vernünftig und logisch denkende Männer, die alle Spukgeschichten immer nur belächelt haben, an den wahrhaftigen Klabautermann glaubten. Sie hatte es geschafft, dass zwei gestandene Seemänner mit all ihrer Erfahrung plötzlich Angst vor Gespenstern bekamen.

Nun frischte der Seewind erneut auf und der Nebel wurde in wild herumwirbelnden Schwaden durcheinander geweht.

Dieser wechselnde Wind sorgte auch dafür, dass sich die Plastikfüße der Puppe am Bug aus dem Netz befreien konnten. Eine kräftige Böe erfasste Lola und sie wurde vom immer heftiger werdenden Wind landwärts getragen, genau auf die dem Land vor gelagerten Inseln zu.

79

Jan Jansen und Fiedje Fedderson standen schweigend im Ruderhaus. Sie wussten aus Erfahrung, dass der auffrischende Wind den Nebel bald vertreiben würde. Er hatte sich schon etwas gelichtet und man konnte vom Ruderhaus aus bereits den Mast sehen, der Mittschiffs stand. Bald würde sich auch der Blick auf den Bug freigeben, dann würden sie diese geheimnisvolle Frau auch von hieraus sehen können.

„Meinst du, Skipper, dass wir hier im Ruderhaus wirklich sicher vor ihr sind?"

Der Kapitän zuckte mit den Schultern. „Wenn ich ehrlich bin, dann glaub ich nicht dran, dass uns das Ruderhaus schützen kann. Wer sich in eine Frauengestalt verwandeln kann und so mir nichts dir nichts mitten auf See am Bug eines Kutters erscheint, der kann genauso gut auch hier im Ruderhaus erscheinen."

„Was sollen wir denn tun, wenn sie wirklich hier erscheint?"

Außer ein erneutes Schulterzucken erhielt Fiedje keine Antwort von seinem Kapitän.

Der Wind blies immer heftiger und von einem Moment auf den anderen verschwand auch die letzte Nebelschwade. Die beiden Fischer konnten nun das gesamte Deck überblicken.

„Sie ist weg", sagte Fiedje monoton.

„Vielleicht hat sie sich irgendwo an Bord versteckt", meinte Jan Jansen und blickte suchend über das Deck.

„Jau, das kann sein."

„Vielleicht solltest du mal nachsehen, Fiedje."

Der Matrose sah seinen Kapitän entgeistert an.

„Nee Skipper, da geh ich nicht raus."

„Sag nur, du hast Angst vor einer schönen Frau?"

„Jau Skipper, das hab ich."

Die beiden suchten mit ihren Augen das Deck ab.

„Verdammt", fluchte Jansen. „Wir können doch von hier aus das ganze Boot überblicken. Wo um alles in der Welt ist sie?"

„Eigentlich gibt es nur eine Möglichkeit, wo sie stecken könnte, ohne dass wir sie sehen", meinte Fedderson.

„Und wo?"

Fiedje deutete mit dem Finger nach oben.

„Sie könnte sich vorhin im Nebel unbemerkt auf das Dach des Ruderhauses geschlichen haben."

„Das hätten wir doch bemerkt, Fiedje."

„Ich hab vorhin auch nicht bemerkt, wie sie sich auf das Deck geschlichen hat. Ich stand vorn am Bug, um ein Netz zu flicken. Da war sie noch nicht da.

Dann ging ich kurz zum Mast und kehrte sofort zum Bug zurück, und plötzlich stand sie da, wie aus dem Nichts."

Wie auf ein Kommando gingen die Blicke der beiden Männer zur Decke des Ruderhauses.

„Meist du wirklich, dass sie da oben sitzt, Fiedje?"

„Jau, das meine ich."

„Ich glaube", sagte der Kapitän abschätzend, „es ist das Beste, wenn wir solange im Ruderhaus bleiben, bis wir die sichere Fahrrinne erreichen."

Fiedje Fedderson nickte zustimmend.

Mittlerweile war der Nebel vollends verschwunden. Den beiden Fischern bot sich wieder eine klare Sicht. Die Inseln und das dahinter liegende Festland waren bereits sehr nah.

Nur etwa hundert Meter vor dem Fischkutter tauchten die ersten Pricken auf. Die rettende Fahrrinne war so gut wie erreicht.

„Gleich haben wir es geschafft, Fiedje."

„Jau Skipper, wir waren viel schneller hier, als erwartet."

„Ich hab es so erwartet", sagte Jansen. „Schließlich sind wir mit halber Kraft voraus durch den Nebel gefahren."

Kaum befuhr der Kutter die mit Pricken gekennzeichnete Fahrrinne, da schickte der Kapitän seinen Matrosen hinaus. Er sollte nachsehen, ob die Frau auf dem Dach saß.

Der Matrose befolgte die Anweisung seines Kapitäns, wenn auch nur sehr zögerlich.

Erleichtert stellte er fest, dass diese Frau nirgendwo zu sehen war.

„Die Alte ist weg, Skipper."

Jan Jansen nickte.

„Das hab ich mir fast gedacht."

„Warum?"

„Weil es ganz genauso ist, wie in den Geschichten, die man sich vom Klabautermann erzählt. Er erscheint aus dem Nichts und verschwindet wieder ins Nichts."

„Jau, genauso war es bei uns auch."

Dann schwiegen die beiden Fischer.

Es dauerte einige Zeit, bis Jan Jansen sagte:

„Du, Fiedje, meinst du, die Leute werden uns diese Geschichte abkaufen, wenn wir sie erzählen?"

Fiedje blickte seinen Kapitän verwundert an. „Warum sollten die Leute uns nicht glauben? Wir haben doch beide diese Frau gesehen."

Jansen nickte. „Wir haben sie beide gesehen. Doch würdest du jemanden glauben, wenn er dir so eine Geschichte auftischen würde?"

„Ich würde es sofort glauben, Skipper. Schließlich weiß ich ja jetzt, dass es den Klabautermann wirklich gibt."

„Jetzt würdest du es glauben, aber hättest du es auch geglaubt, bevor du diese Frau gesehen hast?"

„Ich weiß nicht, ob ich `s geglaubt hätte."

„Weißt du, Fiedje, ich denk gerade an den alten Hein Petersen. Der hat schon viele Geschichten vom Klabautermann erzählt."

„Jau, Skipper, das hat er."

„Hast du an seinen Erzählungen geglaubt?"

Fiedje machte große Augen. „Natürlich nicht, denn der alte Hein ist ein Säufer, den man nicht für voll nehmen kann. Er ist ein wenig tüttelig"

„Hättest du denn seine Geschichten geglaubt, wenn er kein Säufer wär?"

Der Matrose dachte für einen Augenblick nach. Dann meinte er: „Ich glaub nicht, dass ich es geglaubt hätte."

Jan Jansen nickte wieder. Dabei kratzte er sich mit der Hand nachdenklich in seinem Bart.

„Das gibt mir zu denken, Fiedje."

„Warum?"

„Stell dir vor, was passiert, wenn wir das erzählen, was wir heute erlebt haben. Die Leute werden uns auch für verrückt halten."

„Aber wir müssen es erzählen. Wir müssen die anderen doch davor warnen, dass der Klabautermann hier sein Unwesen treibt."

Der Kapitän wirkte nachdenklich. Er verzog sein Gesicht und atmete einmal tief durch. „Tja, Fiedje, das müssen wir wohl."

Es dauerte nicht mehr lange, und der Fischkutter Möwe lief mit langsamer Fahrt im Hafen ein. Hier war bereits reger Betrieb. Ein paar Kutter, die schon vor der Möwe eingelaufen waren, hatten bereits am Kai festgemacht und luden ihren morgendlichen Fang ab. Einige Fischer hatten dieses Geschäft schon erledigt und waren dabei, ihre Netze zu flicken. Andere reichten Männern, die oben auf dem Kai standen, die mit Fisch gefüllten Kisten hinauf. Die Möwe hielt auf die Stelle zu, an der zwei Frauen am Kai standen. Die beiden Frauen winkten der Besatzung der Möwe zu. Es waren die Ehefrauen von Fiedje und Jan. Sie wollten, wie immer, beim Ausladen des Fanges helfen.

Während Jan Jansen den Kutter längsseits an den Kai heran steuerte, warf Fiedje den Frauen die Leinen zu. Diese nahmen die Leinen auf und legten sie um die Poller. Mit wenigen geschickten Handgriffen machten sie das Boot fest.

Fiedje achtete darauf, dass die alten Autoreifen, die seitlich am Kutter angebracht waren, richtig saßen. Sie dienten dazu, eine direkte Berührung des Bootes mit der Kaimauer zu vermeiden. Normalerweise gab es dafür Tampen, die man im Fachhandel kaufen konnte, doch diese waren den Fischern zu teuer, zumal alte Autoreifen den gleichen Zweck erfüllten.

Die zwei Frauen begrüßten ihre Männer, bemerkten aber sofort, dass mit denen etwas nicht stimmte.

„Ist irgendwas passiert?", wollte die Frau vom Kapitän wissen.

Ihr Mann blickte kurz zu seinem Matrosen. Er schien unentschlossen zu sein, welche Antwort er geben sollte.

„Ob was passiert ist?", kam es zögernd aus seinem Mund.

„Es ist was passiert", beantwortete seine Frau die Frage nun selbst. „Also sagt schon, was ist los mit euch?"

„Wir haben den Klabautermann gesehen", sagte Fiedje.

Die Frauen lachten.

„Jetzt wollen die uns schon am frühen Morgen verarschen", meinte Fiedjes Frau.

„Wir wollen euch nicht verarschen. Ob ihr `s glaubt oder nicht, der leibhaftige Klabautermann ist uns heute am Bord erschienen."

Fiedjes Frau stemmte ihre Arme in die Hüften. Sie blickte ihren Mann strafend an. Der frische Wind wehte ihr die strohblonden Haare ins Gesicht. „Also, Fiedje", sagte sie und strich ihre Haare nach hinten. „Ich nehme an, ihr habe einen so schlechten Fang gemacht, dass ihr es mit einem Märchen entschuldigen wollt."

„Nein Anna", widersprach Fiedje. „Der Klabautermann war da. Er stand plötzlich vorn am Bug."

Seine Frau winkte ab. „Wenn ich nicht genau wüsste, dass du morgens nichts trinkst, dann würde ich sagen, du bist besoffen."

„Aber Anna, wir haben ihn wirklich gesehen. Du musst uns das glauben."

Jetzt mischte sich die Frau von Jan Jansen in das Gespräch. „Wie war euer Fang?"

Jansen blickte sie zerknirscht an. „Wie immer."

„Und warum erzählt ihr uns solche Schauergeschichten?"

„Hör zu, Martha", sagte Jansen beschwichtigend. „Das, was Fiedje da erzählt, ist kein Seemannsgarn. Der Klabautermann war am Bord und wir haben ihn beide gesehen."

Seine Frau schüttelte ungläubig den Kopf. „Wir haben heut noch viel zu tun. Mir steht nicht der Sinn nach solchen Märchen." Ihre Stimme war lauter geworden. Der strenge Blick, den sie ihrem Mann nun zuwarf, wurde von ihren kurz geschorenen, grauen Haaren, die ihr ein eher maskulines Aussehen gaben, noch unterstrichen.

Jansen blickte sich ängstlich um, so, als wolle er nicht, dass andere ihr Gespräch mitbekamen. Mit beschwichtigenden Gesten in die Richtung seiner Frau versuchte er, sie beruhigen. „Das Beste ist, wenn ihr erst mal an Bord kommt. Dann werden wir euch alle Einzelheiten erzählen."

Die beiden Frauen blickten sich unschlüssig an.

„Na, wenn es denn sein muss", murmelte schließlich die Kapitänsfrau.

Um an Bord zu kommen, mussten die zwei Frauen einen vorsichtigen Schritt nach unten machen. Da die Flut ihren Höchststand noch nicht erreicht hatte, lag das Deck des Fischkutters noch etwa einen halben Meter tiefer als der Kai.

Natürlich reichten die Männer ihren Frauen die Hände, um das „an Bord kommen" zu erleichtern.

„So", sagte Jans Frau und trat ganz dicht an ihren Mann heran. „Jetzt hauchst du mich erst mal an."

„Aber Martha, ich hab doch nichts getrunken."

„Anhauchen hab ich gesagt!"

Der Kapitän tat, was seine Frau von ihm verlangte.

„Also", stellte Martha fest. „Gesoffen haben sie nicht."

„Das hab ich doch gesagt", meinte Jansen mit einem leichten Anflug von Verzweiflung in der Stimme.

„Du hast also den Klabautermann gesehen", sagte Martha.

„Ja."

„Und wie sah er aus?"

Der Kapitän schluckte. Ihm wurde mit einem Mal ganz anders. Er kannte seine Frau nur zu gut und wenn er daran dachte, wie Martha reagieren könnte, wenn sie erfährt, dass eine nackte Frau an Bord gewesen ist, dann bekam er ein mulmiges Gefühl im Magen.

Sein Matrose Fiedje Fedderson nahm ihm die Antwort ab. „Der Klabautermann kam als Frau."

Mit erstauntem Gesichtsausdruck wandte Martha sich nun an Fiedje. „Der Klabautermann kam als Frau", wiederholte sie seine Worte und schob dabei ihre Augengrauen hoch.

„Jau."

„Und? War sie wenigstens jung und hübsch?"

„Jau, und wie."

Nun wandte Martha sich wieder ihrem Mann zu. „Ihr hattet also eine hübsche Frau an Bord und wollt uns weismachen, diese Frau sei der Klabautermann gewesen. Verdammt noch mal, jetzt will ich endlich wissen, was wirklich los war!"

84

Der verzweifelte Gesichtsausdruck des Kapitäns sprach Bände. „Was hab ich dir gesagt, Fiedje? Wenn uns selbst unsere eigenen Frauen nicht glauben, dann werden uns alle anderen erst recht für verrückt halten."

„Jan Jansen!", kam es wütend aus dem Mund seiner Frau. „Jetzt versuch keine Ablenkungsmanöver. Ich will sofort wissen, was es mit dieser Frau auf sich hat."

„Sie war plötzlich am Bord, Martha. Zuerst ist sie Fiedje erschienen."

„Jau", bestätigte Fiedje. „Sie stand plötzlich vor mir, wie aus dem Nichts."

„Und sie war ganz zufällig jung und hübsch", meinte Fiedjes Frau spitz.

„Ja, Anna."

Dass ihr Mann ihr mit „Ja" und nicht mit dem für ihn üblichen „Jau" antwortete, machte sie stutzig.

„Jetzt möchte ich es aber genauer wissen", sagte sie. „Wie sah diese Frau aus?"

„Wie gesagt, sie war jung und hübsch."

„Und weiter?"

„Sie hatte lange schwarze Haare."

„Und?"

„Die Frau hat uns angelächelt und zu gewunken hat sie uns auch."

„So, sie hat euch also zu gewunken."

„Jau."

„Und das war alles?"

Fiedje schluckte.

Seine Frau ahnte natürlich sofort, dass er ihr noch etwas verschwieg und als ihr Mann nun unruhig von einem Bein auf das andere trat, schien sich ihre Vermutung zu bestätigen.

„Also, Fiedje, was verheimlichst du mir?"

Als Fiedje den durchdringenden Blick seiner Frau bemerkte, schluckte er erneut.

„Na?", kam es auffordernd aus Annas Mund. „Ich warte."

„Also, die Frau war,… sie war…"

„Was war sie?"

„Sie war nackt."

Jetzt war es draußen.

„Waaas?, kam es lang gezogen aus Annas Mund.

„Jan Jansen!", ertönte nun die Stimme der Kapitänsfrau. „Ihr fahrt also mit nackten Frauen durch die Gegend. Schämt ihr euch gar nicht, uns so zu hintergehen?"

„Aber Martha", stammelte Jansen. „Die Frau stand ganz plötzlich da. Dann kam der dichte Nebel und verbarg sie und als der Nebel sich wieder auflöste, da war die Frau verschwunden."

„Und das soll ich dir glauben?"

„Der Skipper sagt die Wahrheit", bestätigte Fiedje Jansens Aussage. „Die Frau ist aus dem Nichts erschienen und genau so wieder verschwunden."

„Und das war wirklich alles?", hakte seine Frau nach.

„Ja, das war alles."

"Soso", sagte Anna. "Es gibt eine Frau so verrückt ist, nackt durch das Meer zu schwimmen, auf euren Kutter zu klettern, um dann wieder ins Wasser zu springen."

Als Fiedje seiner Frau gerade erklären wollte, dass es schließlich keine richtige Frau war, sondern der Klabautermann, kam ihm Jan Jansen mit einer Antwort zuvor. „Ja", bestätigte er die Aussage von Fiedjes Frau. „Genau so muss es gewesen sein."

Sein Matrose wunderte sich über das, was Jansen sagte. Warum erzählte der Kapitän nicht die Wahrheit? Warum sagte er den Frauen nicht, dass es der Klabautermann war und nicht irgendeine verrückte Schwimmerin?

Jansens Frau blickte ihren Mann starr an.

„Weißt du was, Jan Jansen", kam es mit einem bösen Unterton aus ihrem Mund. „Ich glaub dir nicht ein einziges Wort." Dann wandte sie sich Fiedjes Frau zu. „Komm Anna, wir gehen nach Hause. Diese Mistkerle sollen ihren Fang heute mal allein ausladen."

Wortlos gingen die beiden Frauen vom Bord des Kutters.

„Aber Martha!", rief Jansen seiner Frau hinterher. „Du glaubst doch nicht im Ernst, dass wir uns eine Frau an Bord holen würden, wenn wir zum Fischfang hinausfahren. Du weißt doch ganz genau, dass wir so etwas niemals tun würden. Ich möchte auf der Stelle tot umfallen, wenn ich dich hintergangen hätte."

Die Frauen reagierten nicht auf seine Rechtfertigung. Ohne sich auch nur ein einziges Mal umzudrehen, marschierten sie weiter.

„Scheiße!", fluchte Jansen laut. „Jetzt will uns der Klabautermann auch noch unsere Ehen kaputtmachen."

„Reg dich nicht auf, Skipper", meinte Fiedje und legte seinem Kapitän beschwichtigend die Hand auf die Schulter. „Die Frauen werden sich schon wieder abregen."

„Hoffentlich."

„Da bin ich mir ganz sicher. Spätestens heute Abend werden sie wieder ganz normal sein."

„Und was macht dich so sicher, dass sie heute Abend nicht mehr sauer auf uns sind, Fiedje?"

„Weil heute Abend doch die große Feier ist."

Jetzt fiel es auch dem Kapitän wieder ein. Natürlich, heute Abend gab es ein wichtiges Ereignis, worauf sich die Frauen schon fast ein ganzes Jahr freuten, denn heute Abend findet in der Gaststätte "Zum Leuchtturm" die jährliche Sparclubauszahlung statt. Solche Sparclubauszahlungen sind in den meisten Gaststätten nichts Besonderes, doch hier in Gaubelsteg war es jedes Mal ein Großereignis. Es wurde gefeiert und getanzt und wie immer würde dazu eine Musikkapelle aufspielen, die eigens aus dem Nachbarort Prickenstett kam.

Die Männer gingen mehr oder weniger regelmäßig in den Leuchtturm. Es war ihre Stammkneipe. Die Frauen hingegen hatten nur ein einziges Mal im Jahr das Vergnügen, diese Gaststätte zu besuchen, nämlich bei der Sparclubauszahlung. Nicht, dass irgendein Mann seiner Frau verbieten würde, in die Kneipe zu gehen, es war vielmehr so, dass hier bei der einheimischen Bevölkerung noch gewisse Sitten und Brauchtümer gepflegt wurden, und dazu gehörte eben auch die Vorstellung, dass eine Frau nichts in der Kneipe zu suchen hatte. Der regelmäßige Gang zur Kneipe war reine Männersache.

Nahezu alle Frauen aus Gaubelsteg freuten sich deshalb auf den heutigen Abend. Da wurden die schönsten Kleider aus den Schränken geholt. Jede Frau wollte die andere ausstechen, wenn sie mit ihrem Mann das Tanzbein schwang.

Bei dem Gedanken an die bevorstehende Sparclubauszahlung lächelte Jan Jansen. Ja, spätestens heute Abend würde seine Martha wieder nett zu ihm sein, denn sie hatte sich eigens für dieses Fest ein neues Kleid zugelegt. Nichts auf der Welt würde sie davon abbringen, dieses Kleid zu präsentieren. Jan musste daran denken, wie seine Frau vor ein paar Tagen zu Hause im Schlafzimmer vor dem Spiegel stand. Dabei trug sie ihr neues Kleid und drehte sich hin und her. „Die anderen Frauen werden vor Neid erblassen, wenn sie mein neues Kleid sehen", hatte sie gesagt. Ja, heute Abend wird Martha wieder normal sein.

„So, Skipper." Fiedje blickte Jan fragend an. „Jetzt würde ich doch gerne wissen, warum du den Frauen nicht die Wahrheit gesagt hast. Warum hast du ihnen nicht erzählt, dass es der Klabautermann war und keine verrückte Schwimmerin, die an Bord geklettert ist?"

„Weil die Frauen dann gefragt hätten, wie wir darauf kommen, dass die Frau auf dem Kutter der Klabautermann war."

„Ja und? Sie hätten doch fragen können."

„Und was hätten wir unseren Frauen dann erzählt?"

„Die Wahrheit."

Jan Jansen schüttelte den Kopf.

„Mensch Fiedje, jetzt überlege doch mal. Warum wissen wir, dass sich hinter dieser geheimnisvollen Frau der Klabautermann verbirgt?"

Fiedje Fedderson überlegte kurz und meinte dann:

„Weil es im echten Leben wohl kaum eine Frau gibt, die so eine tolle Figur hat. So ein Klasseweib bekommt man noch nicht einmal im Film zu sehen. Wenn ich an ihre tollen Brüste denke, dann wird mir ganz anders. Die Dinger waren groß und prall, sie waren einfach perfekt. Und dann war da noch ihre große Vagina. Sei ehrlich Skipper, hast du schon einmal so eine riesige Vagina gesehen? Die war ja regelrecht übernatürlich."

Der Kapitän nickte.

„Ja, Fiedje, das war sie."

„Und mit all diesen Reizen wollte uns der Klabautermann in der Gestalt eines Weibes ablenken und verführen, damit wir auf eine Untiefe auflaufen und absaufen."

„Du hast Recht, Fiedje. Aber würdest du das alles auch unseren Frauen sagen? Was meinst du, wie sie reagieren, wenn wir ihnen erzählen, dass die Frau große und pralle Brüste hatte und uns diese auch noch von allen Seiten zur Schau gestellt hat? Was würde deine Anna sagen, wenn sie erfährt, dass diese Frau auf dem Kutter dir mit leicht gespreizten Beinen ihre riesige Vagina regelrecht angeboten hat?"

Fiedje wurde blass.

„Mein Gott, Skipper, daran hab ich überhaupt nicht gedacht. Ich darf gar nicht dran denken, was Anna machen würde, wenn sie erfährt, dass ich mir die nackte Fröhlichkeit einer anderen Frau angeschaut hab. Du hast Recht, die Frauen dürfen das niemals erfahren."

„Wenn wir uns einig sind, Fiedje, dann werden sie es niemals erfahren. Wir bleiben einfach bei der Geschichte von der verrückten Schwimmerin."

„Jau, Skipper, das machen wir."

Nun machten die beiden Fischer sich an die Arbeit und luden den Kutter aus, und dass es ohne die zwei Frauen doch um einiges länger dauerte, als sonst, schien ihnen nicht auszumachen.

*   *   *

Die Gaststätte „Zum Leuchtturm" war an diesem Abend schon fast überfüllt. Kaum ein Gaubelsteger ließ sich den jährlichen Höhepunkt, die Sparclubauszahlung, entgehen.

Die Vorstandsmitglieder des Sparclubs hatten bereits am Vortag dafür gesorgt, dass der große Saal der Gaststätte so richtig festlich wirkte. Auf den

Tischen, die in langen Reihen aufgestellt waren, lagen weiße Papiertischdecken. Darauf waren einige Blumengestecke platziert worden. Natürlich wurde beim Aufstellen der Tische darauf geachtet, dass genügend Platz für die Musikkapelle und die Tanzfläche blieb. Unter der Decke des Raumes wurden bunte Girlanden gespannt, die man sich eigens zu diesem Anlass angeschafft hatte.

Normalerweise reichten die Plätze im Leuchtturm für alle Mitglieder des Sparclubs aus, doch da jeder noch seine Bekannten mitbrachte, mussten sich die Leute, die es versäumt hatten, vorab einen Platz zu reservieren, mit Stehplätzen an der Theke zufrieden geben.

Die Besatzung des Fischkutters Möwe, Jan Jansen und Fiedje Fedderson, saßen zusammen mit ihren Frauen an einem der langen Tische. Neben ihnen hatten auch noch einige andere Fischer nebst Gattinnen Platz genommen.

Man saß schon gut zwei Stunden beisammen und es war bereits reichlich Alkohol geflossen. Dem entsprechen war auch die Stimmung sehr ausgelassen.

Die Kapelle, die mit ihren musikalischen Beiträgen für gute Unterhaltung sorgte, stimmte gerade das Stück "Fahr mich in die Ferne mein blonder Matrose" an. Der Sänger, ein junger Mann mit etwas längerem Haar, welches ganz offensichtlich unnatürlich blond gefärbt war, hatte eine tolle Stimme.

Jansens Frau sprang auf und griff nach der Hand ihres Mannes.

„Komm, Jan, ich will tanzen."

Jan Jansen verzog das Gesicht.

„Aber Martha, wir haben doch gerade erst getanzt."

Martha ließ sich nicht beirren. Sie zog demonstrativ an seiner Hand. „Jan Jansen", sagte sie bestimmt, „du nimmst mich ein einziges Mal im Jahr auf so eine Veranstaltung mit und da hast du gefälligst mit mir zu tanzen."

Als Jansen sich schließlich mürrisch erhob und sich mit seiner Frau zur Tanzfläche begab, schmunzelten die anderen am Tisch.

„Die Martha hat ihren Jan aber gut unterm Fuchtel", scherzte Fiedje Fedderson.

„Das kann man wohl laut sagen", meinte einer der anderen Fischer, die bei ihnen saßen.

Fiedje Fedderson beobachtete, wie sich sein Skipper auf der Tanzfläche abmühte, um eine einigermaßen gute Figur abzugeben. Dann lehnte Fiedje sich entspannt zurück. „Es gibt doch nichts Schöneres, als hier zu sitzen, ein Bierchen zu trinken und zuzusehen, wie Martha meinen Skipper über die Tanzfläche scheucht." Dabei grinste er wie ein Honigkuchenpferd.

„Und ob es was Schöneres gibt", hörte er plötzlich die Stimme seiner Frau Anna. Sie stand auf und blickte ihren Mann an. „Komm Fiedje, ab auf die Tanzfläche. Ich bin schließlich auch nicht nur zum Herumsitzen hier."

Fiedje zog hilflos die Schultern hoch. „Was kann man schon gegen die holde Weiblichkeit ausrichten?", meinte er zu den anderen am Tisch. Dann stand er auf und begleitete Anna auf die Tanzfläche, die sich nun nach und nach füllte.

Fiedje und Anna gehörten zu den besten Tänzern im Saal. Das lag daran, dass sie früher einmal gemeinsam eine Tanzschule besucht hatten. Jeder Tanzschritt von ihnen wirkte wie einstudiert. Sie wussten, dass die anderen sie wegen ihrer Tanzkünste im Auge behielten und sie genossen die Blicke der Leute, in denen teilweise Neid und teilweise Anerkennung lag.

Direkt neben Fiedje und Anna schwangen Jan und Martha das Tanzbein.

„Schau dir die beiden an", sagte Martha zu ihrem Mann. „So etwas nenn ich Tanzen."

„Hmm", brummelte Jan in seinen Bart und dachte daran, dass er alles andere als ein guter Tänzer war.

Wenn man es ganz genau nahm, dann konnte Jan Jansen eigentlich überhaupt nicht tanzen. Er bewegte sich mehr oder weniger nur von einem Bein auf das andere und gab dabei die Figur eines plumpen Teddybären ab. Deshalb war er auch sehr dankbar, als der blonde Sänger, nach einer für ihn unendlich langen Zeit, endlich bekannt gab, dass die Kapelle nun eine kurze Pause einlegte.

Während die Männer sich wieder zu ihren Tischen begaben, verschwanden fast alle Frauen in die Toilettenräume, um sich wieder etwas frisch zu machen.

Jetzt, wo die Frauen nicht da waren, sagte Jan zu den anderen Fischern, die bei ihm am Tisch saßen: „Wenn wir uns das nächste Mal ohne die Frauen treffen, dann erzählen wir euch eine Geschichte, die ihr nicht glauben werdet."

„Warum erzählst du diese Geschichte denn jetzt nicht?", meinte einer der Fischer. „Unsere Frauen sind doch bestimmt noch `ne Weile weg."

Jan wandte sich kontrollierend in die Richtung der Toiletten um. „Also gut. Fiedje und ich, wir haben heute den leibhaftigen Klabautermann gesehen."

Sofort brach am Tisch ein lautes Gelächter aus und es dauerte eine ganze Weile, bis sich die Gemüter wieder beruhigt hatten.

„Ihr könnt ruhig lachen", meinte Fiedje, „aber wir wissen, was wir gesehen haben."

„So?", sagte einer der Fischer. „Und wo habt ihr den Klabautermann gesehen?"

„Er war bei uns an Bord", gab Jan zur Antwort.

„Soso, bei euch an Bord."

„Ja, so war es", meinte Fiedje. „Der Klabautermann ist wie aus dem Nichts aufgetaucht. Er stand plötzlich vorn am Bug und wollte uns vom Kurs abbringen."

„Und eigentlich", sagte Jan Jansen, „wollten wir euch überhaupt nichts davon erzählen, weil wir genau wussten, dass ihr uns auslachen würdet. Doch wir halten es für unsere Pflicht, euch zu warnen, denn schließlich kann euch das Gleiche passieren und wir möchten nicht schuld daran sein, wenn einer von euch auf eine Untiefe landet. Nur wenn ihr auf den Klabautermann vorbereitet seid, kann er euch nicht ablenken."

Jan hatte das in so einem ernsten Ton erzählt, dass nun keiner mehr lachte. Sie alle kannten Jan lange genug und sie wussten, wann er scherzte oder wann er es ernst meinte.

„Ich hoffe", meinte einer der anderen Fischer zu Fiedje und Jan, „dass ihr uns nicht böse seid, wenn wir euch diese Geschichte trotzdem nicht abnehmen."

„Das müsst ihr auch nicht", sagte Fiedje. „Es ist nur wichtig, dass ihr darauf vorbereitet seid, wenn der Klabautermann auf euren Booten erscheint um euch zu verführen."

„Zu verführen?"

„Ja, er erscheint als Frau, als eine wahnsinnig verführerische Frau, die einem Mann alles zu bieten hat, wovon er sonst nur träumt."

„Ihr hattet also eine Frau an Bord", stellte einer der Fischer fest. „Aber vorher wollt ihr wissen, dass diese Frau euch verführen wollte?"

„Woher wir das wissen wollen? Was würdet ihr denn denken, wenn da plötzlich eine nackte Frau vor euch steht und euch mit leicht gespreizten Beinen ihre Fröhlichkeit darbietet?"

Für einen Moment schwiegen alle. Dann breitete sich am Tisch lautes Gemurmel aus.

Schließlich sagte einer der Fischer: „Ihr habt wohl heute Morgen beim Fischen `ne Flasche Rum leer gemacht."

Jetzt lachten sie wieder alle.

In diesem Moment kamen die ersten Frauen aus den Toilettenräumen.

„Hört zu", sagte Jan zu den anderen. „Erzählt unseren Frauen nichts vom Klabautermann. Wir haben ihnen gesagt, dass sich eine verrückte Schwimmerin bei uns an Bord begeben hat."

Angesichts der Tatsache, dass ihre Kollegen Jan und Fiedje diese Geschichte mit sehr ernster Mine erzählt hatten, wussten die Fischer am Tisch nicht so recht, wie sie sich nun verhalten sollten. Doch scheinbar waren sich alle einig, kein Wort davon zu erzählen, wenn die Frauen wieder da waren. Schließlich mussten die Männer zusammenhalten.

Nachdem die Frauen am Tisch Platz genommen hatten, begnügte man sich deshalb mit belanglosen Gesprächen über den Fischfang.

Dennoch schien Martha, die Frau von Jan zu ahnen, dass die Männer etwas zu verbergen hatten. „Worüber habt ihr denn geredet, als wir uns gerade frisch gemacht haben?", wollte sie von ihrem Mann wissen.

Jan Jansen stutzte. „Wie meinst du dass, Martha?"

„Na, worüber habt ihr gerade gesprochen?"

Der Skipper der Möwe zuckte mit den Schultern. „Worüber sollen wir schon gesprochen haben?"

Die anderen am Tisch hatten das Gespräch des Ehepaares Jansen natürlich mitbekommen. Nun schwiegen sie. Alle schauten Jan Jansen an. Auch Marthas strenger Blick war abwartend auf Jan gerichtet.

„Wir haben uns über den heutigen Fang unterhalten", kam es schließlich aus seinem Mund.

„Soso, über den heutigen Fang."

Jansen nickte.

„Und worüber noch?", wollte seine Frau mit Nachdruck in der Stimme wissen.

Es war so, als wollte Jansen sich um eine Antwort herumdrücken.

Da ergriff Fiedje das Wort:

„Wir haben den anderen erzählt, dass diese verrückte Schwimmerin auf unseren Kutter geklettert ist."

„Das hab ich mir fast gedacht", sagte Martha. „Kaum dreht man euch Kerlen den Rücken zu, schon redet ihr über nackte Weiber."

„Aber Martha", rechtfertigte sich Jan. „Was können wir denn dafür, wenn sich so eine verrückte Frau auf unser Boot schleicht?"

„Es geht hier nicht um eine verrückte Frau" meinte Martha, „sondern um eine nackte Frau."

„Aber wir können auch nichts dafür, dass sie nackt war."

„Natürlich könnt ihr nichts dafür, dass sie nackt war. Aber ihr könnt etwas dafür, dass ihr sie angestarrt habt." Martha blickte ihren Mann durchdringend an. „Merk dir eines, Jan Jansen, ich möchte heute Abend kein Wort mehr über dieses nackte Weibsstück hören."

Jansen zog wortlos die Schultern hoch und machte dabei eine Unschuldsmine. Er kannte seine Frau nur zu gut. Sie konnte sehr jähzornig werden, wenn ihr etwas ganz und gar nicht passte. Jan war auch fest davon überzeugt, dass, sollte noch irgendjemand ein Wort über diese nackte Frau verlieren, seine Martha einen Wutausbruch bekommen würde. Deshalb zog er es vor, zu schweigen. Gleichzeitig hoffte er, dass auch die anderen am Tisch nichts mehr zu diesem Thema sagen würden.

In diesem Moment spielte die Kapelle wieder auf.

92

Es erklang aber kein neues Tanzlied, sondern nur ein lauter Tusch. Dieser Tusch sollte die Aufmerksamkeit der Anwesenden im Saal wecken. Alle Augen waren nun auf die Tanzfläche gerichtet, denn dort stand ein Mann mit einem Mikrofon in der Hand. Es war der erste Vorsitzende des Sparclubs.

„Liebe Gäste", klang seine Stimme grell aus den Lautsprecherboxen. Noch ehe er weiterreden konnte, ertönte aus den Boxen ein durchdringender Pfeifton. Dieser schrille Ton war so laut, dass sich die meisten Leute im Saal die Ohren zuhielten.

Sofort trat der blonde Sänger der Musikkapelle an den Sparclubvorsitzenden heran und wies diesen an, sich etwas weiter von den Lautsprechern wegzustellen. Dann nahm der Blonde das Mikrofon in die Hand und sprach hinein: „Eins, zwei, drei, Test, Test, Test. Entschuldigen Sie, liebe Gäste, aber es gab da eine Rückkopplung. Jetzt geht es aber weiter im Programm."

Er übergab das Mikrofon wieder dem Sparclubvorsitzenden.

„So, liebe Gäste", sagte dieser schließlich. „Wir kommen nun zum Höhepunkt des Abends. Der Vorstand unseres Sparclubs hat für euch eine kleine Überraschung vorbereitet."

Ein Raunen ging durch den Saal.

„Wir haben", fuhr der Mann am Mikrofon fort, „wie gesagt, eine Überraschung vorbereitet. Eigens für euch wird hier gleich ein Mann auftreten, den viele von euch ganz bestimmt aus dem Radio kennen. Auch im Fernsehen war er schon oft zu sehen."

Erneut ging ein Raunen durch den Saal, dieses Mal allerdings viel lauter.

„Liebe Freunde, liebe Gäste, ich verspreche euch, dass ihr euch gleich auf das Herzlichste amüsieren könnt, denn unser heutiger Stargast ist niemand anderes, als der berühmte Komiker Piet Paulsen!"

Diese Ankündigung ließ ein noch lauteres Raunen im Saal ertönen, denn Piet Paulsen war wirklich einer der berühmtesten und beliebtesten Komiker. Die Leute hier an der See mochten ihn ganz besonders, weil er hier in der hiesigen Gegend geboren und aufgewachsen war. Er galt als einer von ihnen, einer, der es geschafft hatte, ganz nach oben zu kommen. Piet Paulsen war ein junger, sehr gut aussehender Mann, der es verstanden hatte, sein Publikum im Sturm zu erobern. Es waren in erster Linie die Frauen, von denen manche schon Herzklopfen bekamen, wenn sie nur seinen Namen hörten.

Der Sparclubvorsitzende blickte zur Tür. Dort stand ein Mann, der ebenfalls zum Vorstand des Sparclubs gehörte. Er winkte seinem Vorsitzenden zu. Dieser nahm das Mikrofon hoch und sagte: „Und nun, liebe Gäste, bitte ich um einen großen Beifall für unseren Stargast. Hier ist er, Piet Paulsen!"

Wie auf ein Kommando standen alle Leute im Saal auf und applaudierten. Ihre Augen waren erwartungsvoll auf die Tür gerichtet.

Der Mann, der in der Tür stand, war allerdings irgendwie nicht mit dieser Ankündigung einverstanden. Zunächst gestikulierte er wild mit den Händen herum. Dann ging er mit schnellen Schritten zu seinen Vorsitzenden, trat an ihn heran und sprach mit ihm. Er schien sehr aufgeregt zu sein und es war ganz offensichtlich, dass etwas mit dem geplanten Auftritt des Starkomikers schief gegangen war.

Merkwürdiger Weise starrten die Leute im Saal aber immer noch zur Tür und applaudierten weiterhin ohne Unterlass.

„Liebe Gäste", klang die Stimme des Vorsitzenden aus den Lautsprecherboxen. „Liebe Gäste, ich muss euch leider mitteilen, dass sich unser Stargast etwas verspätet hat. Wie wir soeben erfahren haben, hatte er einen kleinen Unfall mit seinem Auto. Ihm ist aber nichts passiert. Sein Manager hat gerade angerufen und uns mitgeteilt, dass Piet Paulsen bereits in einem Taxi sitzt und auf dem Weg zu uns ist. Also, liebe Gäste, ihr müsst euch noch ein wenig gedulden. Doch wie heißt es so schön, je später der Abend, desto schöner die Gäste."

Am Tisch, an dem die Jansens saßen, war die Freude besonders groß. Martha, die Frau von Jan, war nämlich eine der größten Verehrerinnen des Komikers Piet Paulsen. Sie hatte sogar einige CDs von ihm und jedes Mal, wenn Piet Paulsen seine Gags im Radio zum Besten gab, ließ sie alles stehen und liegen, um in aller Ruhe ihrem Star zu lauschen.

„Ich kann `s kaum glauben", sagte Martha zu ihrem Mann. „Piet Paulsen kommt."

„Siehst du, Martha", meinte Jan. „Der Abend hat sich jetzt schon für dich gelohnt."

„Ich hätte unseren Fotoapparat mitnehmen sollen", sagte Martha. „Dann hättest du mich zusammen mit Piet fotografieren müssen."

„Leider haben wir aber keinen Fotoapparat dabei, Martha."

„Leider", kam es aus Marthas Mund.

Dann stand sie auf.

„Wohin willst du?", fragte Jan seine Frau.

„Auf die Toilette."

„Aber da kommst du doch gerade erst her."

„Ich muss mich noch etwas zurecht machen. Wenn Piet Paulsen gleich kommt, dann möchte ich anständig aussehen."

„Aber Martha, du hast dich doch gerade erst zurecht gemacht."

Ohne auf ihren Mann einzugehen, verschwand Martha in die Richtung der Toiletten.

Als Jan Jansen sah, dass auch einige andere Frauen, die ebenfalls gerade erst aus den Toilettenräumen gekommen waren, ebenfalls wieder in diese Richtung verschwanden, zog er die Schultern hoch.

„Da verstehe einer die Frauen", murmelte er.

Es dauerte nicht lange, und alle Frauen saßen wieder an ihren Tischen. Deutlich erkannte man, dass sie nun mehr Lippenstift aufgetragen hatten und um die Augen herum hatten sie ebenfalls etwas nachgelegt. Ganz offensichtlich waren sie fast alle Fans von Piet Paulsen und wollten ihrem Star gefallen.

Nach etwa einer halben Stunde trat der Vorsitzende des Sparclubs wieder an das Mikrofon.

„Liebe Gäste, ich habe leider eine sehr schlechte Nachricht für euch."

Sofort war es im Saal totenstill. Einige Gäste schienen schon zu ahnen, was jetzt kommen würde.

„Der Manager von Piet Paulsen rief gerade an und teilte uns mit, dass der Unfall doch wohl einige leichte Verletzungen bei unserem Piet nach sich gezogen hat. Paulsen war gerade im Krankenhaus. Er hat nichts Schlimmes, aber die Ärzte haben ihm trotzdem untersagt, heute noch irgendwo aufzutreten. Also, liebe Gäste, es tut mir wirklich leid."

Ein Stimmengemurmel ging durch den Saal.

„Liebe Gäste", sprach der Vorsitzende weiter, „wir werden uns aber nicht durch so eine kleine Panne im Programm den Abend verderben lassen. Also, weiter geht es mit Musik und Tanz."

Im gleichen Augenblick spielte die Musikkapelle wieder auf.

Als Jan Jansen das Gesicht seiner Frau sah, wusste er, dass der Abend für sie gelaufen war. Marthas Gesicht sprach Bände. Es spiegelte die große Enttäuschung wider, die sie empfand.

„Wenn ich mich schon mal auf etwas freue", sagte sie kaum hörbar zu sich selbst.

Jan Jansen wusste natürlich genau, was seine Martha dachte. Er legte tröstend den Arm um ihre Schulter. „Es tut mir wirklich leid für dich, Martha. Ich weiß, wie sehr du dich auf den angekündigten Auftritt von Piet Paulsen gefreut hast."

Martha atmete tief durch. Sie sagte aber nichts.

Jan dachte darüber nach, wie er seine Frau wieder auf andere Gedanken bringen konnte. Er wusste genau, dass ihm unbedingt etwas einfallen musste, sonst würde seine Martha den ganzen Abend ein langes Gesicht ziehen. Er kannte seine Frau nur zu gut. Wenn er jetzt kein Ablenkungsmanöver startet, dann wird sich Marthas Laune nach und nach verschlechtern, bis sie schließlich nicht mehr ansprechbar ist, und dann wäre der Abend endgültig gelaufen. Jan wusste auch, dass er sie ganz vorsichtig ansprechen musste, denn ein falsches Wort, und Marthas Wutanfall war vorprogrammiert. Wenn ihr etwas gegen den Strich ging, dann konnte sie ganz schon mürrisch werden.

„Komm, Martha", sagte er schließlich, „lass uns noch mal tanzen."

„Ich will jetzt nicht tanzen."

„Und wenn ich mir bei der Kapelle unser Lieblingslied wünsche? Tanzt du dann mit mir?"

„Hast du mich nicht verstanden, Jan Jansen? Ich will jetzt nicht tanzen."

Jan schluckte. Er wusste, dass in Martha gerade ein Vulkan anfing, zu brodeln. Ihre Enttäuschung wandelte sich ganz offensichtlich bereits in Wut um.

„Weißt du, Martha, ich werd mich erkundigen, wo Piet Paulsen seinen nächsten Auftritt hat. Dort werde ich dann mit dir hingehen, das verspreche ich dir."

Erst jetzt sah er, dass aus Marthas Augen einige Tränen kullerten. Ihre Enttäuschung war wohl noch größer, als Jan zunächst angenommen hatte.

Schließlich stand Martha wortlos auf und verschwand wieder in den Toilettenräumen.

Jansen blickte ihr hilflos hinterher.

Auch die anderen Frauen am Tisch erhoben sich und schritten in die gleiche Richtung.

In diesem Moment sah Jan, dass ein neuer Gast den Raum betrat. Er erkannte ihn sofort. Es war der alte Hein Petersen, der nun direkt auf ihren Tisch zusteuerte. Am schwankenden Gang des Alten erkannte man, dass Hein Petersen bereits wieder einmal betrunken war.

„Hallo Leute", begrüßte Hein die Männer am Tisch.

„Hallo Hein", kam es zurück.

Hein ließ sich auf einen der freien Plätze nieder.

„He", meinte einer der Männer am Tisch. „Du sitzt auf dem Platz meiner Frau."

„Keine Angst", sagte der Alte. „Ich geh ja sofort wieder. Ich bin nur gekommen, um euch zu warnen. Der Klabautermann geht jetzt auch schon bei uns um. Ihr solltet alle auf der Hut sein."

Eigentlich hatte Hein jetzt ein abwertendes Gelächter erwartet, doch die Männer am Tisch blickten ihn nur verdutzt an. Sie waren schließlich alle Fischer und da bereits Jan und Fiedje angeblich den Klabautermann gesehen hatten, wollten sie nun näheres wissen.

„Wo hast du ihn gesehen?", fragte einer der Fischer.

„Er ist mir unten am Strand erschienen."

„Wie sah der Klabautermann denn aus, Hein?", wollte Jansen wissen, denn es könnte ja sein, dass der Alte die gleiche Erscheinung wie er und Fiedje hatte.

„Er ist mir in der Gestalt einer Frau erschienen. Diese Frau ist am Strand hinter mir her geschwebt."

Die Männer am Tisch blickten sich an.

„Ihr braucht gar nicht so dumm zu gucken", sagte Hein. „Der Klabautermann ist mir als Frau erschienen, als eine fast nackte, wunderschöne Frau mit einer Figur, nach der man sich die Finger lecken kann." Heins Blick ging für einen Moment nach unten. „Sie war wirklich wunderschön." Die Stimme klang sehr verhalten.

Alle Blicke waren nun auf Hein Petersen gerichtet. Niemand von den Männern am Tisch hatte bemerkt, dass Jans Frau Martha bereits von der Toilette zurück gekommen war. Sie stand schweigend hinter ihrem Mann und hörte sich das an, was am Tisch gesprochen wurde.

„Ja", schwärmte Hein. „So ein tolles Weib hab ich noch niemals vorher gesehen."

„Seht ihr", meldete sich nun Fiedje Fedderson zu Wort. „Wir haben euch nicht belogen. Es war die gleiche Frau, die bei uns am Bord war."

„Habt ihr die Frau etwa auch gesehen?", fragte Hein.

„Ja, beschreib die Frau doch mal etwas genauer", forderte Jan den alten Hein auf.

„Nun, sie war wunderschön. Sie hatte lange, schwarze Haare, eine schlanke Taille und ihre Brüste waren groß und prall."

„Genau das war sie", sagte Jan Jansen.

„Hat sie euch etwa auch ihre nackte Fröhlichkeit gezeigt?", wollte Hein Petersen nun wissen.

„Ja", bestätigte Fiedje. „Und ich habe noch niemals vorher eine so aufregende Vagina gesehen. Die Frau hat uns alles so präsentiert, als wollte sie uns damit verführen."

„Was war denn an dieser Vagina so aufregend?", wollte einer der anderen Fischer wissen.

„Ihre Vagina war riesig", meinte Jansen.

„Ja", fügte Fiedje hinzu, „und sie war rasiert."

Bis jetzt hatte Martha unbemerkt hinter ihrem Mann gestanden und geschwiegen. Doch jetzt platzte sie.

„So", kam es lang gezogen aus ihrem Mund. „Sie war rasiert!"

Die Männer am Tisch zuckten unwillkürlich zusammen.

„Jan Jansen!", tönte es durch den Saal. „Du stehst sofort auf und kommst mit." Marthas Gesicht war dunkelrot angelaufen. Sie wandte sich um und verließ den Saal.

Ihr Mann stand schweigend auf und folgte ihr.

Als die Jansens fort waren, blickte sich Fiedje Fedderson ängstlich um. Erleichtert stellte er fest, dass seine Anna noch nicht von der Toilette zurückgekommen war.

Fiedje wandte sich an die anderen am Tisch: „Bitte, Männer, wenn die Frauen gleich wiederkommen, sagt nichts über das, was gerade hier gesprochen wurde. Das würde nur Ärger geben. Ihr habt es ja selbst gesehen."

„Aber ich würde wirklich gerne mehr über diese geheimnisvolle Frau erfahren", sagte einer der Fischer.

„Wenn wir uns nächstes Mal hier im Leuchtturm treffen, dann berichte ich euch alle Einzelheiten. Das verspreche ich euch."

„Hast du etwa Angst, dass du Ärger mit deiner Anna bekommst?", stichelte einer der Männer.

„Wenn ihr mir nicht den Abend verderben wollt, dann haltet ihr die Klappe, wenn die Frauen wieder da sind", gab Fiedje den anderen zu verstehen, „und wenn nicht, dann werdet ihr nicht eine Einzelheit über diese Nackte erfahren." Dann wandte Fiedje sich an den alten Hein. „Und du gehst jetzt besser zur Theke und trinkst dir noch einen. Wir reden in den nächsten Tagen noch mal über deine Begegnung mit dem Klabautermann."

Der Alte zuckte mit den Schultern und verließ den Tisch.

Bald schon kamen die Frauen zurück.

Als diese sich danach erkundigten, wo denn Jan und Martha abgeblieben waren, erzählte man ihnen, dass es Martha wohl schlecht geworden sei und sie deshalb schon nach Hause gegangen sind.

So wurde es für alle doch noch ein feucht fröhlicher Abend, für alle, außer Jan und Martha Jansen.

* * *

Eine laue Sommernacht ging zuende. Der morgendliche Nebel senkte sich langsam herab und ließ der Sonne freien Lauf. Sehr schnell erwärmten ihre Strahlen den feinsandigen Strand der Insel Sölesand. Von den, dem Städtchen Gaubelsteg vorgelagerten Inseln, war Sölesand die einzige, auf die auch Touristen gefahren wurden. Alle anderen Inseln zählten zum Vogel-schutzgebiet und durften deshalb nicht betreten werden. Der Naturschutz wurde in dieser Region sehr groß geschrieben.

Auf Sölesand gab es sogar einige Restaurants, um die zahlreichen Feriengäste, die sich morgens zur Insel übersetzen ließen, zu beköstigen. Der Restaurantbetrieb lohnte sich, denn täglich pilgerte eine große Schar von Touristen nach Sölesand, um sich am berühmten weißen Sandstrand der Insel zu erholen. Für die Leute, die hier an der See ihren Urlaub verbrachten, war es Pflicht, wenigstens einen Tag auf der berühmten Insel Sölesand zu verbringen, und wer etwas auf sich hielt, der ging natürlich auch in eines der Sölesander Restaurants essen.

Die Preise in den Restaurants waren maßlos überzogen, doch wenn man später Zuhause erzählen konnte, dass man in einem dieser Schickimickischuppen gespeist hatte, dann war es das Geld schon wert. Schließlich war überall im Land bekannt, dass in diesen Inselgaststätten auch regelmäßig prominente Leute einkehrten.

In den Restaurants hingen die Bilder von den Persönlichkeiten an den Wänden, die hier bereits gespeist hatten. Wenn die Feriengäste sich an die Tische setzten und die Fotos von Stars und Sternchen aus Film und Fernsehen oder von hochrangigen Politikern betrachteten, dann gab ihnen das schon ein gewisses Hochgefühl, und wenn man dann aus dem Urlaub kam und den Kollegen erzählen konnte, dass man dort gespeist hatte, wo auch sein Lieblingsschauspieler des Öfteren einkehrt, dann fühlte man sich als etwas ganz Besonderes.

Wenn schließlich abends die letzten Gäste mit dem Schiff wieder nach Gaubelsteg übergesetzt hatten, wurde es ruhig auf Sölesand. Übernachtungsmöglichkeiten für Feriengäste gab es auf der Insel nicht. Die einzigen Schlafstellen waren die einfachen Unterkünfte der Restaurantangestellten und der beiden Inselwarte, die dafür sorgten, dass der Strand am nächsten Morgen wieder sauber und ordentlich war.

Wie gesagt, die meisten Touristen konnten sich nur einen einzigen Tag auf der Schickimicki-Insel leisten, denn nicht nur das Speisen, sondern auch die Überfahrt waren nicht für jeden Geldbeutel erschwinglich.

Anders war es bei der Familie Bergmeier-Lüdenkamp. Diese Familie gehörte zu dem erlesenen Personenkreis, die es sich erlauben konnten, täglich den Urlaub auf Sölesand zu verbringen.

Herr Bergmeier-Lüdenkamp, genauer gesagt, Herr Dr. Bergmeier-Lüdenkamp besetzte eine leitende Position in einem großen Chemieunternehmen und seine Frau war Oberstudiendirektorin in einem Gymnasium.

Zu der Familie Bergmeier-Lüdenkamp gehörten auch zwei Kinder, Anna und Janis. Der Haarschopf der beiden Kinder war hellblond, so hell, dass die Haare in der Sonne schon fast weiß wirkten. Anna war acht Jahre alt und ihr kleiner Bruder Janis sechs. Von ihren Eltern wurde ihnen bereits gezielt ein

Wissen eingeflößt, mit dem sie anderen, gleichaltrigen Kindern, geistlich deutlich voraus waren. Anna und Janis spielten auch nicht mit anderen Kindern. Ihre Eltern hielten es für ausreichend, wenn die beiden nach der Privatschule von einem Kindermädchen betreut wurden, und wenn ihre Eltern abends noch ausgingen, dann nahmen sie ihre Kinder meistens mit, denn schließlich sollten diese sehen, was im Leben noch auf sie zukommen wird. Gab es irgendwelche Feierlichkeiten, die Kinder waren dabei, standen Kino- oder Theaterbesuche an, die Kinder waren dabei, und selbst wenn man in die Sauna ging, die Kinder waren dabei.

Hatten die Kinder mal irgendwelche Fragen, dann erklärten ihre Eltern ihnen alles ganz genau. Egal um was es ging, die Kinder sollten alles wissen, damit ihnen niemand etwas vormachen konnte. So kam es, dass sie in jeder Beziehung bis ins Detail aufgeklärt waren. So kam es aber auch, dass sich Anna und Janis bereits das Verhalten von Erwachsenen angeeignet hatten.

Im Bekannten- und Verwandtenkreis der Familie Bergmeier-Lüdenkamp galten Anna und Janis als altklug.

Wie gesagt, die Bergmeier-Lüdenkamps waren recht wohlhabend und gehörten zu dem Personenkreis, der sich täglich nach Sölesand übersetzen ließ und abends wieder zurückfuhr, um im einzigen Fünfsternehotel von Gaubelsteg zu nächtigen.

Auch heute Morgen waren sie mit dem ersten Schiff auf die Insel gekommen. Einer der beiden Inselwarte, Heinrich Wolters, hatte bereits vier Liegen und zwei Sonnenschirme für die Familie Bergmeier-Lüdenkamp aufgestellt. Bereits am ersten Urlaubstag hatte das Familienoberhaupt, Dr. Bergmeier-Lüdenkamp, dem Inselwart ein sehr reichlich bemessenes Trinkgeld zu gesteckt. Dieses Trinkgeld war sogar so reichlich bemessen, dass Heinrich Wolters es als seine Pflicht ansah, der Familie einen Stammplatz am Strand zu sichern. Natürlich hoffte er auch darauf, dass vielleicht sogar noch ein zweites Trinkgeld für ihn dabei heraussprang.

Wolters hatte gerade das letzte Handtuch auf die Liegen gelegt, als er die Familie bereits auf sich zukommen sah.

Der Inselwart setzte sein freundlichstes Lächeln auf.

„Guten Morgen, Frau Bergmeier-Lüdenkamp." Wolters deutete eine leichte Verbeugung an. „Guten Morgen, Herr Dr. Bergmeier-Lüdenkamp."

Eigentlich mochten die Bergmeier-Lüdenkamps ein solch höfisches Benehmen nicht, doch sie ließen den Inselwart gewähren.

„Und da sind ja auch die Kinder", fuhr Wolters fort. „Guten Morgen Anna, guten Morgen Janis. Baut ihr heute wieder eine so schöne Sandburg?"

Anna blickte den Inselwart kurz von oben nach unten an.

„Wir wissen noch nicht, wonach uns heute der Sinn steht, Heinrich." Der arrogante Ton in ihrer Stimme passte überhaupt nicht zu dem kindlichen Erscheinungsbild. „Vielleicht bauen wir eine, vielleicht aber auch nicht." Heinrich Wolters lächelte. Dieses Lächeln war aber nur Fassade. Innerlich platzte er fast vor Wut. Er hasste diese hochnäsigen Gören. In seinen Augen waren sie sehr schlecht erzogen worden. Sie besaßen nicht einmal den Anstand, ihn, als Erwachsenen, mit Sie anzureden. Gut, Kinder in dem Alter taten das nicht immer, aber dann könnte sie wenigstens ein wenig respektvoll Onkel Heinrich zu ihm sagen. Überhaupt, diese Kinder waren unmöglich. Doch der Inselwart ließ sich seine Abneigung nicht anmerken. Stattdessen versuchte er, mit den Kindern ein Gespräch anzufangen. „Wisst ihr, Kinder, im letzten Jahr war hier ein Junge, der hat auch riesengroße Sandburgen gebaut, doch die Burgen, die ihr zwei immer baut, sind viel schöner wie seine."

„Aber Heinrich", kam es aus Annas Mund. „Das heißt, sie sind viel schöner als seine."

„Ja", ergriff nun auch der kleine Janis das Wort. „Es heißt, genauso schön wie, oder schöner als. Man sollte mit der deutschen Sprache schon umgehen können."

Heinrich Wolters schluckte. Er stand kurz vor dem Platzen, schaffte es aber trotzdem, sein Lächeln zu bewahren. Es war nicht das erste Mal, dass Anna seine Aussprache berichtigte, doch nun erteilte ihm auch noch Janis, dieser sechsjährige Pimpf, eine Deutschstunde. Mein Gott, wie er diese Bergmeier-Lüdenkampkinder doch hasste.

Der Inselwart ließ sich aber nichts anmerken. Er wandte sich wieder an die Eltern der beiden: „Ich hoffe, es ist alles zu Ihrer Zufriedenheit."

„Ja, danke", kam es kurz und knapp aus dem Mund von Herrn Dr. Bergmeier-Lüdenkamp, während er sich auf seine Liege niederließ.

Auch seine Frau machte es sich unter den Sonnenschirmen bequem.

Die beiden Kinder schritten gemächlich zum Wasser. Sie blieben am flachen Ufer stehen, so, dass die sanft anrollenden Wellen ihre Füße umspülten.

„Ich wünschen Ihnen noch einen schönen Tag", sagte Wolters. Dann machte sich der Inselwart wieder auf den Weg zu dem Schuppen, in dem die Liegen und Sonnenschirme lagerten.

Dort befand sich auch der zweite Inselwart. Wolters Kollege beschäftigte sich damit, Liegen an die Feriengäste auszugeben.

Als Wolters seinen Kollegen erreichte, schüttelte dieser den Kopf. „Weißt du, Heinrich, ich finde, dass du dich viel zu sehr um diese arrogante Familie kümmerst. Ich würd mich nicht so von oben herab behandeln lassen."

„Du hast ja Recht, Otto", räumte Wolters gegenüber seinem Kollegen ein. „Aber du weißt doch, dass sie mir ein gutes Trinkgeld gegeben haben und vielleicht springt ja noch mehr für mich dabei raus, und du weißt auch, dass ich im Moment jeden Cent brauche."

„Aber auf so eine Art und Weise?"

„Ach, das ist mir egal, Otto. In einer Woche ist die Familie wieder weg und ihr Platz am Strand ist leer. Dafür ist meine Geldbörse aber voll."

Wolters Kollege lächelte.

Otto war bereits im Ruhestand und kam eigentlich mit seiner kleinen Rente ganz gut zurecht. Trotzdem half er in den Sommermonaten als Inselwart auf Sölesand aus. Viel verdiente man durch diesen Job nicht, aber es war ein gutes Zubrot. All zulange wollte Otto den Inselwart nicht sowieso mehr spielen. Er fühlte sich mit seinen neunundsechzig Jahren auch langsam zu alt dafür. Vielleicht noch ein oder zwei Jahre, dann würde er Schluss machen.

Während nun auch Heinrich Wolters Liegestühle und Sonnenschirme ausgab, blickte sein Kollege zu den Bergmeier-Lüdenkamps hinüber.

„Nein", sagte er zu sich selbst, „mit so arroganten Leuten möchte ich nichts zu schaffen haben."

Dann gab auch er wieder Strandutensilien an die Feriengäste aus.

Die Insel Sölesand bestand aus zwei verschiedenen Seiten. An der Nordseite, die Seite, die zur See ausgerichtet war, da tobte das Strandleben. Die Südseite der Insel bestand aus einer Dünenlandschaft, die ebenfalls zum Vogelschutzgebiet gehörte. Ein Zaun schützte diese Dünen vor ungebetene Gäste. Überall standen hier große Schilder, auf denen zu lesen war, dass das Betreten der Dünen verboten ist. Dieser Inselteil blieb den Seevögeln vorbehalten und Touristen hatten hier nichts zu suchen.

Trotz alledem hatte sich eine Gestalt, nur etwa einhundert Meter vom Strand entfernt, in diese Dünen begeben. Diese Gestalt war Lola, die aufgeblasene Plastikpuppe. Der Wind hatte sie auf die Insel befördert und Lola hatte wieder einmal das Pech, mit den Füßen in einem niedrigen Gebüsch hängen zu bleiben. Während ihre langen, schwarzen Haare wild durcheinander wehten, wankte ihr Körper im Wind hin und her. Lolas kurzer Rock hatte sich mittlerweile ganz nach oben umgeschlagen und es sah so aus, als trage die Puppe eine Art Schal oder Stoffgürtel um den Bauch. Der Zufall wollte es so, dass sich in Lolas unmittelbarer Nähe die Nester einiger Seevögel befanden. Diese fühlten sich beim Brüten gestört und flatterten aufgeregt um den vermeintlichen Störenfried umher, was Lola aber ganz offensichtlich sehr wenig störte.

Einige der Vögel attackierten sie sogar mit dem Schnabel, doch konnten sie der druck- und reißfesten Puppe nichts anhaben.

Normalerweise wäre dieser Vorfall nicht bemerkt worden, doch ausgerechnet heute fassten die Kinder der Familie Bergmeier-Lüdenkamp den Entschluss, Vögel zu beobachten. So erklommen Janis und Anna die große Düne, die sich dem Strand anschloss. Die beiden Geschwister wussten, dass oben auf dem Kamm der Düne das Vogelschutzgebiet begann. Schließlich konnte man ja bereits unten am Strand die Schilder sehen, die oben auf der Düne angebracht waren, um darauf hinzuweisen, dass das Betreten dieses Areals verboten war.

Anna und Janis wollten die Dünen auch nicht betreten. Sie planten lediglich, sich an den Zaun zu stellen und das Treiben der Vögel von dort aus beobachten.

Es war sehr anstrengend, diesen steilen Sandberg zu besteigen. Oft rieselte der sandige Untergrund unter den Füßen der Kinder weg und sie verloren den Halt. Doch irgendwie schafften sie es immer wieder, Tritt zu fassen.

Schließlich erreichten sie den Kamm der Düne.

Oben angekommen, setzten sie sich erst einmal schnaufend hin.

„Puh", meinte Anna. „Das war aber anstrengend."

„Es liegt wohl eher daran, dass du ein Mädchen bist", meinte ihr Bruder, dem der Anstieg scheinbar nichts ausgemacht hatte. „Jeder Mensch weiß doch, dass der weibliche Mensch eine andere körperliche Konstitution hat, als der männliche. Wir Männer sind solchen Strapazen wohl eher gewachsen."

Anna wollte etwas entgegnen, ließ sich dann aber auf keine Debatte mit ihrem kleinen Bruder ein.

Schließlich standen die beiden auf und stellten sich an den Zaun, um die geplanten Vogelbeobachtungen durchzuführen.

„Mensch, Anna." Janis´ Stimme klang aufgeregt. „Sieh dir das an." Er deutete auf eine Stelle in den Dünen, an der die Seevögel wild um eine Gestalt umherflatterten.

Anna erkannte sofort, was ihr Bruder meinte. „Was macht diese Frau denn da?"

„Das frage ich mich auch."

Selbst wenn sich die Geschwister untereinander unterhielten, glaubte man, ein wenig Arroganz in ihren Stimmen zu erkennen.

„Das ist doch verboten", sagte Anna empört. „Niemand darf dieses Gebiet betreten."

„Genau. Es ist einfach empörend, was sich manche Touristen erlauben." Janis schüttelte den Kopf. „Diese Frau dort ist auch noch nackt. Oben ohne ist hier ja erlaubt, aber FKK ist auf Sölesand verboten."

„Das stimmt, Janis. Es ist einfach unverschämt."

„Mensch Anna, wir müssen das sofort dem Inselwart melden. Diese Frau muss angezeigt werden."

Die beiden Kinder versäumten es, genauer hinzusehen, denn dann hätten sie aus dieser Entfernung eigentlich erkennen müssen, dass es sich um keine echte Frau, sondern eine Puppe handelte, eine aufgeblasene Puppe, die immer wieder von aufgebrachten Seevögeln erfolglos attackiert wurde.

So aber rutschten die Kinder voller Empörung die Düne hinab, um diesen Vorfall dem Inselwart zu melden.

Die beiden rannten den Strand entlang und hasteten auf den Schuppen zu, in dem sich die Inselwarte aufhielten.

Heinrich Wolters erkannte die heranstürmenden Kinder schon vom Weiten an ihren hellblonden Haarschöpfen. Damit stachen die beiden aus der Kinderschar, die hier am Sölesander Strand herumtollten, heraus. Irgendwie war ihm im Moment aber nicht danach, sich wieder mit diesen arroganten Gören zu beschäftigen.

„Du, Otto", sagte er zu seinem Kollegen. „Ich muss mich mal kurz verdrücken."

„Ja, Heinrich, geh du mal."

Otto war im Glauben, dass sein Kollege Heinrich lediglich die Toiletten, die sich oben im Restaurant befanden, aufsuchen wollte. Die beiden heranstürmenden Kinder nahm Otto noch nicht wahr.

Dann hörte er aber ihre Stimmen.

„Heinrich! Heinrich!", hallte es laut zu ihm herüber.

Otto schüttelte den Kopf. Obwohl er mit diesen Kindern noch nie etwas zu tun hatte, mochte er sie nicht.

Schließlich erreichten Janis und Anna den Schuppen.

„Wo ist Heinrich?", kam es japsend aus Annas Mund.

Otto hob die Schultern.

„Ich weiß nicht, wo er ist. Er musste mal kurz weg."

„Dann musst du mit uns kommen", sagte Janis bestimmend.

Der alte Inselwart zog die Augenbrauen hoch.

„Ich muss mitkommen?"

„Ja, du musst mitkommen."

„Und warum?"

„Da ist eine Frau im Vogelschutzgebiet und scheucht die brütenden Vögel auf", erklärte Janis.

„Ja", bestätigte Anna, „und diese Frau besitzt auch noch die Unverschämtheit, gegen die Inseletikette zu verstoßen. Sie ist nackt."

Otto blickte die beiden Kinder ungläubig an. „Ihr behauptet also, dass dort eine nackte Frau die Vögel aufscheucht?"

104

„Wir haben es mit eigenen Augen gesehen."

Der Inselwart wirkte verunsichert. Sollte da wirklich eine Frau in das Vogelschutzgebiet eingedrungen sein oder wollten ihn diese Kinder nur verarschen?

„Sagt mal, Kinder", meinte er schließlich, „was ist das denn für eine Frau? Wie sieht sie denn aus?"

„Es ist eine junge Frau", antwortete Anna, „eine Frau mit riesengroßen Brüsten. Man erkennt bereits aus der Ferne, dass sie Silikonimplantate trägt, denn ihre Brüste sind so groß, dass sie schon unnatürlich wirken."

Otto machte große Augen. „Was?", kam es ungläubig aus seinem Mund. Er war ein alter Mann und konnte nicht verstehen, dass Kinder über so intime Dinge sprachen. Es war ihm fast schon peinlich.

„So ist es", bestätigte nun der sechsjährige Janis die Aussage seiner Schwester. „Außerdem hat diese Frau sich ihre Schambehaarung wegrasiert." Nun fiel bei Otto die Kinnlade herab. Seine Augen weiteten sich noch mehr.

„Die Schambehaarung", stotterte er und schluckte laut.

„Jetzt komm endlich mit", forderte Janis den verdutzten Mann auf.

Es dauerte noch einen Moment, bis Otto sich wieder fing.

Dann aber war er sich seiner Sache sicher. Die Kinder wollten ihn tatsächlich verarschen. „Beinahe wär ich auf euch reingefallen, Kinder. Wenn ihr zwei jemanden veräppeln wollt, dann müsst ihr wiederkommen, wenn Heinrich da ist. Vielleicht glaubt der euch so eine Lügengeschichte."

„Aber wir lügen nicht", empörte sich der kleine Janis.

Otto schüttelte den Kopf. „Ihr wollt mir also weismachen, dass da eine nackte Frau in den Dünen ist, eine Frau, die Vögel aufscheucht, eine Frau mit Silikonbusen und einer…", der Inselwart stockte. Er wusste nicht, wie er so etwas zu den Kindern sagen sollte. Ihm war diese Sache sehr peinlich.

„…einer rasierten Vagina", vervollständigte der kleine Janis den Satz des Mannes.

Wieder musste Otto schlucken. Schließlich fing er sich wieder. „Also, mal ganz ehrlich, Kleiner. Woher willst du denn überhaupt wissen, wie so etwas aussieht? Ich meine so eine rasierte Dingsda?"

„Das habe ich schon oft in der Sauna gesehen", antwortete Janis, als sei es das Selbstverständlichste der Welt. „Und außerdem sehe ich das auch bei meiner Mama. Sie rasiert ihre Vagina auch regelmäßig."

Diese Antwort haute den Inselwart fast um. Er wollte nicht glauben, was er da hörte. Sein Blick ging langsam zu den Eltern der beiden Kinder hinüber. Diese lagen schlafend unter den Sonnenschirmen. Ottos Blick blieb bei Frau Bergmeier-Lüdenkamp hängen. Er ertappte sich dabei, wie er sich gerade vorstellte, wie diese wohl untenherum aussah, so rasiert.

Annas Stimme riss ihn aus seinen Gedanken.

„Wenn du jetzt nicht endlich mitkommst, dann erzählen wir es unseren Eltern. Mal sehen, was sie dazu sagen, dass ein Inselwart sich nicht an Leute stört, die im Vogelschutzgebiet ihr Unwesen treiben."

Otto musste einsehen, dass er wohl oder übel mit den Kindern zu den Dünen musste. Er war sich seiner Sache sehr sicher, dass diese Gören sonst wirklich ihre Eltern gegen ihn auf sticheln würden. Die Bergmeier-Lüdenkamps waren bestimmt sehr einflussreiche Leute und er war nur ein kleiner Inselwart, der durch diese Arbeit seine Rente aufbesserte. Wenn die Bergmeier-Lüdenkamps sich an ganz bestimmte Leute wenden würden, um diesen mitzuteilen, dass er als Inselwart nicht tragbar ist, dann wäre er seinen Job los. Man würde ihn mit Sicherheit sofort feuern.

„Nun gut, Kinder", sagte er schließlich. „Dann zeigt mir mal, wo diese Frau ist."

„Komm mit", meinte Janis kurz.

Die beiden Kinder rannten zu der großen Düne hinüber, von deren Kamm aus man die vermeintliche Frau im Vogelschutzgebiet sehen konnte.

Otto konnte den Kindern kaum folgen. Sie liefen so schnell, dass er einfach nicht mitkam. Er war ja schließlich ein alter Mann und jeder schnelle Schritt durch den weichen Sand fiel ihm schwer.

Die zwei Kinder erreichten die Düne und wandten sich um.

„Wo bleibst du denn?", rief Janis ihm zu.

„Wenn du dich nicht beeilst", meinte seine Schwester, „dann ist diese Frau vielleicht schon weg, wenn wir oben ankommen."

Dann erreichte auch Otto den Fuß der Düne.

„Hört zu, Kinder", sagte er. „Ihr könnt jetzt wieder spielen gehen. Ich werde alleine dort raufsteigen, um nach dem Rechten zu sehen."

„Aber wir wollen dir doch die Frau zeigen", protestierte Anna.

„Ich werde diese Frau auch ohne euch finden. Ihr zwei habt da oben auf der Düne auch nichts zu suchen."

„Aber wir haben die Frau doch entdeckt", meinte Anna. „Dann haben wir auch das Recht, zu zusehen, wenn du sie gleich verhaftest."

Otto wurde langsam sauer. Ihm war es schon gegen den Strich gegangen, dass er wegen den Kindern hierher hetzen musste. Er wollte diese vorlauten Gören endlich loswerden. „Ich bin der Inselwart", sagte er in einem sehr bestimmenden Ton, „und wenn da oben wirklich eine Frau ist, die einfach die Vögel aufscheucht, dann ist es meine Sache, wie ich gegen diese Person vorgehe. Ihr verschwindet jetzt wieder und geht spielen, und damit basta."

Scheinbar hatte er sich nun doch genügend Respekt gegenüber den Kindern

106

verschafft, denn die beiden zogen sich tatsächlich zurück. „Na also", sagte er zu sich selbst. „Geht doch."

Nun begann für ihn der Aufstieg. Es war gar nicht so einfach, diesen sandigen Hügel zu erklimmen. Otto kam nur sehr langsam voran und machte zwischendurch immer wieder eine kurze Verschnaufpause.

Als er es schließlich geschafft hatte, blieb er für einen Moment am oberen Rand der Düne stehen. Ihm war fast die Luft ausgegangen. Er atmete tief durch. Dabei stützte er sich mit den Händen auf den Knien ab. Dann richtete er sich langsam auf. Sein Blick ging über die weite Dünenlandschaft, die das Vogelschutzgebiet bildete.

Natürlich erkannte er sofort die aufgescheuchten Vögel, die dort in der Ferne um eine Frauengestalt herumflatterten. Die Kinder hatten ihn also doch nicht belogen. Leider waren seine Augen aber nicht mehr so scharf, wie die der Kinder und er ärgerte sich darüber, dass er die, von den Kindern geschilderten Einzelheiten nicht genau sehen konnte. Otto konnte zwar ganz deutlich erkennen, dass die Frau nackt war, doch das war eigentlich auch alles. Er machte seine Augen zu schmalen Schlitzen und konnte so tatsächlich mehr Details ausmachen. „Mein Gott", murmelte er. „Was sind das für Titten." Nun wollte er auch die rasierte Vagina sehen, denn selbst für einen alten Mann wie ihn, gab es noch gewisse Anreize, die er sich nicht entgehen lassen wollte.

Doch sein Standort war für diese Aussicht nicht geeignet. Ein Pfahl der Umzäunung verbarg den freien Blick auf den Unterleib der Frau. So machte Otto einen seitlichen Schritt nach rechts. Er hatte seinen Fuß noch nicht ganz aufgesetzt, als sein Blickfeld frei war und ihm die Aussicht auf eine vermeintlich rasierte Vagina gewährte. „Mein Gott", kam es wieder aus seinem Mund. Im gleichen Moment setzte er seinen Fuß ganz auf. Otto vergaß in seiner Erregung, dass er ja noch am äußersten Rand der Düne stand. Genau in diesem Augenblick gab der Sand unter seinen Füßen nach und er rutschte nach unten. Immer wieder versuchte er, irgendwo einen Halt zu finden, doch an dieser Schräge gab es nichts, wonach man greifen konnte. Schließlich landete er wieder am Fuß der Düne. Dank des weichen Sandes hatte er sich aber nicht wehgetan. Er beschloss, sich für einen Moment hier auszuruhen. Dann wollte er sich wieder nach oben auf die Düne begeben. Dieses Mal würde er erst einmal bis zum Zaun gehen, um diese Frau genauer begutachten zu können, ohne wieder in die Tiefe zu rutschen. Otto dachte darüber nach, sich an die Frau heranzuschleichen, damit er ihren aufregenden Körper besser betrachten konnte. Nicht, dass er ein Voyeur war, aber wann bekam ein Mann in seinem Alter noch so etwas Tolles zu Gesicht? Doch, warum sollte er sich heranschleichen? Er war schließlich Inselwart, er hatte das Recht, zu dieser Frau zu gehen, um sie auf ihre Missetat im Vogelschutzgebiet hinzuweisen.

„Das ist es", sagte er zu sich selbst. „Ich werde zu ihr gehen, ganz offiziell. Dann werde ich auch alle Einzelheiten sehen, die großen Brüste und ihre rasierte Fröhlichkeit."

Der Platzwart konnte nicht ahnen, was sich in diesem Moment oben in den Dünen abspielte. Es war nicht das erste Mal, dass Lola das Pech hatte, mit den Füßen irgendwo hängen zu bleiben. Dieses Mal hatte sie sogar das Pech, dabei auch noch von aufgescheuchten Vögeln attackiert zu werden, Vögel, die glaubten, dass Lola ihre Gelege plündern wollte. Da sich aus Sicht der Vögel dieser vermeintliche Angreifer überhaupt nicht gegen ihre Attacken wehrte, wurden sie immer mutiger und hackten mit immer mehr Wucht auf Lola ein. Das führte schließlich dazu, dass sich Lolas Füße aus dem niedrigen Gebüsch langsam aber sicher wieder lösten. Dann, nach einigen weiteren Vogelattacken, war die aufgeblasene Puppe wieder frei. Wie schon so oft, wurde sie vom frischen Seewind erfasst und emporgehoben. Nachdem sie einige Mal hin und her gewirbelt worden war, erreichte sie eine Höhe von etwa fünf Meter. Dann schwebte sie mit dem Wind in die Richtung davon, in der die Nachbarinseln von Sölesand lagen.

Kein Mensch kann sich vorstellen, wie groß die Enttäuschung des Inselwartes war, als er etwas später, nach einer anstrengenden Klettertour, wieder oben auf der Düne stand und die nackte Frau einfach spurlos verschwunden war. Otto gab aber nicht auf. Irgendwo musste diese Person ja abgeblieben sein. Also machte er sich auf, um das Vogelschutzgebiet nach der Frau abzusuchen. Doch auch nach einer ganzen Stunde war von dieser Frau nirgendwo etwas zu sehen. Schließlich wurde ihm bewusst, dass er wieder zum Strand musste, um seinen Kollegen bei der Arbeit zu unterstützen.

Als er seinen Arbeitsplatz wieder erreicht hatte, kam bereits sein Kollege grinsend auf ihn zu. „Na, Otto, hast du in den Dünen `ne nackte Frau gejagt?"

Otto blickte Heinrich verdutzt an. "Woher weißt du das?"

Heinrich lachte. „Die Kinder haben es mir erzählt."

„Ach so, die Kinder."

„Sag mal, Otto, warum bist du denn auf die Lügen der Kinder eingegangen? Du lässt dir doch sonst nichts vormachen."

„Die Kinder haben nicht gelogen."

„Was?", kam es lang gezogen aus Heinrichs Mund. „Sie haben nicht gelogen?"

„Nein, die Frau war da."

„Und stimmt das, was die Kinder mir über die Frau erzählt haben?"

„Was haben sie dir denn erzählt, Heinrich?"

108

„Na ja, sie soll riesengroße Silikonbrüste gehabt haben."

„Das hatte sie."

Heinrich blickte seinen Kollegen mit großen Augen an. „Das hast du wirklich gesehen, Otto?"

„Hab ich."

„Und ihre Vagina? War sie wirklich rasiert?"

„Ja, das war sie."

Heinrich schüttelte ungläubig den Kopf. „Muss ich dir denn alles aus der Nase ziehen? Jetzt erzähl doch endlich mal, wie die Frau aussah und was sie da gemacht hat. Und überhaupt, wo ist die Frau jetzt? Ich will sie auch mal sehen."

„Na gut, Heinrich, dann werde ich dir mal erzählen, was ich gerade erlebt hab. Ich bin auf die große Düne gestiegen und dann hab ich sie gesehen. Sie stand da, ganz nackt und scheuchte die Vögel aus ihren Nestern. Die Frau war jung und schön, hatte riesengroße Titten und war untenherum rasiert."

Otto schwieg für einen Moment.

„Und dann? Was ist dann passiert?", forderte Heinrich ihn zum Weiterreden auf.

„Dann bin ich von der Düne gefallen."

„Du bist was?"

„Ich bin von der Düne gefallen. Ich hab wohl für einen Moment nicht aufgepasst, wohin ich meinen Fuß setze, und schon war es passiert."

„Aber du bist doch bestimmt sofort wieder hinaufgestiegen, oder nicht?"

„Natürlich bin ich wieder raufgestiegen. Doch als ich oben ankam, da war die Frau weg."

„Sie wird dich bemerkt haben, Otto. An ihrer Stelle wäre ich auch weggelaufen."

Otto zuckte mit den Schultern.

„Wenn ich an deiner Stelle gewesen wär", meinte Heinrich schließlich, „dann hätte ich die Dünen nach ihr abgesucht. So groß ist das Gebiet ja auch nicht und Versteckplätze sind dort nicht vorhanden."

„Genau das hab ich getan, Heinrich."

„Ja, und?"

„Ich hab die Frau nicht gefunden. Sie ist einfach spurlos verschwunden."

„Merkwürdig."

Otto nickte. „Es ist nicht nur merkwürdig, es ist sogar richtig unheimlich."

„Warum?"

„Ich bin natürlich als erstes zu der Stelle gegangen, an der die Frau die Vögel aufgescheucht hatte. Dort war nicht eine Fußspur von ihr im Sand zu sehen. Ich hatte sie genau an dieser Stelle gesehen. Sie stand da und hatte die

Vögel aufgescheucht, und nun war es so, als wär sie niemals dort gewesen. Die Fußspuren, die ich selbst hinterlassen hatte, konnte ich alle deutlich erkennen, doch das waren auch die einzigen Abdrücke im Sand. Ich weiß nicht, wie diese Frau das gemacht hat."

Heinrich kratzte sich nachdenklich am Kopf. „Nicht, dass es der Klabauter-mann war."

„Natürlich war es kein Klabautermann. Ich hab dir doch gesagt, dass es eine Frau war."

„Mein Nachbar hat mir heute Morgen erzählt, dass ein paar Fischer gestern Abend bei der Sparclubfeier im Leuchtturm davon berichteten, dass der Klabautermann auf ihrem Schiff gewesen ist. Er soll ihnen als nackte Frau erschienen sein. Sie soll ebenfalls große Brüste gehabt haben und unten-herum soll sie auch rasiert gewesen sein, eine junge, hübsche Frau mit langen, schwarzen Haaren."

Ottos Augen weiteten sich. „Mensch Heinrich, diese Frau in den Dünen hatte auch lange, schwarze Haare." Für einen Augenblick machte er ein sehr ernstes Gesicht. „Aber trotzdem bleib ich dabei, dass es eine ganz normale Frau war. Ich glaub nicht an solche Spukgeschichten."

„Und ich glaube", sagte Heinrich, „dass du deine Meinung gleich ändern wirst."

„Warum sollte ich?"

„Nicht nur die Fischer haben behauptet, den Klabautermann in Frauengestalt gesehen zu haben. Auch der alte Hein Petersen hat diese geheimnisvolle Frauengestalt gesehen. Sie ist ihm am Strand begegnet. Hein erzählte, dass sie zunächst über ihm schwebte und dann auf das Meer hinausgeflogen ist."

Otto winkte ab. „Mensch Heinrich, der alte Hein erzählt doch schon lange diese Klabautermanngeschichten, immer dann, wenn er betrunken ist. Wer dem glaubt, der ist es selbst schuld."

„Du verstehst nicht, was ich meine", entgegnete sein Kollege. „Du hast doch gesagt, dass diese geheimnisvolle Frau in den Dünen keine Fußspuren hinterlassen hat, obwohl sie eindeutig da gewesen ist. Das kann nur eins bedeuten. Sie ist davongeflogen, genau wie beim alten Hein."

Otto lachte. „Langsam versteh ich, was hier gespielt wird. Irgendwie wollt ihr mich hinters Licht führen. Ihr wollt mich verarschen." Er schaute sich suchend nach allen Seiten um. „Irgendwo ist bestimmt eine versteckte Kamera. Ich hab euch durchschaut, Heinrich."

Doch Heinrich schüttelte den Kopf. „Ich schwöre dir, Otto, hier gibt `s keine versteckte Kamera."

„Und warum erzählst du mir dann Geschichten vom Klabautermann?"

„Ich erzähl dir nur das, was ich heute Morgen von meinem Nachbar gehört hab. Er hat mir bereits diese Frau beschrieben, als wir noch gar nicht wussten, dass eine Frau, auf der die gleiche Beschreibung passt, in den Dünen die Vögel aufscheucht. Das kann doch kein Zufall sein."
Otto schüttelte immer noch ungläubig den Kopf. „Sei mir nicht böse, Heinrich, aber ich glaub halt nicht an den Klabautermann."
„Eigentlich glaub ich ja auch nicht dran, aber jetzt sag mir doch mal, warum sich eine Frau nackt ins Vogelschutzgebiet stellt und die Vögel aufscheucht? Was hat das für einen Sinn?"
„Keine Ahnung."
„Und wie hat die Frau es geschafft, davonzulaufen, ohne auch nur eine einzige Spur zu hinterlassen?"
Otto zuckte mit den Schultern. „Ich weiß es nicht."
In diesem Moment kamen wieder einige Touristen zum Schuppen der Inselwarte, um sich mit Liegen und Sonnenschirmen einzudecken. Sie waren mit dem Schiff gekommen, welches vor einigen Minuten am Steg von Sölesand angelegt hatte.
Die beiden Männer gingen wieder ihrer Arbeit nach.
Dabei ging ihnen die Geschichte um die geheimnisvolle Frau durch den Kopf.
Otto, der diese Frau ja mit eigenen Augen gesehen hatte, glaubte irgendwie immer noch, dass man ihn veräppeln wollte und Heinrich, der die Frau nur vom Hörensagen kannte, war fest davon überzeugt, dass hier etwas Geheimnisvolles vor sich ging.
So ging ihr Arbeitstag dahin und abends, als die letzten Gäste Sölesand verlassen hatten, redeten sie immer noch von der Frau in den Dünen.

*   *   *

Das Vogelschutzgebiet, welches die Inseln vor Gaubelsteg umschloss, war unter den Vogelkundlern sehr bekannt. Hier brüteten sogar einige Vögel, die es sonst im ganzen Land nicht mehr gab. Deshalb hatte man die vorgelagerten Inseln bereits vor einigen Jahren zum Nationalpark erklärt.
Mit Ausnahme von Sölesand, durfte keine andere Insel von Menschen betreten werden.
Natürlich gab es in Gaubelsteg auch eine Vogelbeobachtungsstation. Diese war in einem ehemaligen Leuchtturm untergebracht worden. Von diesem Leuchtturm war allerdings nicht mehr viel übrig geblieben. Man hatte das verfallene Bauwerk zwar gründlich renoviert, jedoch ging beim Umbau zur Vogelbeobachtungsstation mehr als die Hälfte des eigentlichen Turmes verloren. So ragte nur noch ein etwa zehn Meter hoher Rest des ehemaligen

Turmes empor. An diesem runden Gebäude befand sich noch ein lang gestreckter Anbau, in dem sich die eigentliche Beobachtungsstation für die Vögel befand.

Die Station lag etwas außerhalb des Städtchens Gaubelsteg, direkt an der Küste. Da keine Straße an der Küste entlang führte, musste man, um von Gaubelsteg zur Beobachtungsstation zu gelangen, zunächst den ganzen Ort landeinwärts durchqueren. Vom Ortsrand aus, führte eine schmale Straße um Gaubelsteg herum, die schließlich an einem kleinen Parkplatz endete. Wer zur Vogelbeobachtungsstation wollte, der musste von hier aus noch einmal einen Fußmarsch von ungefähr fünfzehn Minuten in Kauf nehmen. Der ehemalige Leuchtturm war auf einer felsigen Anhöhe errichtet worden, die nur über einen steilen Weg mit in den Fels gehauenen Stufen erreicht werden konnte. Dieser Weg schlängelte sich schneckenförmig um die Anhöhe herum nach oben.

Die Front einer der Längsseiten des Anbaus bestand aus großen Panoramafenstern, die eine wunderbare Sicht über das Meer freigaben, über das Meer und die Inseln, die in einiger Entfernung vor der Küste lagen. Doch meistens waren die Jalousien vor diesen Fenstern herabgelassen. Das lag daran, dass sich an der gegenüberliegenden Wand zahlreiche Monitore befanden. Auf diesen Monitoren konnte man die Vogelaktivitäten auf den Inseln verfolgen.

Es gab insgesamt dreißig Kameras, die man auf den sieben Inseln und den fünf, vom Wasser umschlossenen Dünen aufgestellt hatte. Die Hälfte der Kameras befand sich auf den größten Inseln, Belaworn, Wargworn und Sellstad. Hier brüteten auch die meisten Vögel.

Die Station war von der Bürgerinitiative der Gaubesteger Vogelfreunde gegründet worden. Die Gründung lag bereits zwanzig Jahre zurück. Die Ausrüstung der Vogelfreunde war damals sehr beschränkt und man musste sich mit handgeschriebenen Aufzeichnungen zufrieden geben, die von den Mitgliedern der Bürgerinitiative durch mühevolle Beobachtungen vor Ort zusammengetragen worden waren.

Seitdem dem Tag, an dem das Vogelschutzgebiet aber zum Nationalpark erhoben wurde, lief alles anders. Es gab nicht nur eine staatliche Unterstützung in finanzieller Form, sondern auch noch eine moderne Videoausrüstung, die es ermöglichte, die brütenden Vögel zu beobachten, ohne diese zu stören.

Die Kameras waren mit Aufnahmegeräten verbunden und so konnte den Beobachtern nichts von dem entgehen, was sich gerade auf den Inseln tat. Auf den Aufzeichnungen der Aufnahmegeräte wurde minutiös festgehalten, welcher Vogel wann brütete. Selbst die Schlupfzeiten der Jungvögel wurden genau registriert. Alle Auswertungen wurden in Hochleistungscomputern gespeichert.

Der Begründer der Vogelbeobachtungsstation war Pastor Rüders von der Gaubesteger Kirchengemeinde. Er war vom Vogelschutz regelrecht besessen. So kam es, dass er neben der Gemeindetätigkeit auch die Leitung der Beobachtungsstation übernommen hatte. Pastor Rüders ging in der Arbeit mit den Vögeln, die ja eigentlich nur ehrenamtlich war, ganz auf. Deshalb hatten ihn die Gaubelsteger Bürger den Spitznamen "Vogelpfaffe" gegeben. Natürlich hatte Rüders davon gehört, dass man ihn hinter vorgehaltener Hand so nannte, doch er sah schmunzelnd darüber hinweg. Sollten die Leute ihn doch so nennen. Schließlich lagen sie mit der Bezeichnung Vogelpfaffe ja eigentlich richtig. Er liebte seine gefiederten Freunde wirklich über alles.

Pastor Rüders hatte, wie jeden Morgen, auch heute die Station sehr früh betreten. Er entfernte die bespielten Kassetten mit den Aufzeichnungen vom Vortag aus den Aufnahmegeräten und legte direkt neue Kassetten ein.

Diese Aufzeichnungen wurden von den zahlreichen ehrenamtlichen Mitarbeitern der Station ausgewertet. Da viele Mitarbeiter aber berufstätig waren, kamen die meisten erst spät nachmittags in die Station, um die Bänder zu sichten.

Der Pastor begab sich zum großen Panoramafenster und öffnete die Jalousien. Sein Blick ging über das Meer.

Außer seinen Vögeln gab es für den Kirchenmann nichts Schöneres, als die weite, unendlich scheinende See.

Mit einem kurzen Blick nach oben meinte er:

„Ach Herr, du weißt schon, warum du mich hierher geschickt hast. Ich danke dir dafür."

Rüders empfand seine pastorale Tätigkeit als eine Berufung. Er war bis tief in seinem Inneren ein sehr gläubiger Mensch, der fest davon überzeugt war, auf dem richtigen Pfad zu sein. Bereits als Kind hatte er schon davon geträumt, vor einer Gemeinde zu stehen und zu predigen.

Er war mittlerweile zweiundsechzig Jahre alt, doch wer sein Alter nicht kannte, der schätze ihn wesentlich jünger ein, obwohl er kaum noch Haare auf dem Kopf hatte. Das heißt, Haare waren noch vorhanden, sie beschränkten sich aber auf einen Halbkreis, der hinter dem einen Ohr begann, über den Hinterkopf führte und am anderen Ohr endete. Dieser Halbkreis aus Haare, der die Glatze umrahmte, verlief so gleichmäßig, dass man glauben könnte, es sei das Werk eines Frisörs.

Das, was Pastor Rüders jünger erscheinen ließ, war seine auffallend glatte Gesichtshaut, eine Haut, die der eines Säuglings sehr nahe kam. In seinem runden Gesicht erkannte man fast immer ein Lächeln, ein mildes Lächeln, das zu einem Kirchenmann passte. Es gab ihm ein gutmütiges Aussehen.

Doch dieses gutmütige Aussehen täuschte über Rüders Charakter hinweg. Sicher, er galt als ein sehr geduldiger und friedlicher Mensch, der, wenn es immer möglich war, auf die Bitten und Wünsche anderer einging. Wenn er aber merkte, dass irgendwo eine Ungerechtigkeit stattfand, dann konnte er auch anders, besonders, wenn es um seine geliebten Vögel ging.

Heute war für Rüders ein großer Tag. Eine internationale Delegation wollte sich die Arbeit der Gaubelsteger Beobachtungsstation ansehen. Rüders sollte den Leuten berichten, welche Erfahrungen er gemacht hat und vor allem, welche Erfolge er bei der Arterhaltung der seltenen Vögel auf den Inseln vorweisen konnte.

Sein Blick ging durch den Beobachtungsraum.

Zufrieden stellte er fest, dass hier alles sauber und ordentlich war. Die Monitore liefen und die Aufnahmegeräte summten leise vor sich hin. Um einen besseren Eindruck bei der Delegation zu hinterlassen, hatte er gestern Abend extra eine Putzkolonne bestellt, die alles auf Vordermann gebracht hatte. Rüders hatte sogar neue Schilder an die Monitore geklebt, Schilder, die einzelnen Standorte der Kameras bezeichneten.

Auf einem der Monitore mit der Bezeichnung „Wargworm 6" war zu sehen, wie ein Vogel gerade dabei war, seinem Jungen einen Fisch in den Schnabel zu schieben.

Der Pastor lächelte bei diesem Anblick.

„Wie hungrig der Kleine doch ist", sagte er leise zu sich selbst.

Vier Monitore weiter, auf dem Monitor mit der Bezeichnung „Sellstad 2" landete gerade ein Austernfischer auf seinem Gelege.

Rüders lächelte. Es war alles so, wie es sein sollte. Die Technik funktionierte ausgezeichnet. Die Delegation konnte kommen.

Dann blickte er noch einmal kontrollierend an sich selbst herunter. Er trug eine schwarze Hose und ein schwarzes T-Shirt, aus dem der Kragen eines weißen Hemdes herausschaute. Es war zwar nicht so ganz die offizielle Kleidung eines Kirchenmannes, aber Rüders fand, dass sein Outfit für die Begrüßung der Delegation angemessen war.

Er schaute auf seine Uhr. Für ihn wurde es Zeit zu seinem Boot zu gehen, denn die erste Begegnung mit der internationalen Delegation sollte auf der Insel Belaworn stattfinden. Belaworn hatte als einzige Insel einen kleinen Landungssteg und die Delegation sollte dort in einer Stunde, um zehn Uhr, mit einem Boot festmachen. Sie wollte sich direkt vor Ort von den Fortschritten des Artenschutzes überzeugen.

Als er die Station verließ, kamen ihm zwei junge Männer entgegen.

„Moin Herr Pastor", sagten sie beide fast gleichzeitig.

„Moin Mirco, moin Christian", grüßte der Kirchenmann zurück.

Mirco und Christian waren Mitarbeiter der Station, die zwei einzigen Mitarbeiter, die auch schon vormittags dort arbeiteten.

„Ich habe leider keine Zeit für euch", sagte Rüders. „Ihr wisst doch, die Delegation kommt gleich."

Natürlich wussten die beiden Bescheid.

Der Pastor mochte die zwei jungen Männer sehr gut leiden. Das lag aber nicht nur daran, dass sie sich für den Vogelschutz einsetzten. Er mochte die jungen Männer, weil sie gute Charaktere hatten. Die beiden waren nicht motorisiert und es machte ihnen nichts aus, den langen Weg zur Station zu Fuß zu bewältigen. Für die Strecke von Gaubelsteg zur Vogelschutzstation benötigten Mirco und Christian jeden Morgen fünfzig Minuten. Das rechnete der Pastor ihnen hoch an.

„Sag mal, Mirco", meinte Rüders, „hast du heute wenigstens dein Handy ausgeschaltet?"

Der Angesprochen wusste sofort, was der Pastor meinte. Handys waren in der Station verboten und weil Mirco vor einigen Tagen nicht mehr daran gedacht hatte, waren drei der hochempfindlichen Monitore ausgefallen.

„Keine Angst, Herr Pastor, wir haben unsere Handys sicherheitshalber gleich Zuhause gelassen."

Ohne sich weiter um die jungen Männer zu kümmern, begab sich Rüders schließlich hinunter zum Strand. Dort lag sein kleines Boot, ein offenes Boot mit drei hintereinander liegenden Sitzreihen. Es konnte bis zu acht Personen befördern, allerdings nur bei ruhigem Seegang.

Er bestieg das Boot und warf den Außenbordmotor an. Dann ging es mit gemächlicher Geschwindigkeit hinaus auf die See.

Der Pastor saß auf der hintersten Sitzbank und steuerte auf die Insel Wargworn zu. Sein Ziel, die Insel Belaworn, lag nur etwa fünfhundert Meter hinter Wargworn.

Der Bootsmotor tuckerte unrund vor sich hin und erzeugte merkwürdige Geräusche. Das beunruhigte den Mann am Ruder aber nicht im Geringsten. Selbst als der Motor den einen oder anderen kleinen Aussetzer hatte und es zwischendurch stark nach Benzin stank, blieb Rüders ganz ruhig. Der Bootsmotor lief noch nie ohne solche Störungen. Diese merkwürdigen Geräusche gab er bereits seit vielen Jahren von sich. Der Kirchenmann war sich seiner Sache ganz sicher, dass das Boot ihn auch dieses Mal nicht im Stich lassen würde, und außerdem war ja noch der liebe Gott da, der ihm im Notfall leiten würde.

Als sein Blick über das Meer schwelgte, sagte er sich erneut, wie gut er es doch getroffen hatte. Hier war alles so friedlich. Wenn die Welt irgendwo noch in Ordnung war, dann hier. Draußen auf dem Meer konnte er so etwas wie angenehme Einsamkeit genießen, ein Gefühl, dass er noch an keinem anderen Ort erlebt hatte.

Nun aber merkte Rüders, dass ihm heute ein Fehler unterlaufen war. Er hatte vergessen, seine Jacke mitzunehmen. Die noch kühle Seeluft ließ ihn frösteln.

Würde er jetzt kehrt machen, um eine Jacke zu holen, käme er zu spät nach Belaworn. Die Delegation durfte auf keinen Fall warten.

Deshalb kauerte er sich verbissen zusammen und hoffte, dass die Sonne bald für etwas mehr Wärme sorgen würde.

Da fiel sein Blick auf eine Kiste, die vorne im Bug stand. Eigentlich war es die Kiste für das Werkzeug, doch da das Boot des Öfteren auch von anderen Mitarbeitern der Vogelbeobachtungsstation zum Fischfang benutzt wurde, lagen auch sehr oft deren Angelutensilien darin.

Rüders dachte daran, dass die Leute ja immer sehr früh, wenn es noch kühl war, zum Angeln hinausfuhren. Vielleicht lag ja in der Kiste eine Decke, die er sich überwerfen konnte.

Er begab sich zu der Kiste. Erst beim dritten Versuch ließ diese sich öffnen.

Sein Blick fiel aber zunächst nur auf rostiges Werkzeug. Rüders schob einen alten, öligen Lappen, der ebenfalls in der Kiste lag, zur Seite. Von einer wärmenden Decke war nichts zu sehen. Unter dem Werkzeug schimmerte etwas Rotes durch, etwas, das eindeutig aus Stoff war. Der Kirchenmann schob das Werkzeug beiseite und zog das rote Stoffteil heraus.

Zu seinem Erstaunen hielt er einen alten Pullover in der Hand. Das Kleidungsstück war zwar total verschmutzt und mit Ölflecken übersät, aber dennoch gut geeignet, um sich damit vor der morgendlichen Kälte zu schützen.

Mit einem kurzen Blick zum Himmel und einem: „Ich danke dir, Herr", zog Rüders das Kleidungsstück über. Der Pullover fühlte sich im ersten Moment etwas feucht an, aber er wärmte.

Als er sich Gedanken darüber machte, wie dieser rote Pullover wohl in die Werkzeugkiste gekommen war, fand er sofort eine Lösung. Dieser alte Pullover lag schon immer in der Kiste. Rüders hatte nur nicht mehr an das Kleidungsstück gedacht. Dieser Pullover lag schon in der Kiste, als er das Boot vor vielen Jahren erstanden hatte. Natürlich wollte er den Pullover und alles überflüssige Werkzeug anfangs entsorgen. Doch irgendwie war dieses Vorhaben mit der Zeit untergegangen. Jetzt war er froh darüber.

Mittlerweile hatte er Wargworn erreicht. Er schickte sich an, die Insel in unmittelbarer Ufernähe zu umrunden, um dann einen geraden Kurs auf Belaworn zu setzten, als er glaubte, in den sanften Dünen von Wargworn eine Person zu erkennen.

Sollte es tatsächlich jemand gewagt haben, die großen Verbotsschilder zu missachten? Sollte es jemand gewagt haben, seine gefiederten Freunde bei der Brutpflege zu stören?

Dieser Gedanken ließ Unruhe in ihm aufsteigen.

Er steuerte das Boot in die Richtung des Strandes.

Nun erkannte er es ganz deutlich. Dort hatte sich jemand mitten im Vogelschutzgebiet zu einem Sonnenbad niedergelassen, ganz offensichtlich eine Frau.

Rüders kochte vor Wut.

„Dieser Person werde ich es zeigen", murmelte er.

Sein Blick fiel auf eine der Kameras, die hier zur Vogelbeobachtung aufgestellt worden war. Diese Kamera stand etwa zwanzig Meter hinter der Frau, die dort genussvoll in der Sonne lag.

Rüders hoffte, dass diese Person nicht durch das Tuckern des Motors auf ihn aufmerksam wurde. Dann könnte sie vielleicht entfliehen. Sie musste ja schließlich auch irgendwo das Boot liegen haben, mit dem sie auf die Insel gekommen war, und dieses Boot war bestimmt schneller, als das des Pastors.

Dann fiel Rüders Blick wieder auf die Kamera.

Er lächelte.

Soll sie doch türmen, ging es ihm durch den Kopf, wir werden sie trotzdem erwischen, denn wir haben sie ja bereits mit der Kamera aufgenommen.

Zu seiner Verwunderung rührte sich die Frau aber nicht von der Stelle.

Schließlich erreichte der Pastor das Ufer. Er ließ das Boot auf den flachen Strand gleiten und stieg über den Bug aus.

Bereits nach wenigen Schritten hatte er die vermeintliche Sünderin erreicht.

Mit Entsetzen stellte er fest, was da nun wirklich vor ihm lag.

Es war eine dieser aufblasbaren Sexpuppen, eine dieser Puppen, an denen alle weiblichen Geschlechtsorgane überdimensional vorhanden waren. Als einziges Kleidungsstück trug sie einen kurzen Rock, der wenigstens die unteren, sündigen Verlockungen bedeckte.

Rüders war empört.

Er blickte sich nach allen Seiten um. Vielleicht war der Übeltäter, der dieses sündige Ding hierher gelegt hatte, ja noch in der Nähe.

Ein paar Seevögel, deren Gelege unmittelbar vor der Kamera lagen, waren laut kreischend aufgeflogen.

117

Doch ansonsten sah er nicht Auffälliges Der Pastor wandte sich wieder der Puppe zu.

Sie lag da und war ganz offensichtlich mit dem einen Arm unter einen morschen Ast geraten, einem alten Stück Treibholz. Rüders blickte auf ihre riesigen Brüste. Er schluckte.

„Oh Herr", sagte er. „Du weißt, dass mir diese Sache peinlich ist. Aber ist es ja nur ein Stück Plastik."

Plötzlich schoss ihm ein fürchterlicher Gedanke durch den Kopf. Was würde passieren, wenn die Delegation diese Puppe zu Augen bekäme? Sicher, die Leute betreten nur die Nachbarinsel, aber was wäre, wenn sie auch einen Blick auf Wargworn werfen möchten?

Dem Pastor wurde ganz heiß. Die Puppe musste weg, sofort.

Er dachte darüber nach, dass er ja eigentlich nur die Luft aus diesem sündigen Ding herauslassen brauchte. Dann könnte er das Stück Plastik einfach klein falten, ein kleines Loch in den Sand graben, dieses widerliche Ding dort hineinlegen und das Loch wieder zubuddeln.

Er musste also nur das Ventil an dieser Puppe finden.

Da der Pastor sich redlich bemühte, seinen Blick nicht auf die unzüchtigen Brüste der Puppe zu richten, übersah er natürlich, dass sich das gesuchte Ventil unter eine der Brustwarzen verbarg.

„Das Ventil muss auf der Rückseite sein", sagte er zu sich selbst.

Ihm blieb also nur die Möglichkeit, er musste die Puppe umdrehen.

Als er jedoch mit den Händen nach ihr greifen wollte, zuckte er zurück. Irgendwie scheute er sich davor, so etwas, wie diese Sexpuppe anzufassen. Doch ihm war bewusst, dass er keine andere Wahl hatte. Die Puppe musste gewendet werden.

„Vergib mir, Herr, dass ich so etwas mit meinen Händen berühre. Aber du weißt, es muss sein."

Dann ergriff er Lola und drehte sie auf den Bauch.

Während sich Pastor Rüders darüber Gedanken machte, wie er möglichst schnell diese Sexpuppe loswerden könnte, waren in der Beobachtungsstation in Gaubelsteg die beiden Mitarbeiter damit beschäftigt, die Aufzeichnungen des Vortages auszuwerten.

Die zwei jungen Männer saßen vor den Monitoren und konzentrierten sich auf das, was sich am Vortag so alles bei den Vögeln abgespielt hatte.

Einer der beiden war der dreiundzwanzigjährige Christian Mertes. Er hatte gerade seine Lehre als Bürokaufmann beendet. Leider wurde er in seiner Firma nicht übernommen. Christian war Hobby-Ornithologe und so hatte ihm Pastor Rüders angeboten, so lange in der Beobachtungsstation tätig zu sein,

118

bis er wieder einen Arbeitsplatz findet. Dieses Angebot hatte der Vogelfreund natürlich sofort dankbar angenommen. Da Christian auch einen Teil der anfallenden Büroarbeit leistete und fast alle nötigen Besorgungen tätigte, bekam er auch einen geringen Lohn für diese Arbeit.

Der andere junge Mann, der unmittelbar neben Christian saß, hieß Mirco Hensen. Der fünfundzwanzigjährige Student schrieb an seiner Doktorarbeit. Nirgendwo anders hätte er so viele Informationen für seine Arbeit sammeln können, wie hier in der Station. Das Thema seiner Doktorarbeit lautete:

Das Brutverhalten von Heamatopus ostralegus brachus.

Hinter diesem lateinischen Namen verbarg sich ein Vogel, eine seltene Unterart des Austernfischers, der weltweit sonst nur noch auf den Kaprisischen Inseln vorkam.

Für Mircos Doktorarbeit waren die Aufzeichnungen aus dem hiesigen Vogelschutzgebiet einfach unentbehrlich.

Da saßen die beiden jungen Männer nun vor den Bildschirmen und werteten die Bänder aus.

Ihr Arbeitsplatz lag in der hintersten Ecke des Raumes. Dort standen die Geräte, auf denen die Aufzeichnungen abgespielt werden konnten.

Als Mirco seinen Blick für einen Moment auf die große Wand mit den Monitoren, die aktuelle Livebilder lieferten, richtete, stach ihm sofort der Monitor mit der Bezeichnung Wargworn 1 in die Augen.

Im Vordergrund flogen aufgeschreckte Seevögel umher. Eigentlich sollten diese auf ihren Gelegen sitzen und brüten. Dann erkannte Mirco den Grund für diese Aufregung. Da war eindeutig eine Person zu sehen.

Er stieß seinen Kollegen an.

„Sieh dir das an, Christian. Da ist jemand auf Wargworn."

„Tatsächlich."

„Da sind sogar zwei, ein Mann und eine Frau."

„Verdammt", meinte Christian. „Was haben die beiden auf der Insel verloren? Sie werden die Brut stören."

Da sich der entsprechende Monitor ein paar Meter rechts von den jungen Männern befand, rollten sie mit ihren Stühlen nun genau davor. Jetzt konnten sie diese Szene besser verfolgen.

Sofort erkannten sie, dass die junge Frau, die dort im Sand lag, oben ohne war. Allerdings lag sie auf dem Bauch. Ihr Gesicht konnten sie nicht erkennen. Der Kopf dieser Frau lag aus ihrer Sicht hinter einer seichten Erhebung. Das Einzige, was sie definitiv wahrnehmen konnten war, dass diese Frau lange, schwarze Haare hatte.

Der Mann, der gerade im Begriff war, sich nach der Frau zu bücken, trug einen roten Pullover.

„Ich werd verrückt, Christian", kam es stockend aus Mircos Mund. „Das ist doch unser Pastor Rüders."
Jetzt erkannte Christian ebenfalls den Kirchenmann.
„Mein Gott, was macht Rüders denn da? Ich habe gedacht, er ist nach Bela-worn gefahren, um die Delegation zu empfangen."
Wie gebannt starrten die beiden jungen Männer auf den Monitor.

Pastor Rüders blickte auf Lolas Rücken. Auch hier konnte er kein Ventil entdecken, durch dass man die Luft aus diesem Sündenteil lassen konnte.
„Verdammt", sagte er.
Dann richtete er sofort seinen Blick zum Himmel.
„Oh, entschuldige Herr, das ist mir einfach so herausgerutscht."
Er blickte wieder nachdenklich auf die Puppe.
Es musste einfach ein Ventil geben, doch wo könnte es verborgen sein? Sein Blick fiel auf den kurzen Rock. Dort musste es sein. Das Ventil war wahr-scheinlich auf dem Allerwertesten der Puppe verborgen.
Er ging in die Hocke.
„Oh Herr, du weißt, dass ich das nun tun muss."
Niemals hätte er es gewagt, den Rock einfach hochzuheben. Diesen sündi-gen Anblick wollte er sich ersparen.
Seine Hand glitt zitternd unter den Rock und er tastete den Po der Puppe ab.
Das tat er sehr schnell, denn er wollte es vermeiden, diese widerliche Puppe unnötig lange anzufassen.
Als Rüders nichts fand, holte er tief Luft.
„Also, reiß dich zusammen", sagte er zu sich selbst. „Das Ganze noch einmal und zwar dieses Mal langsam und genau, sonst finde ich das Ventil nie."
Seine Hand glitt nun langsam über Lolas Po und auch die obere Schenkel-partie, die der Rock verbarg, wurde sorgfältig abgetastet.

Christian Mertes und Mirco Hensen starrten entsetzt auf den Bildschirm.
„Mein Gott", flüsterte Mirco. „Das darf doch nicht wahr sein."
Christian schüttelte leicht mit dem Kopf.
„Das kann ich einfach nicht glauben."
Die beiden waren fassungslos.
Ihr Pastor Rüders, ein Mann den sie für redlich und sittentreu gehalten hatten, ein Mann, dem jede Mutter blind ihre Tochter anvertrauen würde, trieb es mit einer Frau auf der Insel Wargworn.
Die jungen Männer blickten auf den Monitor und sahen mit an, wie Rüders seine Hand unter den Rock dieser Frau schob. Zunächst machte er das

ziemlich hektisch, dann aber streichelte er offensichtlich ganz langsam und genussvoll ihren Po und ihre Schenkel.

„Ich würde wirklich gerne wissen, wer diese Frau ist", sagte Mirco.

„Ich auch", meinte Christian.

„Vielleicht ist es jemand, den wir kennen. Es könnte eine der vielen ehrenamtlichen Mitarbeiterinnen sein, die hier in der Station helfen."

Mirco schluckte laut.

„So etwas hätte ich dem Rüders niemals zugetraut."

„Ich auch nicht, Mirco."

"Sollen wir den Bildschirm nicht besser ausschalten?", meinte Mirco. „Ich habe ein ungutes Gefühl dabei, wenn wir Rüders beim Liebesspiel zuschauen."

„Du hast Recht, es ist wirklich ein komisches Gefühl, unseren Pastor bei so etwas zu erwischen."

„Wenn wir uns das hier weiterhin ansehen, dann sind wir Voyeure."

Christian blickte den Studenten an.

„Voyeure", wiederholte er Mircos letztes Wort. „Sind wir nicht auch Voyeure, wenn wir den Vögeln beim Brüten zusehen?"

„Das ist etwas ganz anderes."

„Ich habe auf jeden Fall kein schlechtes Gewissen, wenn ich Rüders beim Liebesspiel ertappe", sagte Christian. „Es ist zwar in der Tat ein komisches Gefühl, aber ein schlechtes Gewissen bekomme ich davon nicht. Eigentlich gibt es nur einen, der ein schlechtes Gewissen haben muss, und dass ist unser Pastor."

„Du hast Recht, Christian. Wir brauchen nicht wegucken, wenn der Pastor sündigt. Doch das, was wir hier sehen, muss nur für immer unser Geheimnis bleiben."

Christian nickte, ohne seinen Blick auch nur einmal von dem Bildschirm abzuwenden.

„Das wird unser Geheimnis bleiben."

Tief im Inneren war Mirco froh, dass Christian nicht auf seinen Vorschlag eingegangen war, den Monitor auszuschalten. Auch wenn er es nicht offen zugeben würde, aber das, was sich dort abspielte, war in seinen Augen sehenswert. Es war aufregend, den Pastor heimlich beim Sündigen zu beobachten.

Pastor Rüders Nervosität stieg und die Aufregung brachte ihn zum Schwitzen. Sein Gesicht und seine Glatze waren von dicken Schweißperlen übersät.

Als er, trotz gründlicher Untersuchung, unter dem Rock nichts gefunden hatte, was sich wie ein Ventil anfühlte, richtete er sich wieder auf.

„Ich muss sie umdrehen. Das Ventil wird wohl doch auf der Vorderseite sein."
Rüders fasste die Puppe erneut an den Hüften, um sie zu wenden. Doch dieses Mal war es nicht ganz so einfach.
Lolas ausgestreckter Arm hatte sich beim erstmaligen Drehen noch mehr im Treibholz verfangen. Der Pastor zog und zerrte nun an der Puppe herum, um ihren Arm aus dem Treibholz zu lösen.

Mirco und Christian verfolgten die Szene auf dem Monitor.
„Was macht er denn jetzt?", kam es aus Mircos Mund.
„Er schüttelt sie."
„Warum, um alles in der Welt, schüttelt er sie?"
Die beiden jungen Männer betrachteten kopfschüttelnd das Geschehen auf Wargworn.

Rüders Verzweiflung wurde immer größer.
Er blickte auf seine Armbanduhr. Er musste sich beeilen. Die Delegation würde in zehn Minuten auf Belaworn landen. Dann musste er da sein. Ihm war bewusst, dass er allein für die Überfahrt von Wargworn nach Belaworn fast fünf Minuten benötigte. Es blieb nicht mehr viel Zeit.
Doch zunächst musste diese sündige Sexpuppe verschwinden.
Da er den Arm der Puppe so nicht los bekam, fasste er sie nun etwas höher an. Erneut zog und zerrte er daran. Er rüttelte den Puppenkörper regelrecht durch. Dabei bückte er sich tief nach vorne.
Plötzlich verlor Rüders sein Gleichgewicht. Kopfüber stürzte er auf die Puppe.
Im allerletzten Moment konnte er ein lautes Fluchen zurückhalten.
„Oh Herr", murmelte er, „jetzt liege ich auch noch persönlich auf diesem Objekt der Sünde."

Das, was sich den beiden jungen Männern auf dem Monitor bot, war unfassbar.
„Sie nur, jetzt schüttelt er sie noch mehr", kam es aufgeregt aus Christians Mund.
Dann sahen sie, wie sich der Pastor ihrer Gemeinde ganz offensichtlich auf die halbnackte Frau stürzte.
„Mein Gott, das muss dieser Frau doch weh tun."
Christian blickte kurz zu Mirco.
Dieser starrte ungläubig auf den Bildschirm. Dabei stand sein Mund vor Erstaunen weit offen.
„Kneif mich mal, Mirco. Ist das wirklich unser Pastor Rüders, der dort auf einer nackten Frau liegt?"

„Er ist es."

Der arme Pastor Rüders war beim Sturz auf Lola genau mit dem Gesicht im Sand gelandet. Da er ja nass geschwitzt war, blieb der feine Sand wie eine zweite Haut auf seinem Gesicht und seiner Glatze kleben.
Augen und Mund hatte er beim Sturz instinktiv im letzten Moment geschlossen. So waren die Augen und der Mund vom unfreiwilligen Sandbad verschont geblieben.
Mühsam richtete er sich wieder auf.
Erleichtert stellte er fest, dass sich Lolas Arm durch den Sturz vom Treibholz gelöst hatte.
Er fasste sie erneut an den Hüften und drehte sie um. Dieses Mal gelang ihm das sofort.
Nun lag die Puppe wieder auf dem Rücken vor ihn und er war sich sicher, nun irgendwo auf der Vorderseite das gesuchte Ventil zu finden.

In der Vogelbeobachtungsstation verfolgten zwei Augenpaare, wie Rüders die vermeintliche Frau auf den Rücken drehte.
„Unglaublich", kam es fast zeitgleich aus den Mündern der beiden jungen Männer.
Mit „Unglaublich" meinten sie die riesigen Brüste von Lola, die plötzlich prall und steif vor ihren Augen aufragten.
„Wie kommt unser Pastor an eine solche Frau?", meinte Mirco.
„Egal wer sie ist. Eine Mitarbeiterin unserer Station ist es auf keinen Fall."
„Da hast du Recht. Solche Möpse wären uns aufgefallen."
Christian kratzte sich am Kopf.
„Die Dinger müssen aus Silikon sein."
„Das glaub ich auch", pflichtete Mirco bei.
„Schade, dass man ihr Gesicht nicht sehen kann."
Plötzlich hörte man Christian laut schlucken. Er fasste Mirco an den Arm.
„Ihre Brüste bewegen sich nicht", sagte er aufgeregt.
„Warum sollten sie sich bewegen?"
„Du verstehst nicht, was ich meine. Die Frau dort atmet nicht."
Die beiden konzentrierten sich auf die Brüste der Frau. Normalerweise sollten diese sich beim Atmen heben und senken, das müsste man selbst aus dieser Entfernung erkennen. Doch es bewegte sich nichts.
„Die Frau ist tot", stellte Mirco fest.
Dann herrschte für einen Moment Schweigen in der Station.
„Meinst du, er hat sie umgebracht, Christian?"
„Ich weiß es nicht."

„Vielleicht ist sie ja auch nur bewusstlos", meinte Mirco. „Bewusstlose Menschen atmen ganz flach, so, dass man es kaum sieht."
„Das kann natürlich auch sein."
„Oder sie ist bei Bewusstsein und atmet so flach, dass wir es nicht erkennen können."
„Das wäre auch möglich."
„Trotzdem, es ist unfassbar. Man glaubt, einen Menschen gut zu kennen und dann tun sich wahre Abgründe auf."
„Oh Gott, ich hoffe, dass sie nicht tot ist", sagte Christian leise.
Auf dem Bildschirm konnten sie nun verfolgen, wie der Mann im roten Pullover vor der Frau in die Knie ging.
„Was hat er jetzt wieder vor?", fragte Mirco fast flüsternd.

Der verzweifelte Kirchenmann hatte sich dazu entschieden, nun das abzutasten, was sich auf der Vorderseite dieser Puppe unter dem Rock verbarg. Seine Hand zitterte, als er sie langsam unter den Rock schob.
„Oh Herr, vergib mir. Steh mir bei dieser schweren Prüfung bei."
Am liebsten hätte er seine Hand sofort wieder von dieser sündigen Körperstelle weggezogen, doch er riss sich zusammen.
„Denke an die Delegation", sagte er zu sich selbst. „Du tust es für deine Vögel."
Seine Finger ertasteten die nachgebildete Vagina.
Rüders wusste, dass er bezüglich dem, was sich dort unter dem Rock befand, auf einiges gefasst sein musste, doch als er diese überdimensionale Vagina betastete, zuckte er zusammen.
„Oh Gott, hilf mir, diese Prüfung zu überstehen."
Augenblicklich ließ seine Hand von dem nachgebildeten Geschlechtsteil ab. Er zog es vor, zuerst die anderen Körperstellen, die der Rock verbarg, abzutasten. Sollte er hier fündig werden, dann bliebe ihm ein weiterer Griff an das Geschlechtsteil erspart.
Da er aber nichts fand, blieb ihm keine andere Wahl. Erneut ertastete seine Hand die Vagina der Puppe.
Der Kirchenmann zitterte nun vor Aufregung am ganzen Körper. Sein Herz schlug ihm bis zum Hals.
Nachdem er auf den äußeren Plastikschamlippen nichts, was einem Ventil ähnelte, ertasten konnte, glitten seine Finger unsicher zu dem Spalt, diesem sündigen Spalt, den er niemals im Leben freiwillig berührt hätte. Doch heute musste es sein, im Namen des Vogelschutzgebietes.
Schnell merkte er, dass diese leicht geöffnete Spalte nach innen weiterging.
Der Pastor schluckte laut.

Sollte er es wirklich wagen, seine Finger dort hinein zu schieben?
Seine Gedanken waren wirr.
Wer sich so eine Puppe zulegte, der wollte eine täuschend echte Frau besitzen, eine Frau, der man auf dem ersten Blick nicht ansah, dass sie nur aus Plastik bestand. Also durfte auch nirgendwo am Körper ein Ventil zu sehen sein. Die einzige Stelle, an der man das Ventil unterbringen konnte, ohne dass es ins Auge fiel, war diese Spalte.
„Herr, du weißt, dass ich es tun muss. Es ist keine Fleischessünde, oh Herr, es ist nur Plastik."
Trotzdem kostete es dem Pastor eine große Überwindung, diesen Schritt zu tun.
Dann schob er seine Finger in den immer enger werdenden Plastikspalt. Er glitt so tief in diesen Spalt, dass fast seine ganze Hand darin verschwand.
Sorgfältig tastete er das Innenleben der Puppe ab. Dabei redete er sich immer wieder ein, dass es alle nur Plastik ist.
In diesem Augenblick frischte der Seewind etwas auf. Lolas kurzer Rock wurde vom Wind für einen Moment angehoben.
„Oh Gott", kam es mit Verzweiflung in der Stimme aus Rüders Mund.
Der vom Wind angehobene Rock gab den Blick auf Lolas Unterleib frei.
Der Pastor sah das, was er eigentlich überhaupt nicht sehen wollte. Er blickte auf die überdimensionale Vagina der Puppe. Das Schlimme an diesem Anblick war aber seine Hand, beziehungsweise, das, was seine Hand gerade tat. Sie steckte bis zum Handgelenk in der Plastikvagina.
Instinktiv ergriff Rüders mit der anderen Hand den Rock der Puppe und bedeckte deren Unterleib.
Wenn er schon so etwas Abscheuliches tun musste, dann wollte er sich das nicht auch noch ansehen.

„Unglaublich", kam es aus Christians Mund. „Das ist einfach unglaublich. Er fasst sie unter den Rock."
Die jungen Männer starrten immer noch angespannt auf den Bildschirm. Würde jetzt jemand nur ihre Gesichter sehen, ohne zu wissen, was sich die zwei dort auf dem Monitor ansahen, dann würde er, dem Gesichtsausdruck der beiden zu folge glauben, sie schauten sich gerade einen aufregenden und sehr spannenden Film an.
„Vielleicht ist es ja eine Nutte, die sich der Pastor hat kommen lassen", meinte Mirco.
Sein Kollege zog die Augenbrauen hoch.
„Du hast Recht. Es wird eine Nutte sein. Welche Frau würde es sonst wagen, sich mit einem Geistlichen einzulassen?"

125

„Ich glaube, es gäbe da bestimmt welche, aber darauf würde sich ein Pastor nicht einlassen. Da stände zu viel für ihn auf dem Spiel. So eine Nutte ist es aber gewohnt, über ihre Freier zu schweigen. Schließlich wird sie dafür gut bezahlt."

„Unser Pastor lässt sich aber viel Zeit bei seinem Liebesspiel. Er fummelt die ganze Zeit an ihrer Muschi herum, ohne auch nur einmal dabei ihren Rock anzuheben."

Kaum hatte Christian das ausgesprochen, da wehte der Wind den Rock der Frau hoch.

Nun sahen die beiden jungen Männer die Vagina der Frau. Eine überdimensional große Vagina, in der Pastor Rüders Hand bis zum Gelenk steckte.

„Das ist ja widerlich!", empörte sich Mirco.

„Das ist einfach abstoßend", sagte Christian und verzog angeekelt sein Gesicht.

„Es ist unfassbar", meinte Mirco. „Was treibt einen Mann wie Rüders dazu, so etwas Abscheuliches zu tun?"

„Er kann bestimmt nichts dafür, dass er so veranlagt ist."

„Ich glaube, dass die Kirche daran Schuld ist. Die Geistlichen dürfen nicht heiraten und am Beispiel von unserem Pastor sieht man, wo so etwas hinführt."

„Meinst du etwa, dass alle Priester so etwas machen?"

Mirco nickte.

„Ganz bestimmt."

Während der bedauernswerte Kirchenmann verzweifelt das Innenleben der Puppe abtastete, dachte er darüber nach, ob Frauen wirklich so große Geschlechtsteile hatten, wie diese Puppe.

Er war mittlerweile ein alter Mann, aber in seiner Studienzeit hatte er die eine oder andere Frau kennen gelernt. Er war diesen Frauen auch sehr nahe gekommen, aber er konnte sich heute beim besten Willen nicht mehr vorstellen, wie die unteren Geschlechtsteile dieser Frauen ausgesehen hatten. Rüder war sich aber ziemlich sicher, dass sie nicht so groß gewesen sind, wie die der Puppe.

Als er auch unter dem Rock nichts fand, zog er seine Hand wieder zurück.

„Mir bleibt nur eins", murmelte er. „Ich muss diese Puppe irgendwie aufschneiden."

Doch womit sollte er das tun? Als Pastor hat man schließlich nicht immer ein Messer dabei.

Da fiel ihm ein, dass es ja an allen Stränden angeschwemmte Muscheln gab. Eine große, abgebrochene Muschelschale war sehr scharf. Damit konnte er dieses widerliche Plastikding bestimmt aufschlitzen.
Er stand auf und begab sich zum Strand.

Christian und Mirco verfolgten das Tun ihres Pastors angespannt auf dem Monitor.
Sie hatten beide fast die gleichen Gedanken. Was würde der Geistliche als nächsten tun?
„Da", sagte Christian. „Er lässt von ihr ab."
Sie verfolgten, wie der Pastor aufstand.
„Was hat er jetzt wieder vor?"
Dann verschwand Pastor Rüders vom Monitor. Auf dem Bildschirm war nur noch die Frau zu erkennen. Im Vordergrund flatterten immer noch die aufgescheuchten Seevögel umher.
„Er verschwindet", stellte Mirco fest.
„Rüders muss zum Strand gegangen sein. Jedenfalls ist er in diese Richtung verschwunden."
„Sie bewegt sich. Sie ist nicht tot."
Mirco konnte nicht wissen, dass es der auffrischende Wind war, der die leichte Puppe für einen Moment sanft hin und her bewegte.
„Ja, sie bewegt sich", bestätigte Christian.
„Wenn sie jetzt aufsteht", meinte Mirco, „dann können wir ihr Gesicht sehen. Vielleicht kennen wir sie ja doch."
Abwartend blickten sie auf den Monitor, doch diese Frau tat ihnen den Gefallen nicht. Sie blieb dort liegen, wo sie die ganze Zeit über lag. Sie bewegte sich zwar etwas, aber weiterhin blieb das Gesicht von ihr hinter einer seichten Erhebung verborgen.

Pastor Rüders war heute wirklich zu bedauern.
Kopfschüttelnd stand er am Strand und sah auf den Boden. Normalerweise lagen überall an den Stränden Muschelschalen herum, doch ausgerechnet hier gab es nicht eine einzige.
Wohin er auch blickte, am Strand dieser Insel lag absolut nichts herum, nicht einmal eine tote Krabbe, mit deren abgebrochenen Schere er die Puppe ja auch hätte aufschlitzen können.
Für einen Moment schaute er auf das Meer hinaus. Er sah die Insel Belaworn. Sie lag in etwa fünfhundert Meter Entfernung vor ihm. Er erkannte sogar ganz schwach die Bootsanlegestelle. Zu seiner Erleichterung war von einem Schiff

aber noch nichts zu sehen. Doch wer weiß, vielleicht käme es ja jeden Moment um die Ecke.

Das Schiff mit der internationalen Delegation kam von Norden, und Norden lag, von Rüders Position aus gesehen, genau hinter Belaworn. Selbst wenn das Schiff schon in der Nähe sein sollte, man könnte es erst sehen, wenn es die Insel umfahren würde.

Er schaute auf seine Armbanduhr. Wenn das Schiff einigermaßen pünktlich kam, dann blieb ihm nicht mehr viel Zeit.

Resigniert schritt er zur Puppe zurück.

Dann stand er vor Lola und überlegte, ob er sie nicht doch einfach liegen lassen sollte.

Seine Augen gingen angewidert über dieses Objekt des Abstoßes, welches da vor ihm im Sand lag, diese scheußliche Sexpuppe.

Der Wind hob erneut für einen Augenblick den Rock der Puppe hoch.

Dieses Mal schaute der Kirchenmann auf das künstliche Geschlechtsteil, ohne angewidert zu sein. Ihm war bewusst geworden, dass es nichts anderes ist, als ein Stück Plastik.

Nun blickte er auch auf Lolas riesige Brüste, ohne dabei ein schlechtes Gewissen gegenüber Gott zu haben. Als sein Blick auf die großen Nippel der Puppe fiel, lächelte er. Soeben hatte er das entdeckt, was er die ganze Zeit über gesucht hatte.

„Eine der Brustwarzen ist also das Ventil", sagte er zu sich selbst.

Er nickte zufrieden.

„Gleich haben wir das Problem gelöst."

Dann beugte er sich zu Lola hinunter.

„Da", sagte Christian und stieß seinen Kollegen an. „Er kommt wieder zurück."

„Ich bin gespannt, was er jetzt wieder mit ihr anstellt."

Christian nickte. „Ich auch."

„Wer weiß, was der noch für Perversionen drauf hat."

„Weißt du, Mirco, wenn ich eine Frau wär, dann würd ich mich niemals mit so einem Kerl einlassen, selbst, wenn ich eine Nutte wär."

Die zwei sahen, wie ihr Pastor vor der vermeintlichen Frau stand und sie scheinbar genussvoll anblickte. Sie sahen, wie sein Blick auf die Brüste der Frau fiel und sie sahen auch sein Lächeln und sein zufriedenes Nicken.

Mirco rutschte aufgeregt auf seinem Stuhl hin und her.

„Pass auf, gleich wird er wieder loslegen."

Als Rüders sich zu der Frau hinunter bückte, starrten die beiden jungen Männer erwartungsvoll auf den Monitor.

128

Rüders Hand ging zum Ventil der Puppe, sie ging zu Lolas Brustwarze.
Vorsichtig versuchte er, die als Brustwarze getarnte Abdeckung, die ganz offensichtlich das Ventil verbarg, zu lösen. Doch es tat sich nichts. Die Brustwarze saß fest.
„Irgendwo muss sich doch ein Anfang befinden", murmelte er. „Irgendwo muss es doch eine Stelle geben, an der man diesen Nippel fassen kann, um ihn vom Ventil zu ziehen."
Der arme Kerl konnte ja nicht wissen, dass die Brustwarze mit einem Spezialkleber fixiert worden war. Eher würde die ganze Puppe zerreißen, bevor sich dieser Superkleber löste. Doch wie gesagt, das konnte der bedauernswerte Pastor nicht wissen.
Er fummelte und fummelte an der Brustwarze herum, ohne zum Erfolg zu kommen.

„Schau dir das an, Christian, er greift nach ihrer Brustwarze."
„Ich seh´ es."
Nachdem sie diese Fummelei des Pastors eine ganze Zeit lang beobachtet hatten, machten sie beide erstaunte Gesichter.
Jedermann wusste, wie man beim Sexspiel so eine Brustwarze betastete und wie man den erregten Nippel einer Frau streicheln und liebkosen konnte, um die Geliebte zu erregen. Doch das, was Rüders da tat, hatte mit all dem nichts zu tun.
„Verdammt noch mal", sagte Mirco. „Was in aller Welt macht er da? Tastet er den Nippel etwa nach einem Krebsgeschwür ab oder zählt er mit den Fingern die Pickelchen auf der Brustwarze?"
Sein Kollege verfolgte das Spielchen auf dem Bildschirm genauso erstaunt, wie er. Christian runzelte die Stirn.
„Weißt du, was ich glaub?"
„Was glaubst du?"
„Ich glaub, er bereitet sich gerade auf seine nächste Perversion vor."
„Da bin ich aber gespannt."

Da Rüders Versuche, die Plastikbrustwarze vom Ventil zu ziehen, nicht aufgingen, entschloss er sich nun dazu, es mit Gewalt zu probieren.
Er stützte sich mit der linken Hand unterhalb Lolas rechter Brust ab. Dann ergriff er mit der Rechten die Brustwarze.
„Es wär doch gelacht, wenn ich das Ding nicht ab bekomme. Warte nur, du sündiges Ding, gleich wird dir die Luft ausgehen."
Nun zog Rüders den Nippel hoch.

129

Dieser rutschte ihm aber sofort wieder aus den Fingern. Das lag ganz offensichtlich daran, dass die Hände des Kirchenmannes vor Aufregung sehr verschwitzt waren.

„So." Wut klang in seiner Stimme mit. „Du willst also nicht. Dann werd ich jetzt mal fester zupacken."

Er wischte die schwitzigen Finger an seiner Hose ab. Dann erfasste er wieder die Brustwarze. Dieses Mal drückte er die Finger so feste zusammen, wie er konnte. Er wollte nicht noch einmal abrutschen.

Die linke Hand war nun zwischen die beiden Brüste hoch gerutscht und um sich besser abstützen zu können hatte er diesen Arm durchgedrückt.

Dann zog er mit all seiner Kraft an Lolas rechtem Nippel.

Dieses Mal rutsche Rüders Hand nicht ab. Sein Griff hielt.

Er zog und zog. Lolas rechte Brust wurde länger und länger.

„Jetzt komm schon", zischte der Kirchenmann und biss die Zähne zusammen.

Dicke Schweißperlen bildeten sich in seinem sandverschmierten Gesicht.

Entsetzt starrten Christian und Mirco auf den Bildschirm.

„Oh mein Gott!", kam es laut aus Mircos Mund, als er sah, was der Pastor nun mit Lolas Brust anstellte.

„Ich hab dir doch gesagt, dass er pervers ist", kommentierte Christian die Szene.

Er blieb dabei merkwürdigerweise ganz ruhig.

Sein Kollege hingegen rutschte auf seinem Stuhl aufgeregt hin und her.

„Um Gottes Willen, sieh dir das an. Siehst du, wie lang ihre Brust schon ist? Die Frau muss doch fürchterliche Schmerzen haben."

Mirco saß kopfschüttelnd da. Sein Gesicht war verzerrt.

Er blickte auf das Geschehen am Monitor und fasste sich mit beiden Händen an den Kopf.

„Dieses Schwein!", rief er entrüstet. „Dieses perverse Schwein!"

Dem Pastor wurde bewusst, dass er so nicht weiterkam. Deshalb ließ er von der Brustwarze ab.

Er musste es auf eine andere Art versuchen.

Noch einmal strich er mit der Hand über seine Hose, um den Schweiß von den Fingern zu bekommen.

Dann griff er wieder nach Lolas Nippel.

Nun versuchte er, die Brustwarze mit ruckartigen Bewegungen von dem Ventil zu bekommen.

Mit einem Ruck und mit aller Kraft zog er an der Brustwarze. Bei diesem ruckartigen Versuch dehnte sich Lolas Brust noch weiter aus, als wie beim ersten Mal. Doch die Brustwarze saß fest.

Rüders gab nicht auf.

Er versuchte es immer wieder auf die gleiche Art.

„Hauruck", feuerte er sich bei jedem Ziehen an. „Hauruck."

Seine Bewegungen glichen denen eines Mannes, der verzweifelt versuchte, den Außenbordmotor eines Bootes von Hand anzuwerfen, mit einem Ruck ziehen und wieder loslassen, ziehen und wieder loslassen.

Mirco schlug die Hände vor sein Gesicht.

„Oh Gott, Christian, ich kann `s nicht mehr ertragen!"

Im Blick seines Kollegen spiegelte sich mittlerweile auch das blanke Entsetzen.

Sie wurden in diesem Moment ganz offensichtlich Zeugen eines sadistischen Verbrechens.

Vor ihnen auf dem Bildschirm spielte sich ein Drama ab.

„Sieh doch, Christian, wie lang er ihre Brust zieht. Oh Gott, was muss diese Frau für Schmerzen haben."

Auch wenn es einem Geistlichen nicht passieren durfte, aber Pastor Rüders wurde regelrecht wütend.

Er zog wie irre an Lolas Brustwarze.

„Komm schon, komm schon, komm schon!" Zorn lag in seiner Stimme.

Für einen Moment ließ er von der Puppe ab.

Dann aber griff er mit beiden Händen zu und stützte sich mit den Knien auf Lolas Bauch ab.

Nun zog er doppelhändig.

Er wirkte wie besessen.

Als Mirco sah, wie der Pastor nun seine Knie in den Magen der Frau drückte, um besser ihre Brust lang ziehen zu können, hielt ihn nichts mehr auf dem Stuhl. Er sprang auf.

„Dieses Schwein!", hallte es durch den Raum. „Diese perverse Sau!"

Christian starrte entsetzt auf den Bildschirm. Mit aufgerissenem Mund sah er zu, wie ihr Pastor dabei war, eine Frau auf das Schändlichste zu quälen, indem er ihre Brust schmerzlich in Länge zog.

Auch mit zwei Händen gelang es nicht, das Ventil freizulegen. Rüders schwitzte mittlerweile so sehr, dass ihm der Nippel immer wieder aus den Fingern glitt.

Der Pastor schnaufte tief durch.

Er schaute auf seine Uhr. Die Zeit rannte ihm davon.

Wie um alles in der Welt sollte er die Luft aus der Puppe bekommen?

Er blickte auf seine verschwitzten Finger. Damit konnte er die Brustwarze unmöglich abziehen. Es war alles zu glitschig.

Da kam ihm eine Idee.

Er kniete sich nun neben die Puppe in den Sand. Dann stützte er sich mit den Händen so auf Lola ab, dass seine Hände links und rechts von Lolas Brust Platz fanden.

Nun bückte er sich nach vorne und nahm die Brustwarze zwischen seine Zähne. Er biss zu und zog mit den Zähnen so feste er nur konnte an dem Nippel.

Nie zuvor erreichte Lolas Brust eine solche Länge.

Der Nippel aber hielt.

Auch als Rüders die Brustwarze mit seinen Zähnen wie wild nach links und rechts riss, passierte nichts.

„Oh Gott", kam es verzweifelt aus Mircos Mund. „Oh Gott, was macht er da? Sieh nur, jetzt will er ihr die Brustwarze abbeißen. Dieses Schwein, ich kann `s nicht mehr ertragen."

Während Mirco mit einem leidigen Gesichtsausdruck neben seinem Stuhl stand und sich immer wieder vor Verzweiflung die Hände vors Gesicht schlug, saß Christian immer noch auf seinem Platz.

Christians Gesicht wurde kreidebleich.

„Ich glaube", sagte er, „ich glaube, mir wird schlecht."

Der Anblick, der sich den beiden nun auf dem Bildschirm bot, war in der Tat unerträglich. Die beiden mussten mit ansehen, wie Pastor Rüders sich ganz offensichtlich in die Brustwarze der bedauernswerten Frau verbissen hatte. Der Geistliche zerrte daran herum, wie eine wilde Bestie, die alles, was sie ins Maul bekam, zerfleischen wollte.

Dieses grausame Schauspiel trieb Mirco Tränen der Verzweiflung in die Augen. „Dieser Mann ist ein Monster, ein perverses Monster. Könnten wir dieser Frau doch nur helfen."

Die Situation der zwei jungen Männer war wirklich nicht beneidenswert. Wie sollten sie dieser Frau auch zur Hilfe kommen? Das einzige Boot hatte Rüders mitgenommen. Hier in der Station gab es nicht einmal ein Telefon und

der Weg in die Stadt war zu weit, um schnell Hilfe zu holen. Die beiden bereuten, dass sie ihre Handys zu Hause gelassen hatten.
„Mir wird schlecht", hörte man Christian sagen.

Nun rutschten sogar die Zähne des Pastors von der Brustwarze ab. Entmutigt stand er wieder auf.
„Warum geht dieses verflixte Ventil nicht ab?" Er starrte auf die Brustwarze.
„Ich muss ganz logisch vorgehen. Das Ventil ist definitiv da, also muss es auch zu öffnen sein. Man müsste ein Werkzeug haben, mit dem man den Nippel packen kann, ohne gleich wieder davon abzurutschen, so etwas, wie eine Zange."
Er hatte sich selbst das Stichwort gegeben. Man müsste eine Zange haben, und er hatte vorhin noch eine Zange gesehen. Unter dem Werkzeug, welches in der Kiste auf dem Boot lag, befand sich auch eine Zange.
Der Pastor schaute zum wiederholten Mal auf seine Uhr.
„Wenn ich mich beeil, dann schaff ich es noch rechtzeitig."
Dann hastete er in die Richtung des Bootes.

„Sieh nur, Christian, er geht wieder weg."
„Wir können nur hoffen, dass er nicht mehr zurückkommt. Das Martyrium dieser armseligen Frau soll endlich ein Ende haben."
Jetzt, wo das grausame Schauspiel auf dem Monitor unterbrochen war, fand Mirco langsam seine Fassung wieder. "Ich kam mir noch nie im Leben so hilflos vor."
„Mir geht es nicht anders. Selbst wenn diese Frau wirklich eine Nutte sein sollte, die ihren Körper für irgendwelche Sexspiele verkauft, hätte sie vorher gewusst, an was für ein perverses Schwein sie da geraten ist, dann hätte sie den Pastor gemieden."
„Wer kann aber auch ahnen, dass sich hinter diesem gottgläubigen Priester, der so aussieht, als könne er keiner Fliege etwas zu leide tun, eine solche Bestie verbirgt?"
Mirco hob seine Arme an und streckte sie nach vorne aus.
„Sieh dir meine Hände an, Christian."
Als dieser auf die Hände seines Kollegen blickte, erschrak er. Die Hände zitterten wie Espenlaub. Die Bewegungen, die Mircos Hände vollzogen, glichen eigentlich keinem Zittern, sondern eher einem schnellen Schütteln.
Christian schaute wieder zum Bildschirm.
Im Vordergrund flogen immer noch die Vögel herum. Sein Blick ging auf das arme Opfer des Geistlichen.

„Sie bewegt sich noch", sagte er leise. „Wenn ich mir vorstelle, welch schreckliche Schmerzen sie haben muss, ich darf gar nicht daran denken." Er strich sich mit der Hand über sein Gesicht. „Gut, dass wir keine Tonübertragung haben. Wenn ich die Schmerzensschrei dieser Frau gehört hätte, oh Gott, ich hätte es nicht ertragen."

„Etwas an der Sache ist aber sehr merkwürdig", meinte Mirco nachdenklich.

„Was meinst du?"

„Ich frag mich, warum die Frau, jetzt, wo Rüders fort ist, nicht einfach davonläuft? Warum um alles in der Welt steht sie nicht auf?"

„Dafür gibt es nur eine Erklärung. Rüders muss ihr eine leichte Betäubung verpasst haben."

„Ja, so muss es sein."

Der Pastor hatte die Kiste im Boot geöffnet.

Da lag sie, die Zange. Rüders war sich der Sache ganz sicher, dass er damit das Ventil aufbekommen würde. Er griff in die Kiste und nahm das Kneifwerkzeug heraus.

Noch einmal warf er einen kontrollierenden Blick hinüber zur Insel Belaworn. Es war immer noch nichts von einem Schiff zu sehen. Das beruhigte ihn ein wenig.

Trotzdem beeilte der Priester sich, um schnell wieder bei dieser Sexpuppe zu sein.

Dann stand er mit der Zange in der Hand vor ihr.

„Mirco, Rüders ist wieder da."

Sie wollten nicht glauben, was sie da auf dem Monitor sahen.

„Er hat eine Zange geholt", stellte Christian fest. Seine Stimme zitterte. „Was hat er damit vor?"

„Egal, was er vor hat, es wird grausam sein."

Nun erhob sich auch Christian von seinem Platz. Ohne seinen Blick vom Bildschirm abzuwenden, stand er ganz langsam auf.

Sie sahen, wie der Pastor die Hand mit der Zange in die Richtung der Frau bewegte. Es war eindeutig zu sehen, dass er es wieder auf deren Brustwarze abgesehen hatte, nur dieses Mal mit einer Zange.

„Das wird er doch nicht wirklich tun!", schrie Mirco. „Oh mein Gott!"

„So", murmelte der Kirchenmann, „jetzt werd ich diesem scheußlichen Ding endgültig die Luft raus lassen."

Er bückte sich über die Puppe und packte mit der Zange Lolas Nippel. Um mit mehr Kraft ziehen zu können, umfasste er die Zange mit beiden Händen. Nun stellte er noch zusätzlich seinen linken Fuß auf Lolas obere Bauchpartie. Rüders holte noch einmal tief Luft.

Dann drückte er seinen Fuß nach unten und zog mit all seiner Kraft die Zange nach oben.

Lolas rechte Brust wurde länger und länger.

Rüders Gesicht war von der immensen Anstrengung feuerrot angelaufen.

Der Geistliche schaffte es, die runde, wohlgeformte Brust der Puppe, in einen langen, dünnen Schlauch zu verwandeln. Er schaffte es aber nicht, den Nippel vom Ventil zu ziehen.

Der Anblick, der sich den beiden in der Vogelbeobachtungsstation bot, wurde unerträglich.

„Er soll damit aufhören!", schrie Mirco verzweifelt. „Bitte, er soll damit aufhören!" Erneut schlug er sich die Hände vors Gesicht. „Nein, nein, nein", kam es aus seinem Mund.

Dabei schüttelte er den Kopf. Dann wagte er wieder einen Blick auf den Monitor. Das, was er sah, war grausam. Rüders hatte die Brust der Frau dermaßen in die Länge gezogen, dass sich bei diesem Anblick Mircos Magen zusammenzog. Die vorher so wohlgeformte Brust war nur noch ein langes, schlauchartiges Gebilde, welches bereits eine Länge von fast einem Meter erreicht hatte.

Mirco schluckte laut.

„Gleich wird die Brust abreißen", kam es leise aus seinem Mund.

„Mir ist schlecht", hörte er seinen Kollegen sagen.

Dann sah er aus dem Augenwinkel, wie Christian sich abwandte. Er erbrach sich mitten im Arbeitsraum der Station.

Nun merkte auch Mirco, wie die Übelkeit in ihm hochstieg.

Er blickte noch einmal auf das lange Gebilde, welches vorher noch eine wunderschöne Frauenbrust war. Schließlich überkam es auch ihn.

Im allerletzten Moment konnte er sich noch von den Monitoren abwenden. Dann schoss sein Mageninhalt im hohen Bogen auf den Fußboden der Station.

Was war Pastor Rüders doch für ein bedauernswerter Mensch. Eigentlich wollte er nur zur Insel Belaworn hinüberfahren, um die internationale Delegation zu empfangen, die extra kam, um seinen Lebensinhalt, den Vogelschutz, zu begutachten.

135

Und jetzt war aus der friedlichen Überfahrt ein Kampf mit einer Plastikpuppe geworden, ein Kampf den bisher nur die Puppe gewonnen hatte.

Sein letzter Versuch, diesen Kampf mit Hilfe einer Zange doch noch für sich zu entscheiden, war ebenfalls fehlgeschlagen.

Der Priester stand da und ließ die Zange aus seiner Hand gleiten.

Er blickte an sich herab. Seine Kleidung war über und über mit Sand verschmutzt. Dass auch sein verschwitztes Gesicht mit einer feuchten Sandschicht überzogen war, merkte er, als er mit seiner Hand darüber fuhr.

Zum wiederholten Mal fiel der Blick auf seine unerbittliche Gegnerin, auf die scheinbar unzerstörbare Puppe, die dabei war, ihm den letzten Nerv zu rauben.

„Warum habe ich nicht gleich daran gedacht", fuhr es dem Pastor plötzlich durch den Kopf.

Erst jetzt fiel ihm ein, dass er in der Kiste, aus der er die Zange genommen hatte, auch ein spitzes Fischmesser gesehen hatte. Damit dürfte es kein Problem sein, ein Loch in den Plastikkörper zu stechen.

Er schaute für einen Moment hinüber zu den aufgescheuchten Vögeln, die noch immer laut kreischend über ihre Nester kreisten. Er sah auch die Beobachtungskamera, die dort hinter den Nestern aufgestellt war.

Mit einem Mal wurde ihm bewusst, dass alles, was sich hier abspielte, live in der Station zu sehen war. Christian und Mirco waren in der Station. Rüders wusste, dass die beiden nur die Aufzeichnungen vom Vortag auswerteten und deshalb auf ganz andere Monitore blickten. Doch was war, wenn einer von ihnen mal zufällig auf die große Wand mit den Übertragungsmonitoren geschaut hatte.

Ihm wurde ganz heiß.

„Hoffentlich haben die Jungen es nicht gesehen", sagte er leise zu sich selbst.

Sein Blick ging für einen Moment himmelwärts.

„Lieber Gott, ich hoffe, du hast das verhindert."

Nun sah er wieder zur Puppe.

„Vielleicht haben die zwei in der Station es bis jetzt noch nicht gesehen", murmelte er. „Aber vielleicht werden sie jeden Moment auf die Monitore schauen. Dann werden sie es sehen."

Ohne lange zu überlegen, griff er an Lolas Rock und zog ihr diesen aus. Dann hastete er mit schnellen Schritten zur Kamera hinüber und legte den Rock über die Linse. Jetzt konnte niemand mehr etwas sehen.

Mirco und Christian hatten sich regelrecht ausgekotzt.

Nun beobachteten sie die neuen Aktivitäten ihres Pastors.

Sie registrierten, wie er der Frau den kurzen Rock vom Leib riss.

136

„Nun zieht er sie ganz aus", stellte Mirco fest. „Jetzt, wo sie sich nicht mehr wehren kann, will er sie bestimmt richtig nehmen."

„Dieses Schwein. Zuerst quält er die Frauen und dann vergewaltigt er sie. Das hat er bestimmt nicht zum ersten Mal getan."

Zum Erstaunen der beiden machte sich der Pastor aber nicht über die Frau her. Stattdessen rannte er mit schnellen Schritten auf die Kamera zu. Als der Mann die Kamera erreicht hatte, konnten die beiden zum ersten Mal sein Gesicht aus nächster Nähe sehen. Das, was sie erblickten, ähnelte aber mehr einer Maske aus Sand, als einem Gesicht, und das letzte, was die zwei sahen, war der Rock, den Rüders in der Hand hielt. Dann wurde der Bildschirm schwarz.

„Er hat die Kamera zugedeckt", stellte Christian fest.

„Ja", sagte Mirco. „Er hat die Kamera zugedeckt, damit niemand sieht, wie er nun sein grausames Werk beendet."

„Meinst du, er wird sie wirklich umbringen?"

„Wenn er sie am Leben lässt, dann wird sie ihn anzeigen, dann ist es mit seinem Dasein als Pastor vorbei. Das wird er zu verhindern wissen. Ihm bleibt überhaupt keine andere Wahl, als die Frau für immer aus dem Weg zu räumen."

„Verdammt", schoss es aus Christians Mund. „Dann weiß er auch, dass wir ihm bei seiner Schandtat zugesehen haben. Wir sind jetzt auch zu Zeugen seines Verbrechens geworden."

„Glaubst du, dass er auch uns aus dem Weg räumen will?"

„Ich weiß es nicht, aber das Beste wird sein, wenn wir uns von hier verdrücken."

„Aber was nützt das? Rüders weiß doch, dass wir hier waren."

„Wir werden ihm einfach erzählen, dass wir beide gestern Abend zusammen essen waren und uns dabei den Magen verdorben haben. Wir sagen ihm, dass wir uns nur für zehn Minuten hier in der Station aufgehalten haben und dass uns dann fürchterlich schlecht geworden ist. Deshalb sind wir sofort wieder nach Hause gegangen."

„Meinst du, dass er das schluckt?"

„Wenn wir uns ihm gegenüber ganz normal benehmen, dann wird er nichts merken. Lass uns jetzt die Kotze hier wegwischen und dann verschwinden, ehe Rüders zurück kommt."

Mircos Blick fiel auf den Arbeitsplatz der beiden.

„Was ist mit unseren Auswertungen. Wenn Rüders sieht, wie viel wir schon geschafft haben, dann wird er sich ausrechnen können, wie lange wir uns hier aufgehalten haben."

„Du hast Recht, Mirco. Wir werden die Kassetten mit den Aufzeichnungen von gestern wieder dorthin legen, wo sie waren, und unsere heutigen Aufzeichnungen werden wir vernichten."

Als Mirco zu dem Monitor schaute, auf dem jetzt nur noch eine schwarze Mattscheibe zu sehen war, sagte er: „Du, Christian, wir werden hier gar nichts wegräumen. Wir werden hier alles stehen und liegen lassen und umgehend zur Polizei gehen."

Christian nickte. „Ja, das werden wir. So ein perverses Schwein gehört hinter Gittern."

Die zwei jungen Männer verließen die Station und machten sich auf den langen Weg in die Stadt.

Pastor Rüders war in der Zwischenzeit nicht untätig.

Er klemmte sich die Puppe unter den Arm und marschierte mit ihr zum Boot, um das sündige Ding endgültig aus der Welt zu schaffen.

Am Strand angekommen, legte er Lola in den Sand. Dann stieg er ins Boot, um das Fischmesser aus der alten Kiste zu holen.

Landeinwärts, dort wo Lola vorhin gelegen hatte, boten die Dünen einen natürlichen Schutz vor dem frischen Seewind. Hier am Strand aber tobte der Wind sich so richtig aus. So kam es, dass eine etwas kräftigere Böe den Körper der leichten Plastikpuppe erfasste. Wie schon so oft, wirbelte der Wind Lola durch die Luft. Sie gewann sehr schnell an Höhe und als Pastor Rüders aus dem Boot stieg, um sein Werk zu vollenden, war es dafür zu spät.

Lola schwebte bereits über dem Meer.

Ungläubig blickte der Kirchenmann hinter ihr her.

„Das gibt `s doch nicht", sagte er.

Der Seewind blies kräftig und Lolas Entfernung zur Insel wurde sehr schnell größer.

Rüders stand da, mit dem Fischmesser in der Hand und den Blick zum Himmel gerichtet. „Ich danke dir, Herr, dass du mir diese Last abgenommen hast."

Der Geistliche wollte gerade wieder ins Boot steigen, als ihm einfiel, dass er die Kamera zugehängt hatte. Diesen Zustand konnte er so nicht belassen, also begab er sich noch einmal zurück und entfernte den Rock wieder.

Der Pastor nahm das Kleidungsstück mit. Er wollte es gleich irgendwo zwischen Wargworn und Belaworn im Meer versenken.

Zurück im Boot, wusch er sich erst einmal den Sand aus seinem Gesicht.

Dann beeilte er sich, schnell nach Belaworn hinüber zu kommen.

Bei der Überfahrt drehte er den Gashebel des Bootes voll auf. Dieses Mal gab der Motor kein tuckerndes Geräusch von sich, sondern brüllte bei Vollgas laut vor sich hin.

Rüders schwitzte. Diese Sache mit der Sexpuppe hatte ihm viel Kraft gekostet. So entschloss er sich dazu, den roten Pullover wieder auszuziehen. Er nahm kurz Gas weg und streifte den Pullover wieder von seinem Körper. Obwohl es nicht Rüders Art war, warf er das alte Kleidungsstück einfach über Bord. Lolas Rock flog gleich hinterher.

„Soll dieses widerliche Zeug doch auf dem Meeresgrund vergammeln."

Dann fuhr der Priester mit Vollgas weiter.

Zum wiederholten Male blickte er auf seine Uhr. Es war bereits viertel nach Zehn. Die Delegation hätte eigentlich schon längst da sein müssen.

Er war erleichtert, als er den Anlegesteg von Belaworn erreichte und von dem Schiff mit der Delegation noch nichts zu sehen war. Der Bootsanlegesteg reichte weit ins Meer hinein. So konnten größere Schiffe auch bei Ebbe anlegen.

Da der große Steg für Rüders kleines Boot zum Festmachen ungeeignet war, fuhr der Pastor bis zum Ufer der Insel. Unmittelbar neben dem Steg legte er mit seinem Boot an.

Rüders ging an Land und klopfte noch einmal den Sand von seiner Kleidung. Kaum hatte er das getan, da hörte er auch schon einen Schiffsmotor. Ein großes, weißes Schiff bog um die Insel.

Rüders und blies die Luft aus seinen Backen. „Das war knapp."

Das Schiff, welches die internationale Delegation an Bord hatte, hielt auf den Anlegesteg zu. Pastor Rüders hörte, dass der Schiffsmotor nur noch mit halber Kraft lief. Das weiße Schiff kam längsseits des Stegs. Kaum hatten die Maschinen gestoppt, sprangen zwei Matrosen hinaus und machten es fest. Von dem Schiff wurde eine schmale Gangway heruntergelassen.

Schließlich verließ eine Gruppe von etwa zwanzig Männer und Frauen das Schiff. Mit vorsichtigen Schritten stiegen sie die wackelige Gangway herab.

Pastor Rüders ging der Delegation entgegen.

Wenn die wüssten, dachte er, *dass ich vor ein paar Minuten noch mit einer widerwärtigen Sexpuppe gekämpft habe.*

Innerlich dankte er noch einmal seinem Chef im Himmel, dass diese Geschichte doch noch gut gegangen war.

Mittlerweile standen alle Mitglieder der internationalen Delegation auf dem Steg. Rüders wusste nicht, welcher Nationalität die einzelnen Delegationsmitglieder angehörten, deshalb begrüßte er die Leute mit einem freundlichen „Herzlich willkommen auf Belaworn, wellcome to Belaworn Island."

Der Kirchenmann gab sich sehr weltmännisch. Er hoffte, damit einen guten Eindruck auf die Delegation zu machen.

Eine Frau löste sich aus der Gruppe und kam auf Rüders zu.

Sie trug einen weißen Hosenanzug, aus dessen Brusttasche ein pinkfarbenes Seidentuch herausragte. Ein ebenfalls pinkfarbener Seidenschal bedeckte ihren Hals.

Als Rüders Blick auf die schneeweißen Stöckelschuhe der Frau fiel, musste er daran denken, dass ein solches Schuhwerk für einen Spaziergang über den sandigen Untergrund der Insel total ungeeignet war.

Das Alter der Frau konnte man nur schlecht schätzen, denn sie wirkte sehr knochig. Ihr Gesicht war fahl und eingefallen und die dünnen Haare, die vom Wind durcheinander gewirbelt wurden, gaben ihr ein kränkliches Aussehen. Dennoch sah man ihr an, dass sie noch ziemlich jung sein musste.

„Guten Tag, Herr Rüders", sagte sie mit einer sehr dunklen Stimme. „Entschuldigen Sie bitte, dass Sie auf uns warten mussten."

„Guten Tag, gnädige Frau", meinte Rüders und reichte ihr die Hand.

„Mein Name ist Freifrau Gräfin von Riesenstein", stellte sie sich mit ihrer maskulinen Stimme vor. „Ich bin die Leiterin der Delegation."

Der Pastor nickte ihr höflich zu.

„Wie Sie ja bemerkt haben", fuhr die Frau fort, „haben wir uns etwas verspätet. Unser Terminplan für den heutigen Tag ist sehr voll gepackt. Deshalb muss ich Ihnen leider mitteilen, dass uns für eine Begehung ihrer Insel keine Zeit bleibt. Es tut mir wirklich sehr leid, Herr Pastor, aber wir werden auch nicht die Zeit finden, uns ihre Station anzuschauen."

Dem Kirchenmann war die große Enttäuschung anzusehen, hatte er doch erhofft, die Delegation während der Begehung davon zu überzeugen, dass ein finanzieller Zuschuss für sein Vogelschutzprojekt dringend von Nöten war.

Scheinbar konnte die Gräfin seine Gedanken lesen.

„Lieber Herr Pastor", sagte sie, „wir haben uns auf der Fahrt hierher alle Unterlagen über ihre Arbeit und ihren Einsatz für die Vögel durchgesehen. Die Delegation ist zu dem Entschluss gekommen, dass ihre Arbeit unbedingt gefördert werden muss. Deshalb werden wir Ihnen eine nicht gerade geringe Summe aus unserem Vogelhilfsfond zur Verfügung stellen."

Als der Kirchenmann das hörte, fiel ihm ein Stein vom Herzen.

Er griff nach der Hand der Gräfin.

„Ich danke Ihnen, gnädige Frau, vielen, vielen Dank."

„Da müssen Sie nicht mir danken, sondern der Delegation."

Das ließ sich der Priester nicht zweimal sagen. Er ging zu den Leuten hinüber und gab jedem einzelnen die Hand.

„Danke, vielen Dank. Thank you", sagte er abwechselnd in Deutsch und in Englisch.

Einige Delegationsmitglieder ließen sich vom Pastor noch einmal erklären, welche Vogelarten hier auf der Insel brüteten.

Dann gab die Leiterin der Delegation, Freifrau Gräfin von Riesenstein, das Zeichen zum Aufbruch.

Kaum war die Gruppe über die wackelige Gangway an Bord gegangen, da wurde diese eingezogen und das Schiff legte ab.

Der Kirchenmann stand am Steg und war glücklich. Besser hätte es für ihn nicht laufen können. Er winkte dem davonfahrenden Schiff noch eine Weile hinterher.

Dann ging sein Blick zum Himmel. „Ich danke dir Herr. Du hast ein Herz für meine gefiederten Freunde."

Mit einem letzten Blick auf das weiße Schiff begab er sich zu seinem Boot. Er konnte es kaum erwarten, den Mitarbeitern der Vogelschutzstation diese tolle Nachricht zu überbringen. Sie würden sich alle darüber freuen.

Bei der Rückfahrt zur Station dachte er darüber nach, was man mit der finanziellen Hilfe alles machen könnte. Der nördliche Abschnitt der Insel Sölesand wurde von den dort anbrandenden Wellen immer weiter abgetragen. So kam es, dass diese Insel, ein wertvolles Brutgebiet der Seeschwalben, langsam aber sicher immer kleiner wurde. Pastor Rüders überlegte, ob man mit der finanziellen Unterstützung der Delegation dort hilfreich eingreifen könnte. Von dem Geld könnte man einige Schiffsladungen Gesteinsbrocken kaufen, um damit einen Schutz gegen die Wellen zu schaffen. Vielleicht war ja auch noch etwas Bares für ein paar neue Computer in der Station übrig.

Rüders dachte aber auch darüber nach, dass er nicht genau wusste, wie hoch diese finanzielle Unterstützung sein wird. Aber immerhin hatte die Leiterin der Delegation gesagt, dass sie eine nicht gerade geringe Summe aus dem Vogelhilfsfont zur Verfügung stellen wollte. Doch eigentlich war es ganz egal, wie viel es war, für die bereits geplanten Verbesserungen würde es auf jeden Fall reichen.

Der Kirchenmann war sehr zufrieden und als er schließlich das Festland erreichte, war sein Kopf voller Pläne, Pläne, die er mit Hilfe dieser Finanzspritze umsetzen wollte.

In diesem Moment hatte er seine Begegnung mit der Gummipuppe längst vergessen.

Der Pastor machte sein Boot fest und ging zur Vogelschutzstation hinauf. Als er den Arbeitsraum der Station betrat, erschrak er.

Ein penetranter Geruch schlug ihm entgegen. Es stank nach Erbrochenem.
Dann sah der Priester den Grund für diesen Gestank.
„Mein Gott", sagte er zu sich selbst. „Der ganze Boden ist voll gekotzt."
Er blickte sich um. Von den beiden jungen Männern, die eigentlich hier sein
sollten, war weit und breit nichts zu sehen.
„Mirco, Christian, wo seid ihr?"
Rüders bekam keine Antwort.
Sein Blick fiel wieder auf die Pfützen aus Kotze.
Der Pastor war sich sicher, dass einem der beiden jungen Männer schlecht
geworden war und der andere ihn zum Arzt in die Stadt begleitete.
„Tja", murmelte er. „Dann werde ich diese Schweinerei einmal beseitigen."
Er besorgte sich aus der Besenkammer einen Eimer und einen alten
Aufnehmer. Dann machte er sich daran, das Erbrochene zu beseitigen.
Rüders musste dabei selbst gegen die Übelkeit ankämpfen.

*   *   *

In der Gaubelsteger Polizeistation herrschte große Aufregung.
Vor Hauptkommissar Schäfer saßen doch tatsächlich zwei junge Männer, die
steif und fest behaupteten, dass sie einen grausamen Sexualmord auf den
Monitoren der Vogelschutzstation miterlebt hatten. Die jungen Männer waren
sehr aufgeregt und brachten anfangs kaum einen zusammenhängenden Satz
heraus. Das lag aber zum Teil auch daran, dass sie den weiten Weg in die
Stadt im Laufschritt zurückgelegt hatten. Sie schnauften und pusteten, wie
zwei alte Dampflokomotiven.
„Also", meinte Hauptkommissar Schäfer und strich mit den Fingern über
seinen buschigen Schnauzbart, „jetzt einmal ganz von vorne. Sie behaupten
also, dass einen Mord geschehen ist."
„Ja", sagte Mirco, immer noch schnaufend.
„Und Sie haben das auf Ihren Monitoren gesehen?"
„Ja."
„Wo und wann soll denn dieser Mord stattgefunden haben?"
„Draußen, auf eine der Inseln", antwortete Mirco.
„Auf Wargworn", fügte Christian hinzu. „Ich hab auf die Wanduhr in der
Station geschaut, als wir diese verließen. Da war es viertel nach Zehn."
„Dann erzählen Sie mal der Reihe nach, was Sie genau gesehen haben."
Christian holte tief Luft. „Zunächst hat dieses Schwein die Frau nur unsittlich
berührt. Dann aber hat er all seine Perversionen an ihr ausgelassen. Er hat
sie gequält, er hat sogar versucht, ihr mit einer Zange die Brustwarze ab-
zureißen."

142

Der Hauptkommissar verzog sein Gesicht. „Oh mein Gott."
„Die arme Frau", fuhr Christian fort, „musste das alles bei vollem Bewusstsein ertragen, denn wir haben gesehen, dass sie sich noch bewegt hat. Sie hätten sehen sollen, wie lang er ihre Brust gezogen hat." Christian wurde mit einem Mal blass. „Mir wird schon wieder schlecht. Wo sind hier die Toiletten?"
Ein jüngerer Polizist, der am Schreibtisch nebenan alles mithörte, stand sofort auf und begleitete Christian zu den Toiletten.
Hauptkommissar Schäfer blickte ihm kopfschüttelnd hinterher. Nach Christians Aussage war selbst dem hart gesottenen Hauptkommissar etwas mulmig in der Magengegend geworden. Auch ihm war deutlich die Farbe aus dem Gesicht gewichen.
Dann wandte er sich an Mirco, der vor dem großen Schreibtisch des Hauptkommissars saß.
„Es muss schlimm sein, wenn man so etwas mit ansehen muss. Doch wenn wir diese Sache schnell aufklären wollen, dann müssen Sie mir jetzt erzählen, was dann passiert ist."
Mirco ging auf diese Aufforderung nicht ein. Er rieb sich mit den Händen durchs Gesicht. „Es war ja so grausam. Es war das Schlimmste, was ich je in meinem Leben gesehen habe."
Erst jetzt bemerkte Schäfer, dass dem jungen Mann, der da verzweifelt vor ihm saß, Tränen aus den Augen liefen.
„Versuchen Sie, sich zu beruhigen", sagte der Polizist im väterlichen Ton. „Holen Sie einmal tief Luft, dann wird es gleich besser."
Mirco blickte den Hauptkommissar mit tränenverschleierten Augen an. „Es war grausam." Seine unsichere Stimme zitterte. „Zuerst wollte er ihr die Brustwarze abbeißen. Er hatte sich regelrecht darin verbissen und die Brust der Frau dabei wild hin und her gezerrt, so, wie ein Raubtier, dass seine Beute zerfleischt."
Schäfer wurde noch blasser. Er verzog sein Gesicht.
„Oh, mein Gott", kam es leise aus seinem Mund. „Oh, mein Gott."
Dann fuhr Mirco fort: „Schließlich holte dieser perverse Kerl eine Zange und setzte diese an die Brustwarze der armen Frau an. Dann stellte er seinen Fuß auf den Körper der Frau und versuchte, die Brustwarze mit der Zange abzureißen." Mirco schlug sich wieder die Hände vors Gesicht. „Es war ja so grausam. Die Brust ist so lang geworden." Mirco zeigte mit seinen Händen die Länge an, auf die Brust der Frau gedehnt worden war."
Jetzt schlug sich auch der Polizist die Hände vor die Augen. „Oh Gott", kam es angewidert aus seinem Mund. „Oh mein Gott."
Als der Hauptkommissar seine Hände wieder herunternahm, blickte in Mircos verzerrtes Gesicht.

„Bitte junger Mann", sagte Schäfer schließlich, „reißen Sie sich für einen Moment zusammen."

„Ja, ich versuch es."

„Also, wie hat der Täter die Frau getötet?"

Mirco schluckte. „Das haben wir nicht gesehen. Dieses Schwein hat unsere Übertragungskamera erblickt, der Frau den Rock ausgezogen und damit die Kamera zugehängt."

Schäfer kratze sich nachdenklich am Kinn. Dann strich er mit Daumen und Zeigefinger über seinen buschigen Schnauzbart. „Hmm, dann haben Sie also überhaupt nicht gesehen, wie der Täter sein Opfer getötet hat?"

„Nein."

„Und woher wollen Sie dann wissen, dass er die Frau getötet hat?"

Mirco blickte sein Gegenüber verständnislos an. „Er musste sie töten. Die Frau hätte ihren Peiniger mit Sicherheit angezeigt. Das hätte dem Kerl Kopf und Kragen gekostet. Ein Mann in seiner Position kann sich so etwas nicht erlauben."

Jetzt machte der Hauptkommissar große Augen. „Soll das heißen, dass Sie den Täter erkannt haben?"

„Natürlich haben wir ihn erkannt."

Schäfer beugte sich nach vorne und stützte die Ellebogen auf seinen Schreibtisch ab. Dann blickte er Mirco erwartungsvoll an. „Raus mit der Sprache. Wer war es?"

„Es war Pastor Rüders."

Dem Polizisten fiel die Kinnlade herunter. „Ich hoffe, Sie wissen, was Sie da sagen."

„Natürlich weiß ich, was ich sage. Christian und ich haben ihn sofort erkannt. Es war unser Pastor Rüders."

Schäfer ließ seinen Oberkörper rückwärts gegen die Stuhllehne fallen. „Hören Sie zu, junger Mann", sagte Schäfer mit einem drohenden Unterton in der Stimme. „Wenn Sie uns hier irgendwie an der Nase herumführen wollen, dann kann es sehr viel Ärger für Sie geben. Für so makabere Späße bin ich nicht zu haben."

„Es ist kein Spaß." Mircos Stimme war deutlich lauter geworden. „Unser Pastor Rüders ist eine Bestie. Er war bei seiner Tat extra mit einem roten Pullover bekleidet, damit man ihn nicht sofort als Pastor erkennen kann. Als er die Station verließ, war er nämlich noch schwarz gekleidet."

In dem Moment kam Christian von der Toilette zurück. Schäfers junger Kollege begleitete ihn.

„Gut, dass Sie wieder da sind", meinte der Hauptkommissar zu Christian. „Ihr Kollege hier behauptet, dass Sie den Täter erkannt haben."

144

„Das stimmt."
„Wer war es?"
„Unser Pastor."
„Was?", kam es empört aus dem Mund des Polizisten, der mit Christian in den Raum gekommen war. „So etwas zu behaupten, das ist ja wohl eine Frechheit. Pastor Rüders hat vor drei Tagen meine kleine Tochter getauft. Er ist einer der liebenswürdigsten Menschen, die ich kenne."
„Das haben wir bis vorhin auch noch geglaubt", meinte Mirco. „Wenn ich das nicht mit eigenen Augen gesehen hätte, dann würde ich es immer noch nicht glauben."
Schäfer wurde mit einem Mal wieder ganz ruhig. „Hören Sie mir bitte gut zu." Er blickte Mirco und Christian abwechselnd an. „Kann es nicht sein, dass es jemand anderes war, den Sie auf Ihren kleinen Monitoren mit dem Pastor verwechselt haben, jemand, der unserem Herrn Lüders vielleicht sehr ähnlich sieht?"
Christian schüttelte den Kopf. „Erstens sind unsere Monitore nicht klein und zweitens kennen wir den Pastor so gut, dass wir ihn nicht verwechseln können, es sei denn, er hätte einen Zwillingsbruder."
„Außerdem", meinte Mirco, „haben wir heute morgen in der Station noch mit ihm gesprochen. Er hat sich von uns verabschiedet, weil er mit dem Boot nach Belaworn übersetzen wollte, um die Delegation zu empfangen, die unser Vogelschutzprojekt begutachten wollte."
„Aha", sagte Schäfer. „Und Sie behaupten, dass unser Herr Pastor vorher noch mal eben schnell nach Wargworn gefahren ist, um dort auf bestialische Weise eine Frau umzubringen."
Christian schüttelte erneut den Kopf. „Sie glauben uns also nicht."
Der Polizist vor ihnen zuckte mit den Schultern.
„Verdammt noch mal", fuhr Mirco den Hauptkommissar an. „Wir wissen ganz genau, was wir gesehen haben, und außerdem musste der Pastor tatsächlich an Wargworn vorbeifahren, um Belaworn zu erreichen."
Schäfer blickte seinen Kollegen fragend an. „Was hältst du davon, Hans?"
Dieser verzog seinen Mund. Dann baute er sich vor Mirco und Christian auf und blickte sie streng an. „Ich kenne viele Leute in Ihrem Alter", sagte er zu den beiden, „und ich weiß auch, dass da schon mal der eine oder andere Joint geraucht wird. Haben Sie heute Morgen, als der Pastor nach Belaworn gefahren ist, vielleicht auch etwas dergleichen zu sich genommen?"
Mirco sprang von seinem Stuhl auf. „Das ist ja wohl eine Unverschämtheit!", fauchte er wütend den Polizisten an. „Wie können Sie uns unterstellen, Rauschgift zu nehmen? Wir melden einen Mord und Sie nehmen uns nicht für voll."

Nun stand Hauptkommissar Schäfer auf und begab sich zu Mirco. „Jetzt beruhigen Sie sich erst einmal. Mein Kollege hat es doch gar nicht so gemeint."

„Oh doch", meldete sich nun Christian zu Wort. „Er hat es so gemeint."

Er wandte sich an Mirco: „Komm, Mirco, ich halte es für das Beste, wenn wir gehen und diesen Vorfall direkt dem zuständigen Polizeipräsidenten melden. Dort wird man zwei rechtschaffene Bürger, die ein Verbrechen melden, bestimmt für voll nehmen, was ja hier ganz offensichtlich nicht der Fall ist."

„Aber meine Herren", versuchte Schäfer zu beschwichtigen.

Sein Blick galt seinem Kollegen.

„Also los, Hans", meinte er. „Entschuldige dich bitte bei den beiden. Sage ihnen, dass du es nicht so gemeint hast."

Der Angesprochene holte tief Luft. „Also gut. Ich hab es nicht so gemeint. Tut mir leid."

Noch bevor jemand etwas sagen konnte, meinte Schäfer:

„Dann werden wir Ihrer Aussage mal auf dem Grund gehen. Zunächst möchte ich etwas über diese Delegation erfahren, mit der sich der Herr Pastor auf Belaworn getroffen hat. Wie sind diese Leute überhaupt nach Belaworn gekommen?"

Mirco schüttelte den Kopf. „Was für eine blöde Frage. Mit dem Schiff natürlich."

„Und woher kam dieses Schiff?"

„Verdammt noch mal", sagte Mirco ungehalten. „Was hat das denn mit dem Mord zu tun?"

„Das müssen Sie schon mir überlassen. Also, woher kam das Schiff."

„Das weiß ich nicht."

„Aber ich weiß es", schaltete sich Christian ein. „Der Pastor hat es mir gestern erzählt."

„Und woher kam es?", wollte Schäfer wissen.

Er wirkte etwas genervt.

„Es sollte heute Morgen, ganz früh, aus dem Hafen von Seestadt auslaufen und Kurs auf Belaworn nehmen. Gegen zehn Uhr sollte es die Insel erreichen."

„Na also", murmelte Schäfer. „Warum nicht gleich so."

„Und was hat das jetzt mit dem Mord zu tun?", hakte Christian nach.

Der Hauptkommissar grinste. „Das werden Sie gleich sehen."

Er griff zum Telefon und drückte einen Kopf.

Es dauerte einige Sekunden, bis er sagte:

„Schäfer hier. Verbinden Sie mich umgehend mit der Hafenmeisterei von Seestadt."

Während er auf seine Verbindung wartete, blickte er die beiden jungen Männer abschätzend an.

Dann meldete sich jemanden am anderen Ende der Leitung.

„Hauptkommissar Schäfer vom Kommissariat Gaubelsteg. Ich ermittle in einem Mordfall und brauche eine Auskunft von Ihnen. Heute Morgen soll ein Schiff bei Ihnen ausgelaufen sein. Es hatte eine Delegation an Bord, welche zur Insel Belaworn fahren wollte. Ist das korrekt?"

Der Hauptkommissar schaltete den Lautsprecher des Telefons an, so, dass alle im Raum mithören konnten.

„Das ist korrekt. Das Schiff hat planmäßig abgelegt", berichtete eine männliche Stimme aus dem Telefon.

„Das Schiff ist also pünktlich ausgelaufen", Schäfer kratze sich nachdenklich am Kopf. „Hat es auch pünktlich die Insel Belaworn erreicht?"

„Wahrscheinlich war es pünktlich dort."

„Was heißt, das Schiff war wahrscheinlich pünktlich dort? War es pünktlich oder nicht?"

„Nun, es kommt ganz darauf an, wie die Strömungs- und Windverhältnisse auf See gewesen sind."

„Guter Mann", sagte Schäfer. „Es interessiert mich nicht, wie die Strömungs- und Windverhältnisse waren. Ich will wissen, ob das Schiff pünktlich auf Belaworn angelegt hat."

„Das kann ich Ihnen nicht sagen."

Der Hauptkommissar holte tief Luft. „Was? Sie wissen es nicht? Wer weiß es denn dann?" Der Polizist wurde sichtlich unruhig.

„Woher soll ich das denn auch so genau wissen?", erklang die Stimme aus dem Telefon. „Die genaue Ankunftszeit wird vom Kapitän im Logbuch festgehalten."

„Soso, der Kapitän weiß es also. Na, das ist ja immerhin etwas. Dann stellen Sie mir bitte umgehend eine telefonische Seefunkverbindung mit dem Schiff her, damit ich den Kapitän persönlich befragen kann."

„Tut mir leid, das darf ich nicht."

„Das dürfen Sie nicht?"

„Nein, es ist verboten, Außenstehende über unsere Leitung zu verbinden, es sei denn, es handelt sich um einen Notfall."

„Verdammt noch mal", fauchte Schäfer den Mann am anderen Ende der Leitung an. „Das hier ist ein Notfall und wenn Sie mich nicht umgehend mit dem Kapitän verbinden, dann werde ich Sie wegen Behinderung einer polizeilichen Ermittlung in einem Mordfall rankriegen."

Man hörte, wie der Mann am Telefon schluckte.

„Ist ja schon gut", sagte er. „Ich werde eine Verbindung zu dem Schiff aufbauen. Bitte haben Sie einen Augenblick Geduld."

Dann erklang ein Freizeichen aus dem Telefon.

Nach einigen Sekunden nahm jemand das Gespräch entgegen.

„MS Rodaberg, Meier am Apparat."

„Hauptkommissar Schäfer vom Kommissariat Gaubelsteg. Spreche ich mit dem Kapitän?"

„Nein, ich bin der erste Maat."

„Ich würde gerne den Kapitän sprechen, es ist sehr dringend."

„Das ist momentan nicht möglich, denn der Kapitän setzt gerade mit einer Barkasse zum Zollboot über. Worum geht es denn? Vielleicht kann ich Ihnen helfen."

„Wann kam Ihr Schiff heute bei der Insel Belaworn an?"

„Einen kleinen Moment bitte. Ich schaue nach."

Man hörte, wie der erste Maat mit Papier raschelte.

„Da haben wir es, Belaworn, Ankunft 10.21, Abfahrt 10.32."

„Danke", sagte Schäfer und wandte sich an seinen Kollegen. „Notiere das bitte, Hans."

Dann befragte der Hauptkommissar wieder den ersten Maat. „Sie wurden auf Belaworn von einem Herrn erwartet, von Pastor Rüders. Ist das richtig?"

„Ja."

„War der Pastor vor Ort, als Sie dort anlegten?"

„Ja", antwortete der erste Maat. „Ich stand an der Reling und bereits aus der Ferne konnte ich erkennen, dass der Pastor auf dem Anlegesteg auf uns wartete. Er stand bestimmt schon lange dort, denn wir hatten Verspätung."

Schäfer überlegte kurz.

„Sie haben gerade gesagt, dass die Ankunftszeit auf der Insel 10.21 Uhr war. Ist damit der Zeitpunkt gemeint, als Sie dort festgemacht hatten?"

„Ja."

„Also, noch einmal", sagte er schließlich. „Sie haben um 10.21 Uhr am Steg festgemacht. Sie sagen aber, dass Sie Pastor Rüders schon aus der Ferne auf dem Steg gesehen haben. Können Sie mir sagen, wie spät es war, als Sie den Pastor zum ersten Mal auf dem Steg erblickten?"

„Ich habe natürlich nicht auf die Uhr geschaut, aber ich denke mal, dass es so viertel nach Zehn gewesen sein muss, vielleicht sogar noch etwas früher."

Schäfer nickte. „Könnten auch noch andere Leute, die auf Ihrem Schiff waren, das bestätigen?"

„Natürlich. Es standen ja fast alle an der Reling."

„Dann habe ich noch eine letzte Frage. Wie war der Pastor gekleidet? Was hatte er an?"

148

„Er war gekleidet, wie jeder Pastor, er war ganz in schwarz."
„Sie sagen also, dass er ganz in schwarz gekleidet war. Kann es nicht sein, dass Sie nur geglaubt haben, er sei schwarz angezogen, weil jeder Pastor schwarz gekleidet ist? Ist es nicht möglich, dass Pastor Rüders einen roten Pullover anhatte, als Sie ihn sahen?"
„Na hören Sie mal. Ich bin doch nicht farbenblind. Der Mann war definitiv schwarz angezogen."
„Ich danke Ihnen für die Auskunft", sagte Schäfer und legte auf.
Jetzt wandte er sich an Christian. „Sie haben vorhin behauptet, dass es viertel nach Zehn war, als Sie die Station verließen. Der Herr gerade am Telefon hat ausgesagt, den Herrn Pastor um etwa viertel nach Zehn auf der Insel Belaworn gesehen zu haben und dass es noch genug andere Leute gibt, die das bestätigen könnten. Können Sie mir sagen, wir der Herr Pastor gleichzeitig auf Wargworn eine Frau umbringen und auf Belaworn eine Delegation empfangen kann?"
„Aber wir haben es doch ganz deutlich gesehen", stotterte Christian.
„Ja", sagte Mirco, „und bevor er die Kamera zugehängt hat, sahen wir sein sandverschmiertes Gesicht sogar in Großaufnahme."
„Sein Gesicht war sandverschmiert?", fragte der Polizist. „Das müssen Sie mir näher erklären."
„Der Pastor war bei seiner Tat wohl mit dem Gesicht im Sand gelandet. Es sah sogar fast so aus, als hätte er eine Maske aus Sand übers Gesicht."
„Dann konnten Sie das Gesicht ja überhaupt nicht erkennen."
„Doch, auch wenn Sand darüber war, den Pastor haben wir deutlich erkannt."
„Wissen Sie was", meinte Schäfer ganz ruhig. "Langsam glaube ich Ihnen kein Wort mehr."
Man merkte, dass die beiden jungen Männer vor ihm fast verzweifelten.

*   *   *

Als Pastor Rüders die ekelige Arbeit erledigt hatte, blickte er sich noch einmal um.
Da sah er etwas, was ihn nachdenklich stimmte.
Die Stühle, auf denen Christian und Mirco immer saßen, wenn Sie die Aufzeichnungen vom Vortag auswerteten, standen nicht auf ihren Plätzen, sondern vor der großen Monitorwand, auf der die Livebilder der Inseln übertragen wurden. Rüders wurde stutzig. Sollten die beiden ihn doch bei seinen Versuchen, die Luft aus dieser schändlichen Puppe zu lassen, beobachtet haben? Er dachte darüber, nach, wie das wohl auf seine Mitarbeiter gewirkt haben muss.

Oh Gott, schoss es ihm durch den Kopf, *sie werden glauben, dass ich es mit einer Sexpuppe treibe.*

Als er erkannte, dass die zwei Stühle genau vor dem Monitor mit der Aufschrift „Belaworn" standen, war er sich ganz sicher, dass sie alles gesehen haben.

„Das darf nicht wahr sein", sagte er zu sich selbst. „Oh Herr, warum hast du das nicht verhindert?"

Panik stieg in ihm auf. Wenn die beiden es weitererzählen, es war gar nicht auszudenken, was dann passieren könnte. Er würde mit Sicherheit seine Gemeinde verlieren und es könnte sogar einen Ausschluss aus der Kirche nach sich ziehen.

„Bleib ganz ruhig", sagte er leise. „Wenn sie es erzählen, dann steht ihr Wort gegen mein Wort. Wem wird man mehr glauben, den beiden oder mir? Natürlich wird man mir glauben, denn ich bin Priester. Mir vertrauen die Leute aus der Gemeinde."

Er blickte auf den Monitor mit der Aufschrift Wargworn 1.

Im Vordergrund saßen die Vögel auf ihren Nestern und brüteten ihre Eier aus. Alles wirkte friedlich.

Ich muss das Band austauschen, ging es Rüders durch den Kopf. *Wenn sie es morgen auswerten, dann werden sie mich mit dieser Puppe sehen. Oh Gott, das wäre nicht auszudenken. Niemand würde mir glauben, wenn ich behaupten würde, dass ich diese Puppe nur beseitigen wollte. Ich werde einfach ein neues Band einlegen und das alte beseitigen. Dann sind die Beweise verschwunden.*

Pastor Rüders wollte nichts falsch machen. Er dachte angestrengt darüber nach, wie er die Begegnung mit dieser schändlichen Gummipuppe vertuschen konnte. Sollten Mirco und Christian davon erzählen, dann durfte ihnen niemand glauben und es durfte keine Beweise geben.

Sein Blick glitt über die Bildschirme.

„Das ist es", kam es aus seinem Mund, als er auf einen Monitor schaute, der einige Meter weiter rechts angebracht war. Dieser Monitor trug die Aufschrift Sölesand 3. Dort sah man im Vordergrund ebenfalls Vögel nisten. Der Hintergrund sah dem Hintergrund des Monitors Wargworn 1 täuschend ähnlich.

Der Pastor war davon überzeugt, den perfekten Plan zu haben. Zunächst wechselte er das Band aus. Dann begab er sich hinter die große Monitorwand. Er griff nach dem Übertragungsstecker von Wargworn 1 und zog ihn aus dem Gerät. Nun zog er auch den Stecker von Sölesand 3 heraus. Dann wechselte er die Übertragungskabel einfach aus.

Rüders trat wieder vor die Monitorwand. Mit wenigen Handgriffen löste er die Aufkleber von den entsprechenden Monitoren und tauschte auch diese aus.

150

Wo vorher Wargworn 1 war, da befand sich jetzt Sölesand 3. Nun tauschte er auch noch die Bänder der beiden Aufnahmegeräte aus.

So, dachte er zufrieden. *Da soll mir mal jemand beweisen, dass ich auf Wargworn war. Wenn Christian und Mirco es wirklich weitererzählen, dann werden sie auch den Monitor zeigen, auf dem sie mich gesehen haben. Da steht jetzt aber eindeutig Sölesand 3 drauf und auf Sölesand kann ich nicht gewesen sein. Die Insel liegt schließlich so weit draußen, dass man fast Dreiviertelstunde für die Überfahrt braucht. Die Delegation kann im Notfall bestätigen, dass ich zum fraglichen Zeitpunkt auf Belaworn war. Mein Plan ist perfekt.*

Rüders dachte aber auch daran, dass die beiden jungen Männer, die sein Treiben auf dem Monitor beobachtet haben könnten, vielleicht aus Pietät schweigen werden.

Der Pastor atmete noch einmal tief durch.

„Oh Herr, bitte verzeihe mir diesen niederträchtigen Akt der Vertuschung, aber ich tue es, um Schaden von der Kirche abzuhalten."

Der tiefgläubige Kirchenmann war im Nachhinein über sein eigenes Verhalten erschüttert. Er wunderte sich darüber, mit welcher Abgeklärtheit er alle Spuren und alle Beweise, die ihn in Verbindung mit einer Sexpuppe bringen könnten, beseitigt hatte.

Sein Blick fiel auf das Videoband, welches er ausgetauscht hatte, das Band, auf dem er zusammen mit dieser Puppe zu sehen war. Dieses Beweisstück musste natürlich auch noch verschwinden.

Zunächst dachte er daran, es einfach in den Müll zu befördern, doch was war, wenn es irgendjemand, wie auch immer, in die Hände bekommen würde? Menschen sind nun mal neugierig und so eine Videokassette ohne Aufschrift würde bei manchen bestimmt die Neugier erwecken. Für Rüders stand es nun fest, dass diese Kassette für immer verschwinden musste.

Als erstes aber musste sie unbrauchbar gemacht werden. Also öffnete der Pastor die vordere Abdeckung der Kassette und zog das Band heraus. Nachdem er einige Meter abgerollt hatte, zerriss er es. Jetzt, wo das Band unbrauchbar war, musste es nur noch entsorgt werden. Auch dafür hatte Rüders eine Lösung.

Er verließ mit der Kassette und einem Spaten in den Händen die Station und begab sich hinunter zum Strand. An diesem entlegenen Strand waren eigentlich niemals Leute zu sehen. Wer unbedingt ans Meer wollte, der begab sich zu den Stränden, die leichter erreichbar waren, und davon gab es um Gaubelsteg herum schließlich genug. Nachdem er sich trotzdem noch einmal davon überzeugt hatte, dass niemand in der Nähe war, grub er ein Loch in den Sand, gut einen Meter tief. Dann warf er die Kassette hinein und buddelte das Loch wieder zu.

Rüders war sich ganz sicher, dass hier niemand so tief graben würde, warum auch? Außerdem stieg das Grundwasser bei Flut dermaßen an, dass die Feuchtigkeit alle Daten auf dem Band in Kürze vernichten würde.

„Oh Herr", sagte er und betrachtete die Stelle am Strand, wo er das Beweisstück begaben hatte, „du weißt, dass ich es wirklich nur deshalb mache, um dein heiliges Haus und mich, deinem ergebenen Sohn, von bösartigen Beschuldigungen fernzuhalten. Du weißt auch, dass ich nicht einen einzigen unkeuschen Gedanken beim Anblick dieser schändlichen Puppe hatte. Sollte ich trotz all den Maßnahmen, die ich nun ergriffen habe, doch noch zu einer Notlüge greifen müssen, dann bitte ich dich jetzt schon um Vergebung."

Dann verließ der Pastor den Strand und begab sich wieder in die Station. Er setzte sich an seinen Arbeitsplatz und wertete die Bänder vom Vortag aus. Dadurch konnte er seine Gedanken wieder in andere Bahnen lenken.

*   *   *

Christian und Mirco waren der Verzweiflung nahe. Wie nur sollten sie diesem Polizisten, der ihnen scheinbar kein einziges Wort mehr glaubte, davon überzeugen, dass sie dieses schändliche Verbrechen wirklich gesehen haben?

„Hat Ihnen der Herr Pastor denn irgendetwas angetan?", fragte Hauptkommissar Schäfer die beiden und blickte sie dabei abschätzend an.

„Uns?", kam es aus Mircos Mund.

„Ja, Ihnen."

„Es geht hier nicht um uns, sondern um diese arme Frau. Warum sollte der Pastor uns etwas angetan haben?"

„Nun", meinte Schäfer. „Ich dachte nur daran, dass Sie beide schließlich irgendeinen Grund dafür haben müssen, so unhaltbare Beschuldigungen gegen den Herrn Pastor auszusprechen."

Christian schüttelte ungläubig den Kopf. Die Verzweiflung trieb ihm fast Tränen in die Augen.

Hauptkommissar Schäfer war ein sehr erfahrener Polizist. Seine Menschenkenntnisse waren in den vielen Dienstjahren stets gewachsen. Sein Gefühl sagte ihm in diesem Moment, dass die beiden jungen Männer, die dort vor ihm saßen, nicht gelogen hatten. Die zwei waren wirklich verzweifelt. Das spürte er ganz deutlich. Doch, was sollte er glauben? Obwohl es genug Zeugen gab, die den Pastor entlasteten, beharrten die jungen Männer darauf, dass der Kirchenmann sich an einer Frau vergangen hatte.

„Sind Sie sich sicher, dass es der Herr Pastor und nicht jemand anderes war, den Sie gesehen haben?", fragte er deshalb noch einmal.

„Ja", antwortete Christian. „Ganz sicher."

Schäfer lehnte sich in seinen Stuhl zurück und atmete tief durch. „Also rekonstruieren wir noch einmal die Zeiten. Sie beide verließen um 10.15 Uhr die Station. Etwa um die gleiche Zeit wurde Pastor Rüders aber von Zeugen gesehen. Verließen Sie die Station unmittelbar nachdem sie die Tat gesehen haben?"

„Nicht so direkt", meinte Mirco.

„Was heißt, nicht so direkt?"

„Nun, uns beiden ist bei diesem grausamen Anblick schlecht geworden und wir haben uns übergeben. Nachdem der Pastor die Kamera auf der Insel zugedeckt hatte, dachten wir zunächst daran, dass Herr Rüders nun wusste, dass wir Tatzeugen sind und dass er uns nun auch beseitigen würde, genau wie diese arme Frau. Wir redeten darüber, dass es besser wäre, so zu tun, als hätten wir nichts von alldem mitbekommen."

„So war es", bestätigte Christian. „Wir wollten zunächst auch noch die ganze Kotze wegwischen. Das haben wir aber dann doch nicht mehr getan."

„Mit anderen Worten", stellte der Hauptkommissar fest. „Sie sind noch einige Minuten nach der Tat in der Station geblieben. Können Sie etwas genauer sagen, wie viel Minuten es waren?"

Mirco und Christian blickten sich kurz an und zuckten dann fast gleichzeitig mit den Schultern.

„Nein", antworteten sie ebenfalls gleichzeitig.

Schäfer nickte. „Das kann ich verstehen. In so einer Situation verliert man schnell das Gefühl für die Zeit."

Der Hauptkommissar kratzte sich nachdenklich ans Kinn.

„Nehmen wir an", meinte er schließlich, „Sie beide haben die Station erst fünf Minuten nach der Tat verlassen. Dieser Schiffsmaat hat gesagt, dass er nicht auf seine Uhr geschaut hat, als er den Herrn Pastor zum ersten Mal erblickte. Er hat gemeint, dass es viertel nach Zehn gewesen sein könnte. Nehmen wir also weiterhin an, dass sich dieser Maat ebenfalls um fünf Minuten verschätzt hat. Dann hätten wir zusammen zehn Minuten Zeitabweichung. Wäre es möglich, die Überfahrt von der Insel Wargworn nach Belaworn in diesen zehn Minuten zu schaffen?"

Er blickte die zwei jungen Männer fragend an.

Die Antwort auf seine Frage beantwortete allerdings sein Kollege in Polizeiuniform, der die ganze Zeit über schweigend an seinem Schreibtisch gesessen hatte.

„Man kann es sogar in fünf Minuten schaffen", meinte er. „Wenigstens, wenn man davon ausgeht, dass der Herr Pastor kein Ruderboot benutzt hat."

„Pastor Rüders ist immer mit seinem Motorboot unterwegs", sagte Christian.

Plötzlich sprang Mirco auf. „Die Videokassette!", kam es laut aus seinem Mund. „Alles, was die Kameras auf den Inseln zeigen, wird auf Videokassetten festgehalten. Wir müssen sofort zurück zur Station. Kommen Sie, Herr Kommissar, wir müssen uns beeilen. Der Pastor könnte die Aufnahmen sonst löschen um alle Beweise zu beseitigen."

Auch Christian hatte sich von seinem Stuhl erhoben.

Jetzt werden wir Ihnen beweisen, dass unsere Beobachtung der Wahrheit entspricht", sagte er euphorisch.

„Na, dann wollen wir mal", meinte Schäfer. „Hans", sagte er in Richtung seines Kollegen, „fahre den Wagen vor."

Der Angesprochene stand auf und verließ den Raum.

Keine zwei Minuten später saßen Christian und Mirco zusammen mit den beiden Polizisten im Streifenwagen. Mit hoher Geschwindigkeit ging es zur Vogelbeobachtungsstation. Dass der Weg, der bis zur Station führte, normalerweise für Kraftfahrzeuge aller Art verboten war, interessierte den Beamten am Steuer nicht. Er fuhr bis an die Anhöhe heran, auf der die Station lag.

Die vier Männer verließen das Auto und legten den letzten Anstieg zu Fuß zurück.

Als sie schließlich den Arbeitsraum betraten, erblickten sie sofort den Pastor. Dieser saß an einem Schreibtisch und arbeitete.

Pastor Rüders schaute die vier Männer verblüfft an.

„Nanu", sagte er, „die Polizei, ist etwas passiert?"

Hauptkommissar Schäfer versuchte, den Gesichtsausdruck des Pastors zu deuten, er versuchte, das schlechte Gewissen, das der Kirchenmann haben müsste, in seinem Gesicht abzulesen. Doch das einzige, was er erkannte, war die große Verwunderung darüber, dass die Polizei in der Station erschienen ist.

Rüder erhob sich von seinem Platz.

„Kann ich Ihnen helfen, meine Herren?"

„Mein Name ist Schäfer, Hauptkommissar Schäfer von der Wache Gaubelsteg. Wir möchten eine Aussage überprüfen."

„Was für eine Aussage?"

Pastor Rüders sagte das ganz ruhig. Innerlich aber ahnte er bereits, worum es ging. Christian und Mirco hatten ihn mit dieser Sexpuppe gesehen. Allerdings verstand Rüders nicht, warum sie deshalb zur Polizei gegangen waren. Schließlich ist es kein Verbrechen, sich mit einer Sexpuppe zu beschäftigen.

Der Kirchenmann beschloss, dieses Spielchen mitzuspielen. Schließlich hatte er alles gut vorbereitet. Den einzigen Beweis hatte er vernichtet und er war sich sicher, dass seine beiden jungen Mitarbeiter gleich sehr dumm aussehen würden.

„Die zwei jungen Männer", sagte Schäfer und strich etwas verlegen mit den Fingern über seinen buschigen Schnauzbart, „behaupten, dass Sie etwas Unvorstellbares getan haben."

Rüders blieb weiterhin ganz ruhig. Er hob verwundert seine Augenbrauen. „Was soll ich denn getan haben?"

Der Hauptkommissar blickte Christian an.

„Na los, junger Mann", sagte er. „Erzählen Sie, was Sie gesehen haben."

Christian wandte sich an den Pastor. Er schaffte es allerdings nicht, dem Kirchenmann in die Augen zu schauen. „Wir haben Sie auf dem Monitor beobachtet", meinte er zögerlich. „Wir haben alles gesehen."

Rüders zuckte mit den Schultern. „Ich verstehe nicht ganz, was du meinst. Was hast du gesehen, Christian?"

Der Pastor blickte nun noch verwunderter drein.

„Wir haben genau gesehen, was Sie heute auf Wargworn getan haben."

„Auf Wargworn? Ich war heute nicht auf Wargworn. Ihr wisst doch, dass ich rüber nach Belaworn gefahren bin, um die Delegation zu empfangen."

„Und vorher waren Sie auf Wargworn und haben diese Schandtat begannen", beharrte Christian.

„Nun verstehe ich überhaupt nichts mehr", sagte Rüders. „Könnte mir vielleicht mal jemand erklären, worum es hier eigentlich geht?"

Nun ergriff Mirco das Wort. „Jetzt spielen Sie nicht den Unschuldigen. Wir haben alles ganz genau gesehen, und zwar auf diesem Monitor."

Mirco deutete auf den entsprechenden Bildschirm.

„Er hat bestimmt schon die Bänder ausgetauscht", sagte Christian.

Hauptkommissar Schäfer trat an den Bildschirm, auf den Mirco gezeigt hatte, heran. „Sie haben also auf diesem Bildschirm alles verfolgt?", fragte er.

„Ja."

„Sind die Bezeichnungen, die unten auf den Monitoren stehen, richtig?", wollte Schäfer wissen.

„Ja, natürlich."

„Und es war genau dieser Bildschirm hier?"

„Ja."

„Dann stimmt etwas an ihrer Aussage nicht, denn dieser Monitor trägt die Bezeichnung Sölesand 3."

„Was?", kam es verwundert aus Mircos Mund.

Jetzt sah er es selber. Da stand Sölesand 3. Sein Blick fiel auf die Szene, die sich gerade auf dem Bildschirm abspielte. Im Vordergrund waren brütende Vögel auf ihren Gelegen zu sehen. Alles wirkte friedlich. Doch war der Hintergrund nicht irgendwie anders? Mit einem Mal wurde er sehr unsicher. Hatte er heute Morgen etwa nicht richtig auf die Bildschirmbezeichnung geschaut? Hatte dieses Verbrechen auf Sölesand stattgefunden? Er war verwirrt.

Auch Christian war verunsichert. Wenn das Verbrechen, welches sie auf dem Monitor verfolgt hatten, auf Sölesand stattgefunden hat, dann kann der Täter unmöglich Pastor Rüders gewesen sein. Sölesand lag viel zu weit weg von Belaworn. Die Entfernung zwischen den beiden Inseln konnte man unmöglich in zehn Minuten zurücklegen.

Schäfer bemerkte die Unsicherheit der beiden sofort.

„Wo ist denn der Monitor, der die Insel Wargworn zeigt?", fragte er.

„Es gibt insgesamt sechs Monitore, die uns die Vogelwelt von Wargworn zeigen", sagte Rüders und wies nacheinander auf die entsprechenden Bildschirme. „Hier unten sind drei, dort oben sind noch einmal zwei und dahinten befindet sich der letzte. Ich möchte aber jetzt endlich einmal wissen, worum es hier eigentlich geht?"

Der Pastor bewunderte sich langsam selbst. Wie ruhig und gelassen er doch bleiben konnte. In diesem Moment war er davon überzeugt, einen guten Schauspieler abzugeben.

Schäfer betrachtete die Bildschirme, die ihm der Priester gezeigt hatte. Vor dem letzten Bildschirm blieb er stehen.

„Kommen Sie doch einmal her", sagte er zu Christian und Mirco. „Sehen Sie sich doch bitte einmal diesen Monitor hier an. Das, was darauf zu sehen ist, sieht doch dem, was sich auf Sölesand abspielt, fast zum Verwechseln ähnlich. Ist es nicht möglich, dass Sie deshalb geglaubt haben, auf Wargworn zu blicken, obwohl es Sölesand war?"

„Ich weiß es nicht", kam es leise aus Mircos Mund.

„Und was ist mit Ihnen?", fragte der Polizist Christian. „Meinen Sie nicht auch, dass Sie die Inseln verwechselt haben könnten?"

Christian zuckte mit den Schultern. „Im Moment weiß ich gar nichts mehr."

Schäfer erkannte, dass die zwei jungen Männer sehr unsicher waren. Egal, was sie auf dem Monitor beobachtet hatten, der vermeintliche Täter war auf keinen Fall der Pastor. Doch, was hatten sie gesehen? Der Hauptkommissar wusste, dass es im Moment sinnlos war, die beiden weiter zu befragen. Sie schienen nervlich sehr aufgewühlt zu sein.

„Gehen Sie jetzt erst einmal nach Hause", sagte Schäfer zu ihnen. „Sie brauchen jetzt etwas Ruhe. Morgen möchte ich Sie aber noch einmal in der

Polizeiwache sehen. Dann werden wir noch einmal alles ganz genau besprechen."

Das ließen sich die beiden nicht zweimal sagen. Sie waren froh, die Vogelbeobachtungsstation verlassen zu können.

Als die zwei Polizisten schließlich mit dem Pastor alleine waren, meinte Schäfer zu dem Kirchenmann: „Könnten wir uns einmal die Bandaufzeichnungen von heute früh ansehen, die von Sölesand 3?"

„Aber natürlich."

Pastor Rüders nahm die entsprechende Kassette aus dem Aufnahmegerät. Er reichte diese dem Polizisten.

„Was haben die beiden Jungen denn gesehen?", fragte der Priester und machte dabei ein neugieriges Gesicht.

Der Hauptkommissar holte tief Luft. „Bitte seinen Sie mir nicht böse, Herr Pastor, aber ich kann es Ihnen noch nicht sagen, bevor ich diese Sache genauer untersucht habe."

„Ich verstehe", meinte Rüders. „Das fällt unter Ihrer Schweigepflicht."

„So in etwa."

"Wenn Sie möchten, dann können Sie sich das Band gleich hier ansehen. Dann brauchen Sie nicht extra zurück nach Gaubelsteg."

Schäfer nickte. „Warum eigentlich nicht."

„Kommen Sie", forderte der Pastor die Polizisten auf. „Nehmen Sie hier Platz. Ich werde das Band einlegen."

Das, was Schäfer und sein Kollege zu Augen bekamen, war der Ihrer Meinung nach langweiligste Dokumentarfilm, den sie jemals gesehen hatten, Vögel, die auf ihren Nestern saßen und brüteten. Die Höhepunkte dieses Films waren es, wenn ab und zu mal einer der Vögel aufflog.

„Kann man den Film nicht schneller ablaufen lassen?", fragte Schäfer nach einer viertel Stunde.

Pastor Rüders drückte einen Knopf am Abspielgerät. Nun lief der Film mit hoher Geschwindigkeit ab. Es dauerte trotzdem noch eine ganze Weile, bis nur noch ein graues Flimmern auf dem Monitor zu sehen war.

„Das war alles", sagte Rüders. „Mehr ist heute nicht auf Sölesand passiert."

Hauptkommissar Schäfer wusste nicht so recht, was er davon halten sollte. Eigentlich war er sich der Sache sicher, dass die jungen Männer ihn nicht belogen hatten. Hatte der Pastor vielleicht doch die Bänder ausgewechselt? Doch wozu sollte er das getan haben? Er konnte schließlich unmöglich auf Sölesand gewesen sein. Trotzdem blieb Schäfer skeptisch.

„Woran kann man eigentlich erkennen, wann diese Aufnahmen gemacht wurden?", wollte er wissen.

„Haben Sie es denn nicht gesehen?", fragte Rüders verwundert.

Er spulte die Videokassette etwas zurück. Dann spielte er sie noch einmal ab.
„Sehen Sie doch mal, was dort oben rechts auf dem Bildschirm steht", sagte er und deutete auf den Monitor.
Jetzt sahen es die Polizisten auch. Dort lief das Datum und die Uhrzeit mit, sekundengenau. Da sich diese Zahlen vom hellen Hintergrund des Himmels kaum abhoben, hatten die Polizisten sie nicht sofort erkannt. Nun aber konnten sie ablesen, dass das besagte Band von heute morgen war.
„Ich glaube nun endgültig, dass die beiden uns belogen haben", sagte Schäfers Kollege. „Wie konnten die zwei es nur wagen, solch infame Anschuldigungen auszusprechen."
„Wir sind halt verpflichtet, allen Hinweisen, die auf ein Verbrechen deuten, nachzugehen", meinte Schäfer.
Als Pastor Rüders diese Aussage hörte, stutzte er. War ihm irgendetwas entgangen? Seit wann ist es ein Verbrechen, wenn man sich mit einer Sexpuppe beschäftigt? Sicher, er als Mann der Kirche lebte mehr oder weniger in einer anderen Welt, dennoch war er eigentlich mit den Gesetzen, die außerhalb der Kirche galten, sehr vertraut. Sollte es mittlerweile wirklich ein Gesetz geben, welches den Umgang mit Sexpuppen verbietet?
Für einen kurzen Augenblick überfiel ihn eine leichte Verunsicherung. Dann aber sagte der Priester sich, dass er alles richtig gemacht hatte. Selbst wenn es so eine Gesetzesänderung, von der er nichts wusste, geben sollte, ihm konnte kein Mensch etwas anhängen. Er hatte alle Beweise, die gegen ihn sprechen könnten, vernichtet.
„Dürfen wir uns hier noch etwas umsehen?", fragte Schäfer den Pastor.
„Selbstverständlich, schauen Sie sich ruhig um."
Rüders setzte sich wieder an seinen Arbeitsplatz und verhielt sich so, als sei nichts geschehen.
In diesem Moment öffnete sich die Tür des Arbeitsraumes.
Eine Frau betrat den Raum.
„Guten Morgen", grüßte sie laut.
Die beiden Polizisten und der Pastor grüßten zurück. Die Männer kannten diese Frau sehr gut. Es war die Frau des Bürgermeisters. Sie kam eigentlich fast täglich in die Vogelbeobachtungsstation, denn sie war die erste Vorsitzende des Gaubelsteger Tierschutzvereins. Frau Bürgermeister setzte sich für alles ein, was mit Tieren zu tun hatte und war deshalb auch freiwillige Mitarbeiterin der Vogelbeobachtungsstation.
Das Auftreten der Bürgermeisterfrau war jedes Mal eine Schau. Sie kleidete sich für ihr Alter von vierzig Jahre sehr konservativ. Meistens trug sie elegante Hosenanzüge oder Kostüme. Ihr Haupt wurde grundsätzlich von irgendeinem auffälligen Hut gekrönt. Das Gesicht wirkte total überschminkt, wobei der

leuchtend rote, und viel zu dick aufgetragene Lippenstift das erste war, was einem bei dieser Frau in die Augen stach. Wegen diesem überkandierten Auftreten zerriss man sich in der Gaubelsteger Damenwelt die Mäuler. Die Frau des Bürgermeisters wusste das ganz genau. Sie war aber fest davon überzeugt, dass die anderen Frauen nur neidisch waren. Nicht nur, weil sie glaubte, durch ihr besonderes Outfit sowieso besser auszusehen, als die anderen Frauen, sondern auch, weil sie halt die erste Frau in der Stadt war.

„Sie sind heute aber sehr früh dran", meinte Pastor Rüders zu ihr.

Die Frau des Bürgermeisters ging nicht auf ihn ein.

Stattdessen sagte sie: „Was macht denn die Polizei hier?"

Natürlich konnte und wollte Hauptkommissar Schäfer nicht zugeben, dass er wegen einer unhaltbaren Anschuldigung gegen den Herrn Pastor in der Station war.

„Ach wissen Sie", sagte er. „Wir waren gerade in der Nähe und da wollten wir uns auch mal ansehen, wie in dieser berühmten Station gearbeitet wird."

„Ach so. Ich freue mich darüber, wenn Leute Interesse an unserer Arbeit zeigen. Wenn Sie möchten, dann können Sie sich als freiwilliger Mitarbeiter einschreiben lassen. Wir können hier in der Station jede Hilfe gebrauchen."

„Dazu fehlt mir leider die Zeit", sagte Schäfer und um das Gespräch in andere Bahnen zu lenken, zeigte er scheinbares Interesse an der Arbeit der Bürgermeisterfrau. „Was für eine Arbeit verrichten Sie denn hier in der Station?"

Die Frau machte große Augen. „Sie interessieren sich wirklich für meine Arbeit?"

„Selbstverständlich", log Schäfer.

Die Frau des Bürgermeisters fühlte sich offensichtlich geschmeichelt. „Ach, wissen Sie, Herr Kommissar, ich komme fast täglich hierher, um nach der Ridibunduskolonie zu sehen. Diese lustigen Tierchen haben es mir angetan."

„Ridibundus?", kam es fragend aus Schäfers Mund.

Nun kicherte die Frau des Bürgermeisters. „Ich rede von den Lachmöwen, Larus ridibundus. Schon seit einigen Jahren gibt es eine große Brutkolonie dieser Vögel auf Sölesand. Kommen Sie mit. Ich zeige Ihnen die Tiere."

Der Hauptkommissar folgte der Bürgermeisterfrau. Vor der großen Wand mit den Monitoren blieb sie stehen. Sie deutete auf einen der Monitore.

„Sehen Sie, Herr Kommissar, da sind die…" Weiter sprach sie nicht. Ihr Blick huschte über die Monitorwand. „Wer hat denn die Geräte ausgetauscht? Auf diesem Monitor steht Wargworn. Hier waren immer die Bilder von Sölesand zu sehen. Wo ist meine Ridibunduskolonie? Wo ist der Monitor von Söle-sand?" Sie blickte zu Rüders hinüber. „Herr Pastor, wissen Sie, wer die Ge-räte ausgetauscht hat?"

„Die Geräte? Äh, welche Geräte?" Pastor Rüders kam ins Stottern.
Als er bemerkte, dass auch die Augen der beiden Polizisten neugierig auf ihn gerichtet waren, errötete er für einen Augenblick. Doch er sagte sich sofort, dass niemand ihm etwas beweisen kann. Er zwang sich, wieder ganz ruhig zu bleiben. Niemand konnte ihm etwas anhängen.
„Ich weiß nicht, was Sie meinen, Frau Bürgermeister", sagte er schließlich in einem ganz ruhigen Ton.
„Sie wissen nicht einmal, wenn Ihre Mitarbeiter die Geräte austauschen? Sie als Leiter der Station sollten eigentlich über alle Änderungen informiert sein."
„Es tut mir leid, Frau Bürgermeister, aber man hat mir nicht mitgeteilt, dass irgendetwas ausgetauscht wurde."
Nun schritt die Frau die Monitorwand ab und warf einen kontrollierenden Blick auf jeden einzelnen Bildschirm.
„Aha", sagte sie schließlich und blieb stehen. „Da sind ja meine Lieblinge."
Nun wandte sie sich wieder den Polizisten zu. „Sehen Sie, Herr Kommissar, das ist die Ridibunduskolonie."
Hauptkommissar Schäfer trat neben sie. Eigentlich fühlte er sich von der Frau des Bürgermeisters falsch angesprochen. Sie sagte immer Herr Kommissar zu ihm, obwohl er ja schon seit vielen Jahren bereits Hauptkommissar war. Doch er sah über diese falsche Betitelung hinweg.
Die Bürgermeisterfrau erzählte ihm irgendwelche Details über das Brutverhalten der Vögel, doch er hörte nicht hin. Seine Gedanken waren ganz woanders. Er blickte auf die Beschriftung des Monitors, Sölesand 3. Es war genau der Monitor, auf dem die beiden jungen Männer den Mord gesehen haben wollten. Die Worte der Bürgermeisterfrau gingen ihm durch den Kopf. „Wer hat denn die Geräte ausgetauscht?", hatte sie empört gefragt. Die grauen Zellen des Polizisten begannen zu arbeiten.
„Entschuldigen Sie, wenn ich Sie unterbreche", sagte er zu der immer noch plaudernden Frau, „aber können Sie mir bitte noch einmal zeigen, wo genau dieser Monitor vorher war?"
Die Frau des Bürgermeisters wunderte sich über diese Frage. „Es ist doch ganz egal, wo der Monitor vorher war. Wichtig ist, dass die Kameraeinstellung auf die Brutkolonie nicht verändert wurde."
„Wären Sie trotzdem so lieb, mir den ausgetauschten Monitor zu zeigen?"
Die Frau zuckte mit den Schultern. „Es ist der Bildschirm dahinten", meinte sie schließlich. „Der Monitor mit der Bezeichnung Wargworn 1."
Die Gedanken des Polizisten überschlugen sich. Hatte es doch einen Mord gegeben? Haben ihm die beiden jungen Männer die Wahrheit gesagt? Hat sich Pastor Rüders wirklich an einer Frau vergangen und sie danach umgebracht? Schäfer versuchte, seine Gedanken wieder zu sortieren. Wenn

160

der Pastor wirklich so ein Verbrechen begannen hatte, dann wäre das für den Kirchenmann natürlich Grund genug gewesen, die Monitore heimlich auszutauschen. Damit hätte er einige Spuren verwischt und die Aussagen der beiden Zeugen widerlegt. Kommissar Zufall aber hatte die Frau des Bürgermeisters genau zu dem Zeitpunkt hier erscheinen lassen, zu dem Schäfer noch in der Station war. Sie war es, die den Austausch der Monitore bemerkt hatte. Ohne sie wäre Schäfer mit dem Gedanken nach Hause gegangen, dass die jungen Männer sich geirrt hatten. Nun aber sah alles ganz anders aus.

Der Hauptkommissar hielt es für das beste, seinen Verdacht erst einmal für sich zu behalten. Pastor Rüders sollte nichts von seiner Ahnung merken.

„Komm Hans", sagte er zu seinem Kollegen. „Wir fahren zurück zur Wache. Dort gibt es für uns noch genug zu tun."

Die beiden Polizisten verabschiedeten sich und verließen die Station.

Kaum saßen die zwei im Polizeiauto, da blickte Schäfer seinen Kollegen fragend an. „Kommt dir diese Sache mit den ausgetauschten Monitoren nicht sehr verdächtig vor, Hans?"

„Verdächtig ist gut. Das stinkt zum Himmel."

„Hast du auch bemerkt, dass unser Herr Pastor für einen Moment rot angelaufen ist, als die Frau Bürgermeister fragte, wer die Monitore ausgetauscht hat?"

„Ja, das hab ich gesehen. Trotzdem kann ich mir nicht vorstellen, dass Pastor Rüders so etwas Schreckliches getan hat, jeder andere, aber nicht unser Pastor."

„Weißt du, Hans, vorstellen kann ich mir das auch nicht, aber alles spricht dafür, dass es wahrscheinlich so gewesen ist. Wir müssen in diesem Fall auf alles gefasst sein."

Während die beiden Polizisten zur Wache fuhren, schwiegen sie. In ihren Gedanken gingen sie noch einmal alle Möglichkeiten dieses Mordfalles durch. Viel hatten sie nicht in der Hand. Es gab bis jetzt nicht einmal eine Leiche. Das Einzige, was es gab, waren zwei Augenzeugen, die sich mittlerweile nicht einmal mehr sicher waren, wo sie was gesehen hatten.

Schäfer war aber davon überzeugt, dass die beiden sich ihrer Sache wieder sicher wären, wenn sie wüssten, dass die Monitore ausgetauscht worden waren. Ihren Angaben zufolge fand der Mord auf Wargworn statt und in Anbetracht der Tatsache, dass sie auf den richtigen Monitor geschaut hatten, sah der Fall jetzt ganz anders aus.

Der Hauptkommissar beschloss, die beiden jungen Männer noch einmal auf die Wache zu holen, um ihre Aussagen schriftlich nieder zu legen. Auch die Frau des Bürgermeisters würde er vorladen, denn die Sache mit den ausgetauschten Monitoren musste genauer untersucht werden. Den Pastor wollte er zunächst nicht behelligen. Rüders sollte sich zunächst einmal in Sicherheit wiegen, denn wer weiß, vielleicht würde er ja dann einen Fehler machen.

*   *   *

Während die zwei Polizisten zurückfuhren, saß Pastor Rüders in der Station an seinem Arbeitsplatz und wertete scheinbar irgendwelche Unterlagen aus. Doch das Bild trog. Er starrte auf die Unterlagen ohne sie geistig zu erfassen. Ihn plagten im Moment ganz andere Sorgen.

Die Bürgermeisterfrau hatte sich kurz mit ihrer Ridibunduskolonie beschäftigt und war gerade im Begriff, die Vogelbeobachtungsstation wieder zu verlassen.

„Bis morgen, Herr Pastor", verabschiedete sie sich.

„Bis morgen, Frau Bürgermeister."

In dem Moment, in dem die Tür des Arbeitsraumes hinter der Frau zugefallen war, atmete Rüders tief durch.

Als die Bürgermeisterfrau ihn vorhin gefragt hatte, warum die Monitore ausgetauscht wurden, war ihm ganz heiß geworden. Er hatte sich auf alles vorbereitet, doch auf diese Frage war er nicht gefasst gewesen.

Sollten die beiden Polizisten seine Unsicherheit bemerkt haben? Wäre es möglich, dass sich auch die Polizei jetzt Gedanken darüber macht, ob und warum die Monitore ausgetauscht wurden?

Bei diesen Überlegungen wurde ihm wieder ganz heiß.

Für ihn stand viel auf dem Spiel. Auch wenn vielleicht nur Gerüchte herumgingen, aus denen hervorging, dass er, der Gemeindepastor es mit Sexpuppen trieb, wäre sein guter Ruf hinüber. Er vermochte gar nicht daran zu denken, was passieren würde, wenn die Obrigkeit der Kirche davon erfahren würde. Gut, solange es nur Gerüchte waren, konnte niemand etwas gegen ihn unternehmen. Doch was könnte geschehen, wenn man die Aussagen von Christian und Mirco als Beweise gegen ihn verwendet?

Diese Gedanken ließen den Kirchenmann noch nervöser werden.

„Bleibe jetzt ganz ruhig", sagte er zu sich selbst. „Niemand kann dir etwas nachweisen."

Noch einmal dachte der Pastor darüber nach, ob er alles richtig gemacht hatte, noch einmal ging er geistig alles durch.

Er hatte die Anschlüsse der Monitore gewechselt und das konnte man ihm vielleicht nachweisen. Sollte man ihn deshalb befragen, dann würde er es sofort zugeben. Er war schließlich der Leiter der Vogelbeobachtungsstation und konnte soviel Monitore austauschen, wie er wollte. Er könnte ja sagen, dass er den Monitor mit der Brutkolonie, für die sich die Frau Bürgermeister so interessierte, extra mehr nach vorne verlegt hat, damit sie die Vögel besser beobachten kann. Das wäre auf jeden Fall eine gute Begründung.

Sein erstes Problem war also gelöst.

Nun zum nächsten Beweis, der ihn in die Klemme bringen konnte, die Bandaufnahme.

Das Videoband, welches ihn mit der Sexpuppe zeigte, war entsorgt. Niemand würde es finden, denn niemand käme auf die Idee, den abgelegenen Strand vor der Station einen Meter tief umzugraben, und selbst wenn, das Band war zerrissen und das ansteigende Grundwasser würde die gespeicherten Daten endgültig vernichten. Das Band konnte ihn also auch nicht mehr belasten.

Was gab es noch?

Eigentlich waren da nur noch die anklagenden Aussagen von Christian und Mirco. Sie hatten gesehen, dass er mit der Puppe gekämpft hatte. Rüders versuchte sich vorzustellen, wie dieser Kampf gegen die Puppe wohl für die beiden ausgesehen haben muss. Er ging alles noch einmal geistig durch. Zunächst hatte er die Puppe überall abgetastet, um das Ventil zu finden. Dann, als er es schließlich entdeckt hatte, startete er die erfolglosen Versuche, es zu lösen.

„Oh mein Gott", sagte er plötzlich leise zu sich. „Die beiden müssen glauben, dass ich an der Brustwarze dieser Puppe herumgespielt habe. Sie können ja nicht ahnen, dass ich nur das Ventil lösen wollte. Es muss für die beiden wirklich so ausgesehen haben, als wenn ich verdorbene Spiele mit einer Sexpuppe treibe."

Rüders dachte daran, dass er wahrscheinlich bei so einem Anblick genau das Gleiche gedacht hätte. Er bekam mit einem Mal ein schlechtes Gewissen.

Warum hatte er denn überhaupt gelogen? Warum hatte er nicht gleich die Wahrheit gesagt? Es wäre doch die einfachste Lösung gewesen. Warum hatte er nicht gesagt, dass er diese Puppe entdeckt hatte und nur entsorgen wollte, damit die Delegation dieses sittenwidrige Ding nicht zu Gesicht bekommen konnte?

Vielleicht wäre es ja das Beste, wenn er mit Christian und Mirco darüber spricht und ihnen einfach die Wahrheit sagt?

Er war sich über sein weiteres Vorgehen sehr unschlüssig.

„Oh Herr, hilf mir bei meiner Entscheidung. Gib mir ein Zeichen, damit ich weiß, welchen Weg ich nun einschlagen soll."

Natürlich war ihm bewusst, dass er in diesem Fall nicht mit einem göttlichen Zeichen rechnen konnte. Die Entscheidung über sein weiteres Vorgehen würde bei ihm alleine liegen.

Er versuchte sich vorzustellen, wie Mirco und Christian reagieren würden, wenn er ihnen die Wahrheit offenbarte. Sie würden sich fragen, warum er zunächst gelogen hatte, er, ein Kirchenmann, der in der Gemeinde für seine Ehrlichkeit bekannt war. Dann würden sie sich als nächstes fragen, warum er das besagte Videoband vernichtet und die Anschlüsse der Monitore ausgetauscht hatte. Hätte jemand, der angeblich nur versuchte, eine Sexpuppe zu entsorgen, einen Grund dafür, alle Beweise zu vernichten und alle Spuren zu vertuschen? Nein, die beiden würden ihm keinen Glauben mehr schenken.

Dem Pastor wurde immer mehr bewusst, dass er bereits zu weit gegangen war, und er fragte sich immer wieder, warum um alles in der Welt er das getan hat. Die Wahrheit wäre in diesem Fall von Anfang an die beste Lösung für dieses Problem gewesen, ein Problem, welches es eigentlich gar nicht gegeben hatte. Erst durch sein unüberlegtes Handeln war es zum Problem geworden.

„Oh Herr, warum hast du das nur zugelassen?"

Er dachte wieder an Christian und Mirco. Als sie vorhin die Station verlassen hatten, da waren sie sich ihrer Sache eigentlich nicht mehr so ganz sicher. Sie wussten selbst nicht mehr, was sie glauben sollten. Gut, die zwei hatten auf dem Monitor ganz deutlich gesehen, dass es jemand mit einer Puppe getrieben hat, doch sie zweifelten mittlerweile daran, dass er es gewesen ist, weil sie auf den Tausch der Monitore hereingefallen waren.

Warum sollte er also ein schlechtes Gewissen haben?

Beruhigt und zufrieden lehnte Pastor Rüders sich in seinem Stuhl zurück. Nachdem er nun alles noch einmal durchgegangen war, kam er zu dem Schluss, dass eigentlich nichts passiert war und auch nichts mehr passieren würde.

Es huschte sogar ein kurzes Lächeln über seinen Lippen.

Dieses Lächeln wäre dem Kirchenmann vergangen, wenn er gewusst hätte, dass Hauptkommissar Schäfer in dieser Sache weiter ermitteln wollte und zwar nicht deswegen, weil der Pastor mit einer Sexpuppe gesehen wurde, sondern weil er unter dem Verdacht stand, eine Frau auf bestialische Weise missbraucht und ermordet zu haben.

*   *   *

Es war bereits nachmittags.

Mirco Hensen und Christian Mertes saßen im Büro von Hauptkommissar Schäfer.

Schäfer hatte seinen Kollegen losgeschickt, um die beiden von zu Hause abzuholen. Der Hauptkommissar hatte sie einzeln eintreten lassen. Jeder von ihnen musste seine Geschichte noch einmal ganz genau erzählen. Wort für Wort wurde protokolliert.

Das ganze hatte einige Zeit in Anspruch genommen.

Nun aber saßen die zwei jungen Männer vor dem Schreibtisch des Hauptkommissars und blickten diesen fragend an.

Schäfer las sich noch einmal die Aussageprotokolle genau durch.

„Es ist wirklich sehr erstaunlich", sagte er schließlich. „Ihre Aussagen stimmen bis ins kleinste Detail überein."

„Warum sollte sie auch nicht übereinstimmen?", fragte Christian etwas verwundert. „Schließlich haben wir beide das Gleiche gesehen."

Schäfer schaute die beiden an. „Ich will ganz ehrlich sein, meine Herren. Anfangs habe ich Ihnen diese Geschichte nicht abgekauft."

„Und jetzt?", wollte Mirco wissen.

„Jetzt sieht die Sache ganz anders aus."

„Woher kommt dieser plötzliche Sinneswandel?"

Der Polizist kratzte sich mit den Fingern nachdenklich am Hinterkopf. „Ich weiß nicht, ob ich es Ihnen sagen soll. Das könnte eventuell die Ermittlungen beeinträchtigen."

Mirco beugte sich nach vorne. „Sie ermitteln also gegen den Herrn Pastor?"

„Noch nicht so richtig."

„Was heißt das, noch nicht so richtig?"

„Ich möchte zuerst ganz in Ruhe einigen Zeugenaussagen nachgehen. Dann werde ich weitersehen."

„Aber Sie haben doch jetzt unsere Aussagen", sagte Christian.

„Das ist richtig. Ihre Aussagen habe ich."

„Wollen Sie damit sagen, dass es noch andere Zeugen gibt?"

Schäfers Antwort war nur ein leichtes Schulterzucken.

„Jetzt sagen Sie es schon, Herr Kommissar", forderte Mirco den Polizisten auf. „Wer hat den Mord noch gesehen."

Schäfer holte tief Luft.

„Erstens bin ich Hauptkommissar und zweitens hat niemand diesen vermeintlichen Mord gesehen."

„Aber Sie haben doch gerade angedeutet, dass es weitere Zeugen gibt."

„Das stimmt. Es gibt einen weiteren Zeugen, oder besser gesagt, eine Zeugin. Die Frau hat den Mord nicht gesehen. Sie könnte aber durch Ihre Aussage den mutmaßlichen Täter belasten."

Christian und Mirco blickten sich erstaunt an.

„Hat diese Frau etwa gesehen, dass der Pastor auf Wargworn war?", wollte Mirco wissen.

„Nein, das hat sie nicht."

„Aber was kann sie dann aussagen? Was hat sie gesehen?"

Der Hauptkommissar dachte darüber nach, ob er die beiden in seine Ermittlungsarbeit einbeziehen konnte. Er kam schließlich zu dem Schluss, dass er seine Karten aufdecken sollte.

„Also hören Sie zu, meine Herren", sagte er zu seinen Besuchern. „Zunächst müssen Sie mir versprechen, mit niemandem über das, was ich Ihnen nun sage, zu reden."

„Versprochen."

„Sollten Sie trotzdem plaudern, dann machen Sie sich strafbar, denn polizeiliche Ermittlungsarbeiten gehören nicht in die Öffentlichkeit. Ist das klar?"

„Klar."

Schäfer stand auf und ging zum Fenster. Er schaute für einen Moment hinaus. Dann wandte er sich zu Mirco und Christian um.

„Sie haben beide ausgesagt, dass dieser vermeintliche Mord auf der Insel Wargworn stattgefunden hat."

Die zwei jungen Männer nickten zustimmend.

„Das, was Sie gesehen haben", fuhr der Polizist fort, „hat tatsächlich auf Wargworn stattgefunden. In der Vogelbeobachtungsstation haben sie auf den Monitor von Sölesand gedeutet. Nun, es war auch der Sölesander Monitor. Doch Sie beide konnten nicht wissen, dass die Monitore vorher ausgetauscht wurden."

„Was?", kam es überrascht aus Mircos Mund. „Die Monitore wurden ausgetauscht?"

„Ja. Jemand hat Wargworn gegen Sölesand ausgetauscht."

„Wer hat das getan, Pastor Rüders?"

„Ich weiß noch nicht, wer es war, aber es ist natürlich nahe liegend, dass der Herr Pastor verdächtig ist."

„Und was ist mit dieser Zeugin?"

„Es ist die Frau des Bürgermeisters."

„Natürlich", sagte Christian. „Sie wird sofort bemerkt haben, dass ihre geliebte Ridibunduskolonie auf einem anderen Monitor zu sehen war."

Schäfer nickte. „Genau so war es."

„Der Pastor hat geahnt, dass wir ihn bei seiner Tat beobachtet haben. Er wollte es vertuschen und hat die Monitore ausgetauscht. Das ist der Beweis für seine Schuld. Warum verhaften Sie ihn nicht?"

„Erstens steht noch nicht fest, wer die Monitore ausgetauscht hat und zweitens haben wir nicht einmal eine Leiche."

166

Christian stand auf. „Er wird die Leiche auf Wargworn vergraben haben", sagte er. „Waren Sie schon auf der Insel? Haben Sie dort schon nach Spuren gesucht?"

„Nein, das haben wir noch nicht. Aber gleich morgen früh werden wir das nachholen." Schäfer kratzte sich erneut am Kopf. „Ich hätte da eine große Bitte an Sie", meinte er schließlich. „Könnten Sie morgen früh wie immer in die Vogelbeobachtungsstation gehen und so tun, als sei nichts geschehen?"

„Wie stellen Sie sich das vor?", kam es mit Empörung aus Mircos Mund. „Sie können doch von uns nicht verlangen, dass wir mit dem Mörder zu-sammenarbeiten und so tun, als wäre nichts passiert."

„Bitte, meine Herren, es ist jetzt sehr wichtig, dass Sie mit mir zusammen arbeiten. Herr Rüders darf keinen Verdacht schöpfen. Er darf nicht merken, dass ich gegen ihn Nachforschungen anstelle."

„Aber er weiß doch, dass wir bereits gegen ihn ausgesagt haben."

„Glauben Sie mir, er wird es wahrscheinlich nicht mehr erwähnen. Er wird nicht versuchen, sich zu rechtfertigen."

„Woher wollen Sie das wissen?"

„Der Herr Pastor ist ein sehr kluger Mann. Er wird deshalb schweigen, weil er weiß, dass man sagt, wer sich verteidigt, der klagt sich selbst an."

„Ich habe trotzdem keine Lust, morgen wieder in die Station zu gehen", sagte Christian.

„Bitte, meine Herren, ich brauche Sie dort."

„Und warum?"

„Ich habe Ihnen doch gerade gesagt, dass ich morgen nach Wargworn hinüberfahre, um nach Spuren der Tat zu suchen. Wenn der Herr Pastor mich aber auf seinem Monitor sieht, dann weiß er, dass ich gegen ihn ermittle. Sie beide müssen das verhindern. Sobald Sie mich morgen auf dem Bildschirm sehen, dann sorgen Sie bitte dafür, dass Herr Rüders es nicht sieht. Schalten Sie den Monitor aus, drehen Sie die Sicherung heraus oder machen Sie etwas anderes. Der Pastor darf mich auf keinen Fall sehen."

Mirco und Christian blickten den Polizisten unschlüssig an.

„Ich sage es Ihnen noch einmal", meinte Schäfer. „Wenn ich wirklich erfolg-reich ermitteln soll, dann darf der Verdächtige nichts davon merken. Ohne Sie beide können meine Ermittlungen in die Hose gehen. Ich bin in diesem Fall auf Ihre Hilfe angewiesen."

„Also gut", stimmte Christian schließlich zu. „Ich werde morgen früh dort sein." Mirco nickte. „Ich auch."

Man konnte die Erleichterung in Schäfers Gesicht ablesen.

„Ich danke Ihnen, meine Herren."

167

„Liegt noch etwas an oder können wir jetzt nach Hause gehen?", wollte Christian wissen.

„Wenn ich ehrlich bin, dann wäre da noch etwas."

„Und was?", fragte Christian etwas mürrisch.

„Es geht um diese Videobänder. Auch wenn der Herr Pastor die Monitore ausgewechselt hat, die Aufzeichnungen des besagten Zeitraumes müssten doch noch irgendwo sein, oder?"

„Eigentlich ja", erwiderte Mirco. „Aber wenn Rüders sie rechtzeitig beiseite geschafft hat, dann gibt es keinen Videobeweis mehr."

Schäfer nickte. „Daran dachte ich auch schon. Ich wäre Ihnen trotzdem dankbar, wenn Sie sich mal unauffällig in der Station danach umsehen würden."

„Wir werden unser Bestes geben."

Der Kommissar nickte erneut. „Danke, meine Herren."

„Können wir jetzt endlich gehen?", fragte Mirco ungeduldig.

„Natürlich dürfen Sie jetzt gehen", sagte Schäfer lächelnd. „Ich hab aber noch eine allerletzte Bitte. Draußen im Flur sitzt eine Zeugin, die ich vorgeladen habe. Sagen Sie ihr bitte, dass sie jetzt in mein Büro kommen soll."

Als die beiden jungen Männer den Raum verließen, fiel ihr Blick sofort auf die Frau des Bürgermeisters, die wartend auf einer Holzbank saß.

„Der Herr Hauptkommissar erwartet Sie", meinte Mirco zu ihr.

„Das wurde auch Zeit", murmelte sie.

Während Mirco und Christian froh waren, endlich die Wache verlassen zu dürfen, betrat die Bürgermeisterfrau Schäfers Arbeitszimmer.

„Es ist eine Unverschämtheit", fuhr sie den Polizisten an. „Zuerst bekomme ich eine telefonische Vorladung, in der man mir sagt, dass ich eine sehr wichtige Aussage machen soll, die zeitlich unaufschiebbar ist, und dann lassen Sie mich eine halbe Stunde warten."

Der Hauptkommissar holte tief Luft. „Entschuldigen Sie bitte, Frau Bürgermeister, aber es läuft bei Ermittlungsarbeiten nicht immer so, wie man es sich wünscht. Bitte nehmen Sie doch erst einmal Platz."

Die Frau folgte seiner Aufforderung und Schäfer war sehr froh darüber. Das aufbrausende Temperament der Bürgermeisterfrau war ihm bekannt und deshalb war es besser, wenn sie saß. Der Polizist wusste aus Erfahrung, dass Leute, die saßen, sich nicht so schnell aufregen, wie Leute die standen. Die sitzende Position beruhigte ganz offensichtlich die Gemüter.

Am Gesichtsausdruck der Zeugin erkannte Schäfer, dass sie immer noch etwas ungehalten war.

168

Die Frau des Bürgermeisters ergriff das Wort. „Was wollten die beiden denn hier?" Damit meinte sie die zwei jungen Männer, die gerade das Büro verlassen hatten. „Haben sie etwa etwas ausgefressen?"

„Nein, sie sind lediglich Zeugen in einem Ermittlungsfall."

„Und was bezeugen sie?"

„Seien Sie mir bitte nicht böse, Frau Bürgermeister, aber das darf ich Ihnen nicht sagen."

„Und warum nicht? Ich bin schließlich die Frau des Bürgermeisters."

„Dann sollten Sie ja wissen, dass ich der Schweigepflicht unterliege und mich sogar strafbar machen würde, wenn ich Ihnen etwas über noch nicht abgeschlossene Ermittlungen erzähle."

„Dann eben nicht." Die Frau legte ihren Kopf in den Nacken und blickte kurz zum Fenster, so, als ob sie tief beleidigt war. Dann aber wandte sie sich wieder dem Polizisten zu.

„Dann sagen Sie mir jetzt endlich, warum ich hier bin. Was für eine wichtige Aussage soll ich machen?"

„Liebe Frau Bürgermeister", sagte Schäfer in einem betont ruhigen und beschwichtigenden Ton, „bevor ich zur Sache komme, muss ich Sie darauf hinweisen, dass auch Sie der Schweigepflicht unterliegen und unser Gespräch nicht in die Öffentlichkeit tragen dürfen. Mit einem Verstoß gegen diese Schweigepflicht würden Sie sich strafbar machen."

„Was denken Sie von mir? Ich bin doch keine Quatschtante."

„Das habe ich auch nicht behauptet", meinte Schäfer und musste daran denken, dass die Frau vor ihm in der ganzen Stadt als sehr redselig bekannt war. Wer in Gaubelsteg eine Nachricht schnell verbreiten wollte, der musste sie nur der Bürgermeisterfrau zustecken. Noch am gleichen Tag wussten alle unter vorgehaltener Hand Bescheid.

„Also", forderte die Frau den Polizisten auf. „Sagen Sie mir endlich, worum es geht."

„Es geht um einen Vorfall in der Vogelbeobachtungsstation."

Als Schäfer nicht sofort weiterredete, wurde die Bürgermeisterfrau ungeduldig. „Was für einen Vorfall?"

„Nun, ich war heute selbst Zeuge, als Sie sich lauthals über die ausgetauschten Monitore in der Station beschwert haben. Sie wissen doch, was ich meine. Jemand hat den Monitor von Sölesand mit dem von Wargworn ausgewechselt."

„Ich hatte ja auch einen Grund, mich zu beschweren", meinte die Frau des Bürgermeisters. „Schließlich beschäftige ich mich schon seit geraumer Zeit mit der Brutkolonie der Lachmöwen. Die Monitore waren immer am gleichen Platz und plötzlich werden sie einfach ausgetauscht."

169

„Genau deshalb habe ich einige Fragen an Sie", erklärte Schäfer.

Die Frau vor ihm machte große Augen. „Wegen der Monitore?"

Der Polizist nickte.

„Wurde etwa in der Station eingebrochen und die Täter haben die Monitore ausgetauscht?"

„Nein, es wurde nicht eingebrochen."

„Und warum soll ich dann etwas dazu aussagen?"

„Liebe Frau Bürgermeister, eigentlich wollte ich die Fragen stellen. Deshalb bitte ich Sie herzlich darum, mir einfach zu zuhören und mir dann meine Fragen zu beantworten."

„Also gut, dann schießen Sie mal los, Herr Kommissar."

„Wann waren Sie zum letzten Mal in der Station?"

Die Bürgermeisterfrau blickte überrascht drein.

„Na, das wissen Sie doch. Es war heute. Sie haben mich doch selbst dort gesehen."

„Entschuldigung, Frau Bürgermeister, ich hab mich falsch ausgedrückt. Ich meinte, wann Sie vor Ihrem heutigen Besuch das letzte Mal in der Station waren."

„Ach so, das war gestern. Warum wollen Sie das wissen?"

„Bitte liebe Frau Bürgermeister, ich wollte die Fragen stellen."

„Entschuldigung, Herr Kommissar."

„Sie waren also gestern in der Vogelbeobachtungsstation. Wie war das da mit den Monitoren, waren sie gestern auch schon ausgetauscht?"

„Nein, natürlich nicht. Sonst hätte ich mich ja heute nicht so darüber geärgert."

Schäfer dachte darüber nach, dass sich der Verdacht, dass der Pastor irgendetwas zu verbergen hatte, immer mehr verdichtete.

„Sagen Sie, Frau Bürgermeister, hat der Herr Pastor Ihnen noch mitgeteilt, warum die Monitore ausgewechselt wurden?"

„Nein."

„Hat der Herr Pastor die Monitore persönlich ausgetauscht oder jemanden damit beauftragt?"

Die Frau zuckte mit den Schultern. „Ich weiß es nicht. Der Herr Pastor hat sich dazu nicht mehr geäußert. Aber jetzt sagen Sie mir doch bitte endlich, worum es hier eigentlich geht. Sie bestellen mich doch nicht in die Polizeiwache, damit ich Ihnen erzähle, wann ich das letzte Mal in der Station war."

Hauptkommissar Schäfer erhob sich von seinem Stuhl.

„Es tut mir wirklich sehr leid, Frau Bürgermeister, aber ich kann und darf es Ihnen nicht sagen. Ich danke Ihnen herzlich für die Auskünfte, die Sie mir gegeben haben. Das war eigentlich alles. Sie können jetzt wieder nach Hause gehen."

„Das ist doch nicht zu glauben", schimpfte die Bürgermeisterfrau. „Wegen so einer Lappalie wird man vorgeladen und dann lassen Sie mich noch dumm sterben."

„Wie ich schon sagte, es tut mir wirklich leid, aber ich kann Ihnen leider nicht mehr sagen."

Die Frau stand auf und warf dem Polizisten noch einen erbosten Blick zu. Mit einen „Guten Tag", verließ sie verärgert das Büro.

„Puh", kam es aus Schäfers Mund. „Mit der wird es unser Bürgermeister nicht leicht haben."

Dann konzentrierte er sich wieder auf seine Arbeit. Der Hauptkommissar musste sich eingestehen, dass er in dieser Sache nicht einen Schritt weitergekommen war. Sicher, er hatte die belastenden Aussagen der jungen Männer. Diese waren aber ohne Leiche wertlos, und die ausgetauschten Monitore waren auch keine Beweise gegen den Pastor.

Schäfer überflog noch einmal die Aussageprotokolle von Mirco und Christian. Dabei stutzte er.

Die beiden jungen Männer hatten einhellig ausgesagt, dass der Pastor während der Tat einen roten Pullover anhatte. Schäfer hatte den Herrn Pastor noch nie in einem roten Pullover gesehen. Wenn man nachweisen könnte, dass der Pastor tatsächlich einen solchen Pullover besaß, dann wäre das zwar immer noch kein Beweis für seine Schuld, aber es wäre wenigstens wieder ein kleines Puzzleteil, welches sich in die Ermittlungen einfügen würde.

Nur, wie sollte er das herausfinden? Schließlich konnte er nicht einfach in die Wohnung des Pastors gehen, und dessen Schränke durchwühlen.

Plötzlich hatte Schäfer eine Idee. Er würde mit der Haushälterin von Pastor Rüders sprechen. Wenn jemand wusste, was für Kleidung der Kirchenmann im Schrank hatte, dann war sie es.

Hauptkommissar Schäfer kannte Rüders Haushälterin zwar nicht besonders gut, aber er hatte schon einen Plan, wie er sie unauffällig ausfragen konnte.

Er verließ die Polizeiwache und machte sich auf den Weg zur Kirche. Diese hatte er bereits nach wenigen Minuten erreicht.

Direkt neben der Kirche war das Gemeindehaus, in dem sich auch die Pastorenwohnung befand.

Der Zufall wollte es, dass die Haushälterin gebückt im Vorgarten stand und Blumen goss.

„Guten Tag", grüßte Schäfer, der scheinbar belanglos am Gemeindehaus vorbeischlenderte.

Die Haushälterin blickte auf. „Guten Tag", grüßte sie freundlich zurück.

Der Polizist blieb für einen Moment stehen.

Das verwunderte die Haushälterin. „Wenn Sie zum Herrn Pastor wollen", meinte sie schließlich, „dann haben Sie Pech. Er ist im Moment außer Haus."

„Ich wollte nicht zum Pastor", erwiderte Schäfer. „Ich hab nur kurz Ihre schönen Blumen bewundert. Außerdem weiß ich doch, dass der Herr Pastor nicht zu Hause ist. Ich habe ihn vorhin noch gesehen. Er stand vor dem Rathaus. Ich erkannte ihn nicht gleich, weil er einen roten Pullover anhatte."

Die Frau lachte kurz auf. „Da müssen Sie sich aber verguckt haben. Der Herr Pastor besitzt keinen roten Pullover. Er würde so etwas auch niemals anziehen."

„So kann man sich irren", meinte Schäfer lächelnd. „Ich wünsche Ihnen noch einen schönen Tag."

Dann ging er weiter.

Das, mit dem roten Pullover hatte sich also erledigt.

* * *

Es war spät geworden, als Pastor Rüders nach einem langen Arbeitstag nach Hause kam.

Den ganzen Vormittag hatte er in der Vogelbeobachtungsstation verbracht. Dann war er in seine Wohnung gefahren, um das Mittagessen, welches immer pünktlich auf dem Tisch stand, zu sich zu nehmen.

Seine Haushälterin, Frau Koslowski, kochte sehr gut und umsorgte den Geistlichen auch sonst immer perfekt. Sie erledigte sogar einen Teil der Büroarbeit, die im Gemeindehaus reichlich anfiel. So hatte Rüders mehr Zeit für sein Hobby, den Vogelschutz.

Nach dem Mittagessen war der Pastor dann einigen seelsorgerischen Pflichten nachgegangen. Zunächst hatte er Frau Rodas besucht. Sie war seit zwei Wochen Witwe und kam mit dem plötzlichen Ableben ihres Mannes nicht zurecht. Der Pastor ließ sich alle zwei Tage bei ihr blicken, um sie mit aufbauenden Worten über ihren Schmerz hinwegzutrösten.

Am späten Nachmittag hatte Rüders noch einen Kindergottesdienst abgehalten. Dort wurde zwar auch gebetet, aber in erster Linie wurden Geschichten aus der Bibel vorgelesen, Geschichten über Jesus und die Wunder, die er vollbracht hatte. Schließlich sollten ja auch die jüngsten von Rüders Schäfchen an die Kirche herangeführt werden.

Nach diesem Gottesdienst ließ sich der Pastor noch etwas Zeit für die Kinder. Rüders erklärte ihnen Dinge, die sie bei der Vorlesung der Bibeltexte nicht gleich verstanden hatten. Er beantwortete all ihre Fragen.

Es war heute wirklich sehr spät geworden, als der Geistliche seine Wohnung betrat.

172

Seine Haushälterin hatte schon den Tisch für das Abendessen gedeckt.
„Sie sind heute aber spät dran", begrüßte diese den Pastor. „Da haben die Kinder wohl viele Fragen gehabt?"
„Das können Sie laut sagen, Frau Koslowski", meinte Rüders und setzte sich an den Tisch. „Doch um so mehr Fragen die Kleinen haben, um so besser ist es für unsere Kirche. Nur wenn man den Kindern die Bibel richtig erklärt, kann man sie zu gläubigen Menschen erziehen."
Während Rüders seiner Haushälterin genaue Einzelheiten über den Kindergottesdienst erzählte, tischte diese das Abendessen auf. Es gab Brot, Wurst und Käse.
Schließlich nahm auch Frau Koslowski Platz und forderte den Priester mit den Worten: „Guten Appetit", zum Essen auf.
„Übrigens", sagte Frau Koslowski, nachdem sie ihren ersten Bissen heruntergeschluckt hatte. „Sie müssen in der Stadt einen Doppelgänger haben."
Der Pastor blickte staunend auf. „Wie kommen Sie denn darauf?"
„Heute habe ich mit jemandem gesprochen, der geglaubt hat, Sie vor dem Rathaus gesehen zu haben."
„Das ist möglich", meinte Rüders. „Ich bin am Rathaus vorbeigekommen, als ich von Frau Rodas kam."
„Hatten Sie da einen roten Pullover an?"
Der Pastor stutzte. „Nein, natürlich nicht."
„Sehen Sie, Herr Pastor, der Mann, der Sie gesehen haben will, hat behauptet, dass Sie einen roten Pullover anhatten."
„Sie wissen doch ganz genau, dass ich keinen roten Pullover besitze."
„Genau das habe ich dem Mann auch gesagt. Er muss sie mit jemandem verwechselt haben, der Ihnen ähnlich sieht."
Die Haushälterin gab sich wieder ihrem Abendessen hin.
Pastor Rüders aber musste daran denken, dass er einen roten Pullover anhatte, als er auf Wargworn diese schändliche Puppe entsorgen wollte. Mit einem Mal wurde ihm ganz heiß. Christian und Mirco hatten ihn schließlich auf dem Monitor beobachtet. Sie hatten gesehen, dass er diesen Pullover getragen hatte. Mit Sicherheit werden sie dass auch der Polizei gesagt haben.
Eigentlich hatte Pastor Rüders diesen Vorfall schon geistig verdrängt. Nun aber überkam ihn eine böse Ahnung. Sollte jemand versucht haben, seine Haushälterin auszufragen? Doch selbst wenn, Frau Koslowski hatte diesem Menschen schließlich bestätigt, dass er ein solches Kleidungsstück nicht besitzt.
Dennoch befiel den Kirchenmann eine gewisse Unruhe.

„Sagen Sie mal, Frau Koslowski, wo haben Sie denn diesen Mann, der mich mit jemand anderem verwechselt hat, getroffen?"

„Draußen vor dem Gemeindehaus."

„Vor dem Gemeindehaus?"

„Ja, er blieb davor stehen, um meine schönen Blumen im Vorgarten zu bewundern."

„Um Ihre Blumen zu bewundern?"

„Ja, das hat er gesagt."

Jetzt wusste Rüders, dass hier etwas nicht mit rechten Dingen zuging. Freilich gab es an vielen Orten in der Stadt wunderschöne Blumen zu bewundern, doch dieses halbvertrocknete Kraut, welches sich Frau Koslowski im Vorgarten angepflanzt hatte, war wirklich alles andere als bewundernswert.

„Wer war denn dieser Mensch, der Ihre Blumen bewundert hat?"

Die Haushälterin zuckte mit den Schultern. „Keine Ahnung. Ich hab den Mann zwar schon des Öfteren in der Stadt gesehen, aber ich wüsste jetzt nicht, wo ich ihn hin stecken soll."

„Sie meinen aber, dass es jemand aus Gaubelsteg war."

„Ja."

„Wie sah der Mann denn aus?"

„Wissen Sie, Herr Pastor, so genau habe ich ihn nicht angesehen."

„Konzentrieren Sie sich bitte, Frau Koslowski. Sie müssen sich doch noch an irgendetwas erinnern. Welche Haarfarbe hatte der Mann? Wie war er gekleidet?"

Mit einem Mal verstand die Haushälterin die Welt nicht mehr. Warum wurde ihr Arbeitgeber plötzlich so nervös? Warum wollte der Pastor unbedingt wissen, wer sich ihre Blumen angesehen hatte?

Sie versuchte trotzdem, seine Fragen zu beantworten. „Also, welche Kleidung der Mann trug, dass weiß ich nicht mehr so genau, und seine Haarfarbe, wenn ich ehrlich bin, da hab ich auch nicht so genau drauf geachtet. Aber eines ist mir an diesem Mann sofort ins Auge gefallen. Er trug einen großen, buschigen Schnauzbart."

Rüders schluckte.

Hauptkommissar Schäfer, schoss es ihm durch den Kopf. Die Polizei ist also immer noch hinter dieser Sache her.

Der Pastor stand auf. „Entschuldigen Sie mich, Frau Koslowski, aber ich hab keinen Hunger mehr. Ich ziehe mich in mein Zimmer zurück, um die nächste Messe vorzubereiten."

Er verließ den Raum.

Tausend Fragen gingen ihm durch den Kopf. Warum um alles in der Welt beschäftigt sich die Polizei so intensiv mit diesem Vorfall? Er hatte doch nur versucht, eine Plastikpuppe zu entsorgen. Gut, für Mirco und Christian mag es ja auf dem Bildschirm so ausgesehen haben, als wenn er an dieser Sexpuppe herumgespielt hat, doch das kann doch kein Grund für so intensive Nachforschungen seitens der Polizei sein. Andersherum hatte er in den Augen von Christian und Mirco vor laufender Kamera Sex mit einer Puppe und das könnte als anstößig gewertet werden.

„Warum mach ich mich eigentlich verrückt?", fragte er sich selbst. „Ich bin diese Sache schon hundertmal durchgegangen. Mir kann niemand etwas beweisen."

Dann setzte er sich an seinen Schreibtisch, um die nächste Sonntagsmesse auszuarbeiten.

*　　*　　*

Hauptkommissar Schäfer saß zusammen mit seinem Kollegen in einem kleinen, leuchtend roten Boot mit Außenbordmotor. Dieses Boot hatte die Polizei sich kurzfristig bei der freiwilligen Gaubelsteger Feuerwehr ausgeliehen.

Die beiden Polizisten hatten die Insel Wargworn fast erreicht.

Schäfer war guter Dinge, denn gerade hatte er einen Anruf auf sein Handy bekommen, einen Anruf, der ihn sehr beruhigte.

Dieser Mirco Hensen hatte ihm telefonisch mitgeteilt, dass Pastor Rüders heute Morgen nicht in der Station war. Der Priester musste einige unaufschiebbare Arbeiten im seelsorgerischen Bereich erledigen und hatte in der Vogelbeobachtungsstation eine dementsprechende Nachricht hinterlassen.

Doch der junge Mann übermittelte Schäfer nicht nur diese gute Nachricht, es gab auch eine schlechte. Christian und Mirco hatten die ganze Station auf den Kopf gestellt, doch von dem gesuchten Videoband war nirgendwo etwas zu sehen. Die Aufzeichnungen auf dem Band, welches eigentlich die Tat hätte zeigen müssen, begann kurioserweise erst zu der Zeit, zu der Mirco und Christian in der Polizeiwache gesessen hatten, um den vermeintlichen Mord zu melden.

In Schäfers Augen war die Sache ganz klar. Rüders hatte die Bänder ausgetauscht. Der Verdacht gegen den Kirchenmann erhärtete sich immer mehr.

„Festhalten!", rief sein Kollege plötzlich, als das Boot auf den flachen Sandstrand von Wargworn auflief.

Die beiden Männer sprangen aus dem Boot und zogen es auf den Strand.

„Warte, Hans", meinte Schäfer und deutete auf einige Spuren im Sand.

175

Diese Spuren waren nicht mehr ganz frisch und der Wind hatte sie bereits etwas zugeweht. Dennoch konnte man ganz deutlich erkennen, dass unmittelbar neben den zwei Polizisten ebenfalls ein Boot an Land gezogen worden war. Es waren auch einige Fußspuren zu sehen, Fußspuren, die ins Inselinnere zu führen schienen und andere, die wieder zurückkamen.

„Was meinst du, Hans, diese Spuren sind doch höchstens einen Tag alt, oder?"

„Das kann sein."

Die Polizisten folgten den Spuren sehr vorsichtig. Um keine Beweise zu vernichten, hielten sie einen angemessenen Seitenabstand dazu. Dann erreichten sie eine Stelle, an der die Spuren überall im Sand verteilt waren, so, als hätte derjenige, der diese Spuren hinterlassen hatte, wild herumgetanzt.

Schäfer und sein Kollege starrten auf den etwas aufgewühlten Boden.

„Hier muss es passiert sein", flüsterte Schäfer.

„Ja, es sieht so aus, als hätte hier sogar ein Kampf stattgefunden."

„Hier muss sich ein wahres Drama abgespielt haben."

Schäfers Stimme zitterte.

In diesem Moment klingelte sein Handy.

Mit einem routinierten Handgriff zog er es aus seiner Jackentasche. „Ja, Schäfer."

„Hier ist Mirco Hensen. Wir sind in der Station und sehen Sie in diesem Moment auf unserem Monitor. Drehen Sie sich etwas nach links. Dann können Sie die Kamera sehen."

„Ich sehe sie."

Der Hauptkommissar winkte in die Richtung der Kamera.

„Herr Hauptkommissar", sagte Mirco. „Sie stehen jetzt genau an der Stelle, an der es passiert ist. Genau dort hat der Pastor diese arme Frau gequält."

„Das habe ich mich schon gedacht. Hier sind zahlreichen Fußspuren zu-sehen, Fußspuren, die auf einen Kampf hindeuten."

„Was liegt denn da?", war plötzlich die Stimme von Schäfers Kollege zu hören.

Der Polizist griff in seine Tasche und zog ein Taschentuch heraus. Damit hob er etwas vom Boden auf und hielt es hoch.

„Hier lag eine Zange", sagte er.

„Mein Gott", kam es aus Schäfers Mund. „Das muss die Zange sein, mit der er die Frau gequält hat."

Die Bestätigung kam aus seinem Handy.

„Das ist die Zange", bestätigte Mirco. „Damit hat Rüders der Frau die Brust lang gezogen."

Schäfer starrte auf die Zange, die sein Kollege immer noch hochhielt. Er schluckte. Bei dem Gedanken daran, dass mit diesem Gerät eine Frau gequält wurde, indem man ihr die Brust lang zog, drehte sich sein Magen.

„Ich danke Ihnen für Ihren Anruf", sagte er und schaltete sein Handy wieder aus.

Sein Kollege trat an ihn heran. „Glauben Sie wirklich", sagte er und blickte auf die Zange, „dass unser Pastor damit in die Brustwarze einer Frau gekniffen hat, um ihre Brust in die Länge zu ziehen?" Er verzog sein Gesicht.

Schäfer nickte.

„Es deutet alles darauf hin, Hans." Er schüttelte sich kurz. „Wir müssen jetzt die Spuren begutachten", sprach er weiter.

Die beiden Männer versuchten nun, sich ein Bild von den Fußabdrücken zu machen.

„Es sieht ganz so aus", meinte Schäfer nach einer Weile, „als ob alle Spuren von einer einzigen Person stammen."

Er zog ein aufrollbares Maßband aus der Hosentasche und vermaß die Fußabdrücke.

„Hmm", murmelte er. "Die sind alle gleichlang."

„Nicht nur das", sagte Schäfers Kollege, der damit beschäftigt war, die Fußabdrücke, die der vermeintliche Täter im Sand hinterlassen hatte, zu fotografieren. „Soweit man das Profil der Schuhsohlen noch erkennen kann, ist auch das überall das gleiche. Auch die Fußabdrücke, die vom Strand kommen und wieder dorthin zurückgehen sind alle identisch."

„Das verstehe ich nicht", meinte Schäfer. „Warum hinterließ die Frau keine Spuren?"

„Keine Ahnung."

Der Hauptkommissar nahm sein Handy heraus und wählte die Nummer von Mirco Hensen an.

„Hier ist noch einmal Schäfer. Können Sie uns noch auf Ihrem Monitor sehen?"

„Ja, wir beobachten Sie die ganze Zeit über."

„Dann versuchen Sie mir doch bitte zu erklären, wo genau diese Frau lag."

„Kein Problem, drehen Sie sich bitte nach rechts um, Herr Hauptkommissar."

Schäfer folgte Mircos Anweisung. „Und nun?"

„Jetzt treten Sie einen kleinen Schritt nach vorne."

Auch das befolgte der Polizist.

„So, Herr Schäfer, genau wo Ihre Füße jetzt stehen, lagen auch die Füße der Frau. Genau dort hat der Pastor sich an der armen Frau vergriffen."

„Sagen Sie mal, Herr Hensen, können Sie sich noch daran erinnern, was für Schuhe diese Frau anhatte?"

177

„Wir haben Ihnen doch schon gesagt, dass diese Frau nackt war. Sie trug keine Schuhe, sie war barfuß."

„Danke."

Schäfer schaltete das Handy wieder aus.

Die einzigen Auffälligkeiten, die er auf dem Sandboden vor sich erblickte, waren die Fußspuren, die sie schon gründlich untersucht hatten. Abdrücke von nackten Füßen waren nirgendwo zu erkennen. Die Fußspuren des mutmaßlichen Täters beschränkten sich nur auf eine einzige Stelle. Außer in die Richtung des Strandes, führte auf dem ersten Blick keine weitere Spur vom Tatort weg. Erst bei genauerem Hinsehen erkannte Schäfer, dass einige Fußabdrücke auch zur Kamera hinführten.

„Warum um alles in der Welt, gibt es keine Fußspuren des Opfers?"

„Dafür gibt es nur eine Erklärung", meinte Schäfers Kollege.

„Und die wäre?"

„Der Täter hat Frau vom Strand aus zunächst hierher getragen. Nach seiner Bluttat begrub er das ermordete Opfer hier an Ort und Stelle. Die vielen identischen Fußabdrücke könnten darauf hindeuten, dass er die Erde hinterher noch festgetreten hat."

„Mein Gott, Hans, du könntest Recht haben."

Schäfer ging in die Knie und begann damit, den Sand mit der Hand beiseite zu schieben.

„Aber Herr Hauptkommissar, Sie vernichten Beweismittel."

„Was für Beweismittel?"

„Die Fußabdrücke des Täters."

„Quatsch, dahinten gibt es noch genug davon. Los, Hans, hilf mir, den Sand wegzuschaufeln. Ich vermute, dass der Täter sein Opfer nicht allzu tief vergraben hat. Wir müssten also bald auf etwas stoßen."

Nun schaufelten die beiden gemeinsam den Sand beiseite.

Hauptkommissar Schäfer hatte mit seiner Vermutung, dass sie bald auf etwas stoßen sollten, Recht behalten. Nachdem sie eine Sandschicht von etwa vierzig Zentimeter mit bloßen Händen abgetragen hatten, stießen sie auf Fels und nach kurzer Zeit war klar, dass sich überall unter dem Sandboden eine Schicht aus gewachsenem Fels befand.

„Tja, Hans", meinte Schäfer resigniert. „Deine Vermutung hat sich nicht bestätigt."

„Dann bleibt nur noch eine Möglichkeit übrig. Der Täter hat das Opfer mit in sein Boot genommen und es draußen im Meer versenkt."

Schäfer nickte. „Zur Tatzeit war beginnende Ebbe. Der Täter war klug. Er wusste ganz genau, dass das abfließende Wasser das Opfer mit hinaus auf die See nehmen würde, damit die Haie da draußen auch die allerletzten Beweise vernichten."

„Und was machen wir jetzt?"

„Das ist eine gute Frage, Hans. Uns liegt wahrscheinlich ein Mordfall ohne Leiche vor. Es gibt einen mutmaßlichen Täter, es gibt Zeugen, die zwar die Misshandlung des Opfers mit verfolgt haben, aber nicht den eigentlichen Mord, doch es gibt keine Leiche. Das vermeintliche Opfer ist uns nicht einmal bekannt. Ich hab heute Morgen noch mal in den Computer geschaut und bin alle Vermisstenmeldungen des letzten halben Jahres durchgegangen. Es wird nirgendwo eine Frau vermisst, auf der die Beschreibung der beiden jungen Männer passt, auch nur im Entferntesten zutrifft."

Die zwei Polizisten begaben sich wieder zum Strand, wo das feuerrote Boot auf sie wartete.

Sie schoben das Boot zurück ins Wasser und sprangen hinein.

Schäfer nahm auf der Sitzbank Platz und beobachtete seinen Kollegen, dem es erst beim dritten Anlauf gelang, den Außenbootmotor zu starten.

Der Hauptkommissar war resigniert. Er hatte sich von einem Besuch auf der Insel mehr versprochen. Nun aber fuhren sie mit leeren Händen zurück, das heißt, mit fast leeren Händen. Denn immerhin hatten sie diese Zange gefunden und einige Fotos von den Fußabdrücken gemacht.

Auch ohne weitere Beweise zu haben, war sich Schäfer mittlerweile sicher, dass er es wirklich einem echten Mordfall zu tun hatte, und in seinen Augen war auch klar, dass Pastor Rüders der Mörder ist. Doch ohne Leiche konnte er dem Kirchenmann nichts beweisen. Alles, was sie bisher an Beweisen gesammelt hatten, reichte für eine Mordanklage nicht aus. Kein Staatsanwalt würde sich darauf einlassen. Selbst wenn man auf der Zange Fingerabdrücke von Rüders finden würde und auch die Fußabdrücke eindeutig dem Pastor zugeordnet werden könnten, es wäre kein Beweis. Der Pastor könnte sagen, dass er bereits vor ein paar Tagen auf der Insel war und die Zange dort vergessen hatte. Niemand könnte ihm nachweisen, dass das nicht stimmt.

Schäfer brauchte eine Leiche.

Es war, als könne sein Kollege Gedanken lesen.

„Es gibt doch noch eine letzte Möglichkeit", sagte dieser plötzlich.

„Ach, Hans, ohne Leiche reicht es für eine Anklageschrift nicht aus."

„Ich meine ja auch, dass es noch eine letzte Möglichkeit gibt, die Leiche zu finden."

„Wenn du die Idee hast, dass das Gebiet vor der Insel mit Hilfe der Feuerwehrtaucher absuchen zu lassen, dann vergiss es", meinte Schäfer.

„Wir hätten nicht die geringste Chance, etwas zu finden."

„Das hatte ich auch nicht vor. Wenn der Täter das Opfer tatsächlich über Bord geworfen hat, dann werden wir keine Leiche mehr finden. Es könnte aber auch sein, dass er die tote Frau nicht ins Meer geworfen hat, weil dann die Möglichkeit bestände, dass sie irgendwo angeschwemmt wird. In diesem Fall gäbe es ein Mordopfer und Zeugen. Der Täter wäre also überführt. Deshalb wäre es möglich, dass er sein Opfer mit ans Land genommen hat, um es dort zu beseitigen."

Hauptkommissar Schäfer musste zugeben, dass die Überlegungen seines jungen Kollegen durchaus zutreffen könnten.

„Du denkst mit, Hans, wir dürfen keine Möglichkeit außer Acht lassen. Ich glaub, aus dir wird noch einmal ein richtig guter Kommissar."

Natürlich war Hans stolz darauf, dass Schäfer ihn so lobte.

„Und was machen wir jetzt?", fragte er.

„Na, was wohl? Wir werden weiterhin nach dem Opfer suchen. Wir fahren direkt zur Vogelbeobachtungsstation. Rüders muss nach dem Besuch der Delegation wieder nach Wargworn gefahren sein, um sein Opfer ins Boot zu laden. Wenn er die Leiche auf dem Festland verschwinden ließ, dann finden wir vielleicht dort, wo er an Land gegangen ist, eine Spur."

Es dauerte nicht lange, bis die beiden Polizisten den Küstenabschnitt, an dem die Vogelbeobachtungsstation lag, sichteten. Die Erhebung, auf welcher der ehemalige Leuchtturm stand, war schon aus der Ferne zu erkennen. Hans lenkte das Boot genau darauf zu.

Während sie dem Land immer näher kamen, sahen sie auch das Boot des Pastors, welches direkt am Strand unterhalb der Station festgemacht war.

„Lass uns etwa zwanzig Meter neben dem Boot des Pastors anlegen", sagte Schäfer zu seinem Kollegen. „Sonst könnte es sein, dass wir weitere Spuren verwischen."

Hans folgte der Anweisung des Hauptkommissars.

Als die Polizisten schließlich aus dem Boot gestiegen waren, schritten sie langsam zu Rüders Boot hinüber. Dabei suchte sie den Strand nach Spuren ab.

Die ersten Spuren fanden sie allerdings erst neben dem Boot des Pastors.

„Sieh nur, Hans, es sich die gleichen Fußabdrücke, die wir auf der Insel entdeckt haben."

„Das ist unglaublich. Bisher hatte ich immer noch Zweifel, ob unser Pastor wirklich der Täter ist, aber jetzt…"

„Ich weiß, es ist fast unvorstellbar, aber unser Herr Rüders hat zwei verschiedene Gesichter. Er führt ein Doppelleben. Auf der einen Seite ist er der liebenswürdige Pastor und auf der anderen Seite ist er eine mordende

Bestie, die Frauen auf eine einsame Insel bringt, um sie zu misshandeln und zu töten."

„Ich kann es immer noch nicht glauben."

Die beiden Polizisten folgten der Fußspur, die durch den Sand verlief. Sie führte zu den Stufen der Vogelbeobachtungsstation.

„Sehen Sie mal, Herr Hauptkommissar", sagte Hans mit einem Mal. „Da gibt es noch mehr Fußspuren. Sie führen von der Station weg zu einem anderen Strandabschnitt."

Schäfer sah die Spuren, die sein Kollege meinte.

„Ja", bestätigte er die Entdeckung seines Kollegen, „und es sind ebenfalls genau die gleichen Abdrücke, wie die auf der Insel."

Die beiden folgten dieser Spur. Sie führte zu einer Stelle am Strand, an der ganz offensichtlich der Sand aufgewühlt worden war. Die Polizisten konnten noch nicht ahnen, dass der Pastor genau hier die Videokassette vergraben hatte.

„Was hältst du davon, Hans?"

Der Angesprochen schluckte. „Ich glaub, wir haben das gefunden, wonach wir gesucht haben. Hier hat er den Leichnam des Opfers verbuddelt."

Schäfer atmete tief durch. „Wir haben jetzt zwei Möglichkeiten", meinte er. „Entweder wir alarmieren ganz offiziell die Spurensicherung oder wir graben die Leiche selbst aus."

„Normalerweise müssen wir die Spurensicherung verständigen."

„Und wenn hier nur jemand seinen Abfall vergraben hat, dann sind wir blamiert."

Hans wurde unsicher. „Eigentlich bin ich fest davon überzeugt, dass hier das Opfer vergraben wurde, aber andersherum…, es wäre wirklich eine Blamage."

Während die beiden Polizisten noch unschlüssig vor dem aufgewühlten Sand standen, näherten sich ihnen von hinten zwei Gestalten.

„Haben Sie auf Wargworn nichts gefunden", fragte eine der Gestalten.

Es war Christian.

Zusammen mit Mirco hatte er aus dem Fenster der Station geschaut und die Polizisten mit dem Boot kommen sehen. Die beiden waren natürlich neugierig und wollten wissen, was die Polizei auf Wargworn entdeckt hatte.

Hauptkommissar Schäfer wandte sich um.

„Sie sind aber ganz schön neugierig", meinte er.

„Ist es ein Wunder?", entgegnete Christian. „Schließlich waren wir es, die das Verbrechen gesehen haben."

Gemeinsam mit Mirco trat er neben die zwei Polizisten.

„Vorsicht", sagte Schäfer. „Verwischen Sie hier keine Spuren."

„Spuren?", wunderte Mirco sich.

„Ja", meinte Schäfers junger Kollege. „Wir gehen davon aus, dass der mutmaßliche Täter hier etwas vergraben hat."

Nun starrten alle vor den aufgewühlten Sand.

„Ich würde sagen", schlug Mirco vor, „wir holen den Spaten aus der Station und buddeln das Vergrabene wieder aus."

Ehe sich dazu noch jemand äußern konnte, war Mirco in der Station verschwunden. Kurz darauf erschien er mit einem Spaten in der Hand am Strand.

„Ist das der einzige Spaten, den es in der Station gibt?", wollte Schäfer wissen.

„Ja, wieso?"

„Nun, dann gehe ich davon aus, dass der Täter ihn ebenfalls benutzte, als er hier etwas vergraben hat. Sie haben soeben die Fingerabdrücke, die darauf waren, zerstört."

Mirco lachte. „Sie sind gut, Herr Hauptkommissar, natürlich sind die Fingerabdrücke von Pastor Rüders darauf. Er hatte vor einigen Tagen mit diesem Spaten angeschwemmten Dreck vom Strand entfernt und im Übrigen gehört dieser Spaten dem Pastor. Ich glaub also nicht, dass Fingerabdrücke, die man auf seinem eigenen Spaten hinterlässt, Beweismittel sind."

Schäfer musste zugeben, dass der junge Mann vor ihm Recht hatte.

Ohne auf die Zustimmung der Polizisten zu warten, begann Mirco damit, den Sand beiseite zu schaufeln.

„Seien Sie vorsichtig", ermahnte Schäfer ihn. „Sobald Sie auf etwas stoßen, hören Sie mit dem Graben auf."

„Das werde ich tun."

An der Stelle, an der Mirco grub, war der Sand sehr locker. Es war ganz offensichtlich, dass hier jemand vor kurzer Zeit ein Loch ausgehoben hatte. Fragte sich nur, was darin verbuddelt wurde? Mirco konnte nicht wissen, dass die Polizei das Versteck der Leiche hier vermutete. Wer weiß, ob er dann auch noch so unbeschwert gegraben hätte?

Je tiefer er grub, desto feuchter und nasser wurde die Erde. Das Grundwasser, welches unter dem Strand war, passte sich dem Niveau des Meeresspiegels an. Momentan war Ebbe und das Wasser befand sich auf dem Rückzug. Ein paar Stunden früher hätte das ausgegrabene Loch wahrscheinlich unter Wasser gestanden.

Als er eine Grube von fast einen Meter Tiefe ausgehoben hatte, war der Sand immer noch sehr locker.

„Man", sagte er. „Da hat der Pastor aber tief gebuddelt."

Beim nächsten Spatenstich spürte er einen leichten Widerstand. Er zog den Spaten aus dem Erdreich und schob den feuchten Sand nun vorsichtig mit der Hand beiseite.

„Ich glaub, hier ist etwas."

Schäfer sprang neben ihn in das ausgegrabene Loch.

Da der Sand immer wieder nachrutschte, half der Hauptkommissar dem jungen Mann mit und schob ebenfalls ganz vorsichtig den Sand beiseite.

Sei Herz schlug ihm bis zum Hals. Würde er jetzt die Frauenleiche freilegen? Würde er gleich in das entstellte Gesicht der toten Frau blicken?

Der Polizist staunte nicht schlecht, als er statt der erwarteten Leiche eine kaputte Videokassette in der Hand hielt.

„Dieses Band ist aus der Vogelbeobachtungsstation", stellte Mirco fest. „Es muss das Band sein, auf dem Rüders Tat zu sehen ist."

„Jetzt haben wir ihn", triumphierte Christian, der die Kassette in Schäfers Hand erkannte.

„Nicht so voreilig, meine Herren", sagte Schäfer, „Dieses Band wurde zerstört. Wahrscheinlich kann man es nicht mehr abspielen."

Der Hauptkommissar hielt die Videokassette hoch. Erst jetzt sahen die anderen, dass das Band zerrissen war und ein paar Meter davon aus der Kassette heraushingen.

„Scheiße!", hörte man Christian fluchen.

„Vielleicht gibt es ja doch noch eine Möglichkeit, etwas von dem Band zu retten", sagte Mirco.

„Wie wollen Sie das denn bewerkstelligen?", wollte Schäfer wissen.

„Darf ich mal sehen?", fragte Mirco und nahm dem Polizeibeamten die - aus der Hand.

Mirco begutachtete das Band.

„Wenn die Feuchtigkeit nicht allzu viele Daten zerstört hat, dann kann man noch was machen."

„Da bin ich aber gespannt", meinte Schäfer.

„Es ist so, Herr Hauptkommissar, die gesamten Videobänder der Station sind Spezialanfertigungen. Diese Datenträgen sind besonders dünn und besonders lang. Damit kann man vierundzwanzig Stunden an einem Stück aufnehmen. Diese Kassetten sind aber auch besonders teuer und deshalb haben wir sie bei Beschädigungen schon des Öfteren selbst repariert. Unsere Aufnahmegeräte sind teilweise schon etwas älter und arbeiten nicht mehr ganz so zuverlässig. Da ist es schon mal vorgekommen, dass wir regelrechten Bandsalat hatten. In solchen Fällen haben wir die Kassetten aus den Geräten heraus gefummelt und dann die zerstörten Teile der Bänder herausgeschnitten. An den Schnittstellen wurden die Bänder wieder zusammen-geklebt. Anschließend wurden sie eingelegt und funktionierten tadellos."

„Wenn das wirklich funktioniert", sagte Schäfer, „dann haben wir ihn."

„Bitte, Herr Hauptkommissar, machen Sie sich nicht allzu große Hoffnungen. Das Band hier ist total durchnässt und wir wissen aus Erfahrung, dass die Feuchtigkeit der größte Feind von den gespeicherten Daten ist."

„Haben Sie denn die Möglichkeit, das Band zu flicken?", wollte Schäfer wissen.

„Ja, wir haben oben in der Station alles, was man dazu benötigt."

„Worauf warten wir dann noch?". sagte der Polizist und nahm Mirco das Band aus der Hand.

Ihm war durchaus bewusst, dass er dieses Beweismittel eigentlich den Polizeispezialisten überlassen müsste. Es gab Dienststellen, die darauf spezialisiert waren, Daten jeder Art sicher zu stellen. Aber Schäfers Neugier darauf, die von den beiden jungen Männern beschriebenen Szenen vielleicht doch noch an Ort und Stelle betrachten zu können, überwog.

Er stieg aus der Grube und machte ein paar Schritte auf die Vogel-beobachtungsstation zu.

Als die anderen ihm nicht sofort folgten, wandte er sich kurz um. „Kommen Sie schon, ich möchte endlich wissen, ob dieses Beweismaterial noch brauch-bar ist."

Die vier Männer verließen den Strand und begaben sich nach oben in die Vogelbeobachtungsstation.

Dort machte sich Mirco sofort an die Arbeit, um das von dem Band zu retten, was eventuell noch zu retten war. Nachdem er die Kassette aufgeschraubt hatte, blickte er kopfschüttelnd hinein.

„Das sieht überhaupt nicht gut aus", stellte er fest und betastete das aufgespulte Band mit den Fingern. „Es ist alles nass. Hoffentlich ist die Feuchtigkeit nur oberflächlich und noch nicht eingedrungen."

Er nahm ein Tuch und tupfte das Band behutsam trocken.

Hauptkommissar Schäfer schaute ihm dabei interessiert zu.

Er begutachtete das Innenleben der Videokassette ganz genau. Die beiden Spulen, auf denen das Band aufgerollt war, sahen unbeschädigt aus, besonders die Spule, auf der sich der größere Teil des Bandes befand.

„Da müsste ja noch genug drauf sein", mutmaßte Schäfer. „Bei dieser Menge an Band wird wohl etwas Brauchbares bei sein. So eine dicke Spule wird bestimmt nicht so schnell beschädigt."

Mirco blickte den Polizisten an. „Mein lieber Herr Hauptkommissar, leider muss ich Ihnen mitteilen, dass die Spule, die Sie meinen, noch unbespielt ist. Die Aufnahme die wir brauchen, befindet sich auf der anderen Spule."

Schäfer schluckte. „Oh", kam es aus seinem Mund. „Das sieht ja dann nicht gerade gut aus."

„Das sagte ich doch."

Nachdem Mirco das Band getrocknet hatte, schnitt er die Stücke heraus, die aus der Kassette die bereits heraushingen. Auch ein Laie konnte erkennen, dass diese Bandstücke unbrauchbar waren. Dann klebte Mirco die Schnittstellen zusammen und verschraubte die Kassette wieder.

„So", sagte er, „dann wollen wir mal sehen, ob wir Glück haben."

Er schaltete einen Monitor an und schob die Kassette in ein Abspielgerät.

„Müssen wir nicht warten, bis der Kleber getrocknet ist?", wunderte sich Schäfers Kollege.

„Nein", antwortete Christian. „Das ist Sekundenkleber. Er hält sofort."

Mirco ließ das Band schnell zurücklaufen. Dieses Zurückspulen kam den vier Männern endlos lang vor. Als es endlich „Klick" machte, atmete Schäfer tief durch.

„Jetzt wird es spannend."

Die Aufregung in seiner Stimme war deutlich zu hören.

Mirco startete das Band.

Zunächst sah man auf dem Monitor nur flimmernden Schnee. Die Feuchtigkeit schien die Daten zerstört zu haben. Dann aber erkannte man mit viel Fantasie einige Vögel, die auf ihren Nestern saßen. Das Bild war sehr unscharf. Dann verschwand es wieder und erneut war nur ein Flimmern zu sehen. Schließlich sah man wieder die Vögel auf dem Monitor. Es war aber alles andere, als ein klares Bild. Nicht nur, dass es unscharf war, es war auch von flimmernden Punkten durchzogen, die sich langsam aber sicher in ein dichtes Schneegestöber verwandelten. Als nach gut zwei Minuten immer noch nichts anderes zu sehen war, schüttelte Mirco den Kopf.

„Ich glaub, das war es."

„Vielleicht kommt ja doch noch etwas", sagte Schäfer.

„Sie sehen doch selbst, dass nichts mehr zu erkennen ist. Aber ich werde es einmal mit mehrfacher Geschwindigkeit abspielen. Wenn noch etwas kommen sollte, können wir das Band ja wieder stoppen."

Er drückte einen Knopf und das Flimmern auf dem Monitor wurde schneller. Zwischendurch zuckte immer wieder ein kurzes Bild auf, ein unscharfes Bild mit brütenden Vögeln. Dieses Bild wurde jedes Mal gestoppt und begutachtet, doch die Qualität war so schlecht, dass man vom Hintergrund nichts erkennen konnte.

Als wieder so eine Stelle des Bandes die Vögel auf dem Monitor erscheinen ließ, war die Bildqualität etwas besser.

Mirco stoppte das Band und spulte es ein Stück zurück.

„Da, Herr Kommissar", sagte er, als er das Band in langsamer Geschwindigkeit wieder abspielte. „Da liegt die Frau." Christian deutet auf den Monitor. „Das ist sie", kam es aufgeregt aus seinem Mund.

Die Polizisten konzentrierten sich. Es gehörte wirklich viel Fantasie dazu, in dieser flimmernden Szene eine Frau zu erkennen. Doch schließlich sahen sie die Frau, sehr undeutlich, aber sie sahen sie.

Dann gab es wieder das übliche Schneegestöber auf dem Bildschirm.

„Haben Sie die Frau gesehen?", wollte Mirco von den Polizisten wissen. „Haben Sie die Frau erkannt?"

„Ja", sagte Schäfer. „Das Bild hat zwar stark geflimmert, aber es war eindeutig eine liegende Person zu erkennen."

Nun schien es so, als wolle das Schneegestöber auf dem Monitor kein Ende nehmen. Obwohl Mirko das Band erneut mit mehrfacher Geschwindigkeit laufen ließ, passierte nichts mehr. Als er gerade eine negative Bemerkung machen wollte, zuckte der Monitor kurz auf. Es war, als ob ein schnelles Bild vorbeigehuscht war.

Mirco stoppte das Band, spulte es zurück und ließ es langsam wieder abspielen. Dann sah man für etwa eine Sekunde ein klareres Bild, wenn man ein mit Hunderten von weißen Punkten durchzogenes Bild denn klar nennen konnte.

Noch einmal spulte Mirco zurück. Dieses Mal stoppte er die Szene und fror sie als Standbild ein.

„Sehen Sie selbst, Herr Kommissar", sagte Christian euphorisch. „Wir haben nicht gelogen."

Schäfer kratzte sich am Kopf. „Ich erkenne eine Person, dunkle Hose, rotes Oberteil. Diese Person hält die offensichtlich nackten Beine einer weiteren Person fest, die auf dem Boden liegt. Leider kann ich keine der Personen identifizieren."

„Das ist die Szene, in der Pastor Rüders die Frau geschüttelt hat."

Der Hauptkommissar nickte. „Das passt tatsächlich zu Ihrer Aussage."

„Soll ich Ihnen das Bild ausdrucken?"

Diese Frage überraschte den Kommissar. Er hatte Zuhause auch einen Videorecorder, auf dem er eine Filmszene zum Standbild anhalten konnte, doch ausdrucken konnte er nichts.

„Geht denn so etwas überhaupt", fragte er.

„Ja, natürlich. Alle Aufzeichnungen sind digital. Man kann sie auf der Festplatte des angeschlossenen Rechners speichern oder sogar auf eine CD brennen."

„Wenn das so ist, dann drucken Sie es bitte aus."

Erst als Mirco nach rechts auf den Tisch griff, erkannte Schäfer die Computermaus, die dort lag. Mirco bewegte die Maus kurz hin und her und nach einem Mausklick begann am Nebentisch ein Drucker zu arbeiten.

Christian nahm den Ausdruck heraus und gab ihn dem Polizisten.

„Na ja", murmelte Schäfer. „Viel erkennen kann man zwar nicht, aber immerhin etwas."

Schließlich starrten wieder alle erwartungsvoll auf den Monitor.

Das einzige, was man sah, war wieder dieses Schneegestöber. Dann aber kristallisierte sich ganz langsam ein Bild heraus. Es war kein klares Bild, aber man konnte das, was sich dort abspielte, erkennen. Der Körper der Person, den man liegend zu Gesicht bekam, war eindeutig fast nackt. Die vier Männer erkannten eine Frau mit sehr großen Brüsten. Vor ihr kniete ein Mann, bekleidet mit einer schwarzen Hose und einem roten Pullover. Dieser Mann spielte ganz offensichtlich mit den Fingern an der Brustwarze der Frau herum. Wie gebannt starrten die Männer auf den Monitor.

„Dieser Kerl da soll wirklich unser Pastor sein?", kam es unsicher aus dem Mund des jungen Polizisten.

„Es ist unser Pastor", bestätigte Christian.

Die Szene auf dem Bildschirm wurde wieder für einige Sekunden unscharf. Dann aber war alles gestochen scharf zu sehen. Das Gesicht des Mannes, der sich dort mit dieser Frau beschäftigte, war leicht abgewandt. Es war unmöglich, die Identität der Person festzustellen.

Der Mann beugte sich nun über die Frau und nahm ihre Brustwarze in den Mund.

„Mein Gott", sagte Schäfer. „Das hätte ich niemals von unserem Pastor gedacht."

„Er ist eben auch nur ein Mensch", stellte sein Kollege fest.

Zum Bedauern der Zuschauer verschwand das Bild wieder und es gab erneut nur noch helles Flimmern. Das Flimmern war aber nur von kurzer Dauer und sie konnten die Szene, die sich dort abspielte wieder erkennen. Das Bild war zwar nicht ganz so scharf, wie vorher, aber das, was dort geschah, war eindeutig.

Der Mann mit dem roten Pullover schien sich fest in dem Nippel der Frau verbissen zu haben. Er riss die Brustwarze mit dem Mund wild hin und her.

„Oh Gott!", schoss es aus Schäfers Mund.

„Dieser Kerl ist eine Bestie", sagte sein Kollege.

Beide Polizisten verzogen das Gesicht.

Dann verschwand das Bild wieder.

Schäfers junger Kollege atmete tief durch.

„Das ist einfach unglaublich."

187

„Das ist widerlich", meinte Schäfer, „einfach widerlich."

Wieder verschwand die Szene im Schneegestöber.

Als das Bild nach ein paar Minuten erneut schärfer wurde, beugte sich der Mann mit dem roten Pullover wieder zu der Frau hinunter. In einer Hand erkannte man deutlich eine Zange, mit der er nach der Brustwarze griff.

Es war die letzte Szene, die das Band hervorbrachte. Der Rest der Aufnahme war unwiederbringlich zerstört.

Die Männer, die vor dem Monitor saßen, schwiegen. Ihre Gesichter waren blass geworden.

„Glauben Sie uns jetzt, Herr Hauptkommissar?", fragte Mirco schließlich.

Schäfer nickte. „Natürlich."

Er bat Mirco darum, das Band noch einmal zurück zu spulen und einige von den Szenen auszudrucken.

Mirco tat ihm den Gefallen.

„Etwas ist aber ärgerlich", meinte Schäfer, nachdem er sich die Aufnahme zu dritten Mal angesehen hatte. „Man kann nicht ein einziges Mal das Gesicht des Mannes erkennen."

„Ja", sagte sein Kollege. „Vielleicht ist es ja doch nicht der Herr Pastor."

Diese Aussage ging Christian gegen den Strich. „Wir haben Ihnen doch gesagt, dass wir ihn deutlich erkannt haben", empörte er sich. „Sie glauben uns scheinbar immer noch nicht. Können Sie mir mal erklären, warum der Pastor alle Beweise vertuschen und vernichten wollte? Wenn er nicht der Täter war, warum hat er diese Kassette zerstört und dann vergraben?"

„Nun regen Sie sich nicht so auf", meinte Schäfer beschwichtigend. „Es ist ja wirklich sehr schwer vorstellbar, dass ein redlicher Mann, wie unser Pastor so etwas tut. Aber um Sie zu beruhigen, auch wenn wir immer noch keine endgültigen Beweise haben, ich halte den Herrn Pastor auch für den Täter. Wir müssen ihn allerdings noch überführen."

„Und wie wollen Sie das machen?", fragte Mirco neugierig.

„Ganz einfach. Ich werde ihn vorläufig festnehmen."

„Dann haben Sie aber noch immer keine Beweise."

„Wenn ich dem Pastor sage, dass wir die Kassette ausgegraben haben und dass darauf alle Einzelheiten zu erkennen sind, wird er schon gestehen."

Christian äußerte Zweifel. „Meinen Sie etwa, der Pastor lässt sich so schnell beeindrucken? Was ist, wenn er die Aufnahme sehen will?"

„Dann werde ich ihm sagen, dass sich die Kassette momentan im kriminaltechnischen Institut befindet, um davon Kopien zu fertigen. Ich werde ihm aber die Bilder zeigen, die Sie mir ausgedruckt haben. Einige davon sind ja gestochen scharf."

„Aber man kann sein Gesicht darauf nicht erkennen."

„Der Pastor weiß aber nicht, dass man es auf dem restlichen Film ebenfalls nicht erkennt. Er wird glauben, dass er überführt ist. Sein Geständnis ist dann nur noch reine Formalität."

Mirco nickte. „Das klingt einleuchtend."

„Herr Hauptkommissar", sagte Schäfers Kollege, „Sie sind ein Genie."

Natürlich wollte sich der junge Polizist beim Hauptkommissar nur etwas einschmeicheln. Schäfer war sich dessen auch bewusst. Dennoch war er aber stets offen für solche Schmeicheleien, denn was gibt es Schöneres als ein Lob für seine Arbeit zu bekommen?

Schäfer erhob sich von seinem Platz.

Er nahm die Videokassette und die ausgedruckten Bilder in die Hand und meinte zu Mirco und Christian: „Meine Herren, ich danke Ihnen für Ihre Unterstützung. Sie haben mir bei den Ermittlungen wirklich sehr geholfen. Sie können davon ausgehen, dass Sie demnächst als Zeugen vor Gericht aussagen müssen. Sollte ich Sie vorher noch einmal brauchen, dann werde ich mich bei Ihnen melden."

Dann wandte er sich an seinen Kollegen. „Komm, Hans, es gibt Arbeit."

Die beiden Polizisten begaben sich in die Richtung des Ausganges.

„Herr Hauptkommissar", rief Christian ihm hinterher, „wann werden Sie den Pastor denn verhaften?"

Schäfer blickte Christian an und lächelte dabei hintergründig. „Wenn alles gut geht, in wenigen Minuten."

Dann verließen die Polizisten mit einem kurzen Abschiedsgruß die Vogelbeobachtungsstation.

*   *   *

Schäfer und sein Kollege befanden sich auf dem Weg zu Pastor Rüders.

Die beiden Polizisten hatten kurz bei der Polizeiwache angehalten, um die Beweismittel dort zu deponieren.

Das Polizeiauto stoppte schließlich vor Rüders Wohnung.

Hauptkommissar Schäfer holte tief Luft. „Dann wollen wir mal, Hans", sagte er und stieg aus dem Wagen.

Ihm war nicht wohl dabei, den Pastor verhaften zu müssen, aber was sein musste, das musste eben sein.

Seinem Kollegen erging es nicht anders. Pastor Rüders war ein Mensch, vor dem er immer großen Respekt hatte und nun sollte er seiner Verhaftung beiwohnen. Am liebsten hätte er sich jetzt vor dieser Aufgabe gedrückt.

Nachdem die Polizisten den Klingelknopf betätigt hatten, öffnete die Haushälterin des Pastors die Tür.

189

Natürlich wunderte sie sich darüber, dass die Polizei vor ihr stand.

„Was kann ich für Sie tun, meine Herren?", fragte sie nach einer knappen Begrüßung.

„Wir möchten mit dem Herrn Pastor sprechen", gab Schäfer zu verstehen.

„Da haben Sie aber Glück gehabt. Der Herr Pastor ist gerade eben gekommen. Er hatte außerhalb zu tun. Treten Sie bitte rein."

Die beiden Polizisten folgten der Frau in die Wohnung.

„Der Herr Pastor hat sich gerade ins Arbeitszimmer zurückgezogen", sagte die Haushälterin. „Warten Sie bitte hier. Ich werde Sie anmelden."

„Das ist nicht nötig", sagte Schäfer. „Der Herr Pastor erwartet uns."

„Davon hat er mir aber nichts gesagt."

„Gute Frau, sagen Sie mir bitte, wo das Arbeitszimmer ist."

Die Haushälterin deutete auf eine Tür. „Es ist dort", sagte sie. „Sind Sie sicher, dass der Herr Pastor Sie erwartet?"

„Komm, Hans", wies Schäfer seinen Kollegen an, ohne auf die Frage der Frau einzugehen. „Bringen wir es hinter uns."

Schäfer blieb unentschlossen vor der Tür des Arbeitszimmers stehen.

Dann klopfte er an.

„Ja bitte?", hörte man Rüders Stimme.

Die Polizisten betraten den Raum. Die Haushälterin folgte ihnen.

Als Rüders die Männer sah, ahnte er Schlimmes. Dennoch versuchte er, sich nichts anmerken zu lassen.

„Was kann ich für Sie tun?", fragte er und gab sich dabei Mühe, einen neugierigen Gesichtsausdruck zu machen.

Der Hauptkommissar wandte sich zunächst an die Haushälterin. „Würden Sie uns bitte mit dem Herrn Pastor allein lassen?"

Die Frau blickte den Kirchenmann fragend an.

„Es ist schon gut, Frau Koslowski", meinte er. „Lassen Sie uns bitte allein."

Nachdem die Haushälterin die Tür hinter sich geschlossen hatte, kam Schäfer zur Sache.

„Ich glaub, Herr Pastor", sagte er, „Sie wissen, warum wir hier sind."

Obwohl ihm innerlich alles andere als gut zumute war, blieb Rüders ganz ruhig. Er zog die Augenbrauen hoch. „Nein, eigentlich nicht. Warum sind Sie denn hier?"

Als Schäfer merkte, wie eiskalt und abgeklärt der Priester vor ihm reagierte, überkamen ihn für einen Moment Zweifel darüber, ob sein Plan, Rüders ein Geständnis abzuluchsen, so einfach sein würde, wie er sich das vorgestellt hatte.

„Darf ich Sie bitten, uns zur Wache zu begleiten?", forderte er den Kirchenmann auf.

Der Pastor erhob sich von seinem Stuhl.

„Natürlich", sagte er. „Ich nehme an, dass ich als Zeuge in Ihrem Fall eine Aussage machen soll. Dafür stehe ich der Polizei selbstverständlich jederzeit zur Verfügung. Dann lassen Sie uns mal keine Zeit verlieren"

Er verließ den Raum und die Polizisten folgten ihm.

Schäfers Gehirn arbeitete auf Hochtouren. Ihm war klar geworden, dass er mit dem Pastor einen aalglatten Mann vor sich hatte, einen Mann, der scheinbar auf alles gut vorbereitet war. Der Polizist war sich aber auch der Tatsache bewusst, dass Rüders noch nicht wissen konnte, dass sie das Video ausgegraben hatten.

Als die drei Männer schließlich im Polizeiwagen saßen, sagte niemand ein Wort. Die Polizisten schwiegen, weil sie nicht so recht wussten, wie sie sich nun verhalten sollten und Rüders schwieg, weil er nichts Falsches sagen wollte. Er hatte sich vorgenommen, nur auf die Fragen zu antworten, die sie ihm stellen würden.

Etwas später saßen sie im Büro des Hauptkommissars.

„Also", brach der Pastor schließlich das Schweigen. „Nun sagen sie mir bitte, was ich für Sie tun kann."

Schäfer schluckte.

„Lieber Herr Pastor", sagte er mit amtlichem Ton. „Ich muss Ihnen leider mitteilen, dass ich Sie vorläufig festnehmen muss."

Jetzt war es raus.

„Was?", kam es lang gezogen aus Rüders Mund. „Sie wollen mich festnehmen? Was soll ich denn verbrochen haben?"

„Bevor wir das diskutieren, möchte ich Ihnen lieber gleich mitteilen, dass sich eine ganz bestimmte Videokassette in unserem Besitz befindet. Es ist die Kassette, die Sie vor der Station im Sand vergraben hatten, um alle Beweise zu beseitigen. Ihr Versuch, dieses Band zu zerstören, ist fehlgeschlagen. Außer dem Stückchen, welches Sie zerrissen hatten, ist alles erhalten geblieben. Wir haben uns das Video angeschaut. Sie sind darauf ganz deutlich zu erkennen und das, was wir uns da ansehen mussten, hat uns tief erschüttert. Weiterhin waren wir auf Wargworn. Dort haben wir Ihre Fußabdrücke sichergestellt und eine Zange mit Ihren Fingerabdrücken gefunden. Sie wissen schon, die Zange mit der Sie die Brustwarze…, nun, Sie wissen schon, was ich meine. Das Videoband befindet sich momentan im kriminaltechnischen Institut. Es wird dort kopiert. Wir haben aber ein paar Fotoauszüge daraus hier vorliegen."

Schäfer griff nach einer Mappe und schlug sie auf.

„Wenn Sie sich diese Bilder einmal anschauen wollen", meinte er und reichte sie dem Kirchenmann.

Rüders warf einen kurzen Blick auf das erste Foto. Es zeigte ihn, wie er versuchte, den Nippel mit den Zähnen von der Brustwarze der Puppe zu ziehen.

Ohne sich die anderen Fotos anzusehen, schlug er die Mappe resigniert zu. Ihm war klar, dass er nichts mehr leugnen brauchte. Er war überführt.

„Und was passiert jetzt?" Sein Blick ging fragend zum Hauptkommissar.

Schäfer räusperte sich kurz.

„Sie gestehen also alles?", fragte der Polizist.

„Bleibt mir eine andere Wahl?"

Auf eine so schnelle Lösung des Falles war Schäfer trotz seiner guten Vorbereitungen nicht gefasst gewesen. Er triumphierte innerlich und sah vor seinen Augen bereits, wie ihm der Polizeipräsident persönlich eine Belobigung aussprach, eine Belobigung dafür, dass er innerhalb von kürzester Zeit einen komplizierten Mordfall aufgeklärt hatte.

Pastor Rüders dachte darüber nach, dass man ihm ja eigentlich nicht viel anhaben konnte. Wenn sie ihn wirklich wegen Erregung öffentlichem Ärgernis oder so etwas belangen wollten, dann würde er alles widerlegen können. Es mag ja auf dem Videoband so aussehen, als treibe er es mit einer Sexpuppe, aber wenn er es wahrheitsgemäß darlegen würde, dann müssten sie ihm glauben. Schließlich wollte er diese schändliche Puppe ja wirklich nur entsorgen.

„Also", sagte Schäfer, „dann fange wir mal an. Sind Sie bereit, uns die ganze Wahrheit zu erzählen, Herr Rüders?"

„Selbstverständlich. Mir liegt es sehr am Herzen, dass diese unangenehme Sache endlich aufgeklärt wird."

Die beiden Polizisten wunderten sich darüber, dass der Pastor sein Verbrechen als „unangenehme Sache" bezeichnete. Er schien überhaupt keine Reue zu zeigen. Wie eiskalt musste ein Mensch sein, der so unbeschwert über einen schrecklichen Mord sprach, den er selbst begannen hatte?

Hauptkommissar Schäfer räusperte noch einmal kurz.

„Herr Rüders, zunächst möchten wir wissen, wie Sie Ihr Opfer beiseite geschafft haben."

Nun wunderte sich der Kirchenmann. Seit wann bezeichnet man eine Sexpuppe als Opfer? Er dachte darüber nach, dass sich so eine Plastikpuppe ja nicht wehren konnte und alles über sich ergehen lassen musste. Vielleicht wurde sie deshalb in der offiziellen Amtssprache als Opfer bezeichnet.

Als Pastor Rüders nicht sofort antwortete, wurde Schäfer ungeduldig.

„Haben Sie meine Frage verstanden, Herr Rüders?"

„Ja, natürlich."

192

„Also, wie und wo haben Sie das Opfer beiseite geschafft?"
„Ich habe das Opfer nicht beiseite geschafft."
„Ich verstehe das nicht ganz", sagte Schäfer.
„Nun", meinte Rüders. „Um bei der Wahrheit zu bleiben, es war so. Zunächst wollte ich das ´Opfer´, wie Sie so ein schändliches Ding bezeichnen, tatsächlich beseitigen. Wie Sie es ja auf dem Video gesehen haben, gab ich mir die allergrößte Mühe, das sündige Objekt unschädlich zu machen."
Hauptkommissar Schäfer und sein junger Kollege wurden bei diesen Worten kreidebleich.
„Bei Gott", sagte Schäfer. „Das haben wir gesehen."
„Da sie trotz größter Anstrengung nicht kaputt zu bekommen war", redete Rüders weiter, „wollte ich sie letztendlich mit dem Messer aufschlitzen. Ich bin zu meinem Boot gegangen und habe deshalb das scharfe Fischmesser geholt."
Die beiden Polizisten wurden jetzt noch bleicher.
„Als ich mich umwandte, um sie für immer unschädlich zu machen", fuhr der Kirchenmann fort, „da hatte sich die Sache schon von alleine geregelt."
„Sie hatte also quasi doch durch das ihr Leben ausgehaucht, was Sie vorher alles mit ihr angestellt hatten", meinte Schäfer.
„Nein."
„Was ist denn sonst passiert?"
„Na ja", sagte Rüders. „Es wurde etwas windiger und da ist sie einfach davongeflogen, hinaus auf die offene See."
Die beiden Polizisten glaubten, sich verhört zu haben.
„Sie ist was?", wollte Schäfer wissen.
„Sie ist vom Wind davongetragen worden."
Schäfer holte tief Luft. Er sagte sich, dass er jetzt ganz ruhig bleiben musste. Ganz offensichtlich wollte ihn dieser Scheinheilige, der da vor ihm saß und ein unschuldiges Gesicht machte, aus der Reserve locken. Wahrscheinlich hatte Rüder sogar die Absicht, so zu tun, als sei er verrückt geworden. Er wollte sich vor der hohen Strafe schützen, indem er einen auf nicht schuldfähig machte.
In seinen Gedanken sah Schäfer noch einmal die kurze Videoszene, auf der Rüder der Frau die Brustwarze abbeißen wollte. Diese Bestie, die im Gewand eines Priesters sein wahres Gesicht verbarg, durfte auf keinen Fall so einfach davonkommen.
„Das Opfer ist also einfach davongeflogen?", fragte er den Kirchenmann im ruhigen Ton.
„Ja, das sagte ich doch."
Der Hauptkommissar blickte den Pastor durchdringend an.

„Warum schauen Sie mich so komisch an?", wollte Rüders wissen. „Ich habe das Gefühl, dass Sie mir nicht glauben."

„So ist es."

„Warum sollte ich Ihnen etwas anderes erzählen?", fragte Rüders. „Ich habe Ihnen doch gesagt, dass ich die Wahrheit sagen werde."

Schäfer hatte das Gefühl, innerlich zu kochen.

„Nun hören Sie mir mal gut zu, Herr Pastor", sagte er und versuchte dabei, die Wut, die er in sich aufsteigen spürte, nicht auf seine Stimme zu übertragen. „Ich gebe Ihnen noch einmal die Möglichkeit, mir die ganze Wahrheit zu erzählen, die Wahrheit über das, was wirklich da draußen auf Wargworn passiert ist. Das Beste ist, wenn Sie mir erzählen, wie diese Geschichte angefangen hat. Wann und wo haben Sie das Opfer zum ersten Mal gesehen?"

Pastor Rüders zuckte mit den Schultern.

„Lieber Herr Kommissar", sagte er schließlich.

„Hauptkommissar", berichtigte Schäfer ihn.

„Also, lieber Herr Hauptkommissar, ich weiß zwar nicht, warum Sie so merkwürdig reagieren, aber ich vermute, dass Sie wahrscheinlich etwas überarbeitet sind. So etwas kann ich gut nachvollziehen und deshalb bin ich Ihnen auch nicht böse. Ich werde Ihnen jetzt ganz genau erzählen, wie diese unangenehme Geschichte begann. Ich war an diesem besagten Tag mit meinem Boot unterwegs. Ich wollte zur Insel Belaworn, weil ich dort eine internationale Delegation empfangen sollte, die über einen finanziellen Zuschuss für unsere Arbeit um den Vogelschutz zu entscheiden hatte. Für mich stand also viel auf dem Spiel, denn mit Hilfe dieses Zuschusses wollten wir die Technik unserer Station verbessern. Wie Sie ja wissen, muss man, um Belaworn zu erreichen, an Wargworn vorbeifahren. Als ich Wargworn passierte, glaubte ich, eine halbnackte Frau zu sehen, die sich verbotenerweise auf der Insel zum Sonnenbad niedergelassen hatte. Natürlich war ich über so eine Dreistigkeit empört. Ich hab meinen Kurs geändert und Wargworn angelaufen, um dieser Frau meine Meinung zu sagen. Ich ging zu ihr und erst, als ich sie aus nächster Nähe sah, erkannte ich, was für ein sündiges Ding dort im Sand lag. Ich dachte sofort an die Delegation, die ja jeden Moment kommen konnte; dachte daran, was passieren würde, wenn die Leute der Delegation sie dort hätten liegen sehen. Sie konnte dort nicht liegen bleiben. Verstehen Sie bitte meine Situation, Herr Hauptkommissar. Sie musste sofort verschwinden."

Rüders machte eine kurze Sprechpause. Dann fuhr er fort:

„Was dann passierte, das haben Sie ja auf dem Video gesehen. Auch wenn das, was Sie auf diesem Videoband gesehen haben, für den Betrachter etwas anstößig wirkt, jetzt kennen Sie die Wahrheit und ich hoffe, dass Sie dieses Video nun mit ganz anderen Augen sehen."

Hauptkommissar Schäfer verstand die Welt nicht mehr. Da wollte der Pastor ihm doch klarmachen, dass er die Frau misshandeln und töten musste, weil sie sich verbotenerweise in einem Vogelschutzgebiet gesonnt hatte. Der Mann vor ihm schien tatsächlich wahnsinnig zu sein.

„So war es also gewesen", sagte er zu Rüders.

„Ja", erwiderte der Pastor. „So war es gewesen."

„Und als Sie schließlich das Fischmesser geholt haben, um sie aufzuschlitzen, ist sie einfach davongeflogen."

„Na endlich", kam es irgendwie erleichtert aus Rüders Mund. „Endlich glauben Sie mir."

Schäfer erhob sich von seinem Stuhl.

„Bitte entschuldigen Sie uns für einen Moment", meinte er zu dem Kirchenmann und in Richtung seines Kollegen sagte er, „Komme bitte mit mir, Hans."

Die Polizisten verließen das Büro.

Als sie die Tür hinter sich geschlossen hatten, wandte Schäfer sich an seinen jungen Kollegen:

„Mal ganz ehrlich, Hans, was hast du für ein Gefühl. Ist der Pastor wirklich durchgeknallt oder will er uns etwas vormachen, damit er für unzurechnungsfähig erklärt wird und an einer harten Strafe für sein Verbrechen vorbei kommt?"

„Ich weiß es nicht", meinte der Angesprochene. „Ich weiß überhaupt nicht mehr, was ich von der ganzen Sache halten soll."

„Rüders gibt ganz offen zu, sein Opfer mit dem Ziel gequält zu haben, es zu töten. Er wollte es letztendlich sogar mit dem Messer aufschlitzen, und das alles nur, weil diese Frau sich auf der Insel ein Sonnenbad gegönnt hatte."

„Wissen sie, Herr Hauptkommissar, ich halte es für das Beste, wenn wir seine Aussage zunächst zu Protokoll nehmen. Soll doch die Staatsanwaltschaft darüber entscheiden, was mit ihm passiert."

„Du hast Recht, Hans. Warum sollten wir unsere Nerven wegen so einem Irren belasten?"

Sie begaben sich wieder in das Büro und setzten sich auf ihre Plätze.

„Lieber Herr Pastor", sagte Schäfer. „Mein Kollege wird jetzt Ihre Aussage zu Protokoll nehmen. Erzählen Sie bitte das Ganze noch einmal, und zwar beginnen Sie mit dem Zeitpunkt, als Sie Wargworn betraten, um Ihr Opfer, das sich Ihrer Meinung nach falsch verhalten hatte, zurecht zu weisen."

Schäfers Kollege gab durch ein Handzeichen zu verstehen, dass er bereit war, die Aussage aufzunehmen.

„Also", sagte Pastor Rüder. „Ich ging zu ihr hinüber. Als ich direkt vor ihr stand, erkannte ich, dass jemand die Frechheit besessen hatte, eine widerliche Sexpuppe auf Wargworn zu deponieren."

„Was sagen Sie da?", unterbrach Schäfer die Aussage.

„Ich sagte, dass jemand diese Puppe auf Wargworn deponiert haben muss. Von allein kann sie schließlich nicht dorthin gekommen sein. Ich vermute, dass irgend so ein perverser Kerl heimlich auf die Insel gefahren ist, um es dort ungestört mit seiner aufgeblasenen Gummipuppe treiben zu können. Wahrscheinlich wollte er dieses schändliche Werk wiederholen und hat die Puppe gleich an Ort und Stelle liegen lassen."

Schäfer machte große Augen. „Sie meinen, es war eine Gummipuppe?"

„Ja, natürlich", sagte Rüders. „Ich dachte, Sie haben sich das Video angeschaut."

Die beiden Polizisten blickten sich ungläubig an.

Langsam ahnte Pastor Rüders, dass hier etwas falsch gelaufen war.

„Sie haben doch nicht etwa geglaubt, dass es eine Frau war, mit der Sie mich auf diesem Video gesehen haben?"

„Doch", antwortete Schäfer und sackte in seinem Stuhl zusammen.

„Das ist doch unglaublich", kam es aus Rüders Mund. „Sie haben tatsächlich geglaubt, ich hätte mich an einer richtigen Frau vergangen?"

Jetzt wurde Schäfer einiges klar. Er hatte die ganze Zeit über an die Aussagen von Christian und Mirco denken müssen. Sie hatten behauptet, dass der Täter die Brust fast einen Meter lang gezogen hatte. Schäfer hatte sich gefragt, wie das anatomisch gesehen überhaupt möglich war. Bei einer Gummipuppe sah das natürlich ganz anders aus. Auch die Aussage des Pastors, dass sein Opfer vom Wind weggetragen wurde, könnte dann der Wahrheit entsprechen. So eine aufgeblasene Puppe glich eher einem leichten Luftballon.

„Entschuldigen Sie bitte, Herr Pastor, bei uns lag ein großes Missverständnis vor. Es tut mir wirklich leid. Ihre jungen Mitarbeiter haben das, was Sie auf dem Übertragungsmonitor in der Station gesehen haben, falsch interpretiert. Wir als Polizei waren verpflichtet, dieser Sache nachzugehen. Ich hoffe, Ihnen sind dadurch keine Unannehmlichkeiten entstanden."

Der Pastor lachte.

„Wissen Sie, Herr Hauptkommissar, im Grunde bin ich das alles ja selber schuld. Ich weiß wirklich nicht, was mich geritten hat, als ich die vermeintlichen Beweismittel verschwinden ließ. Es wäre besser gewesen, wenn ich von Anfang an die Wahrheit gesagt hätte. Ich hoffe, der Herr im Himmel verzeiht mir, dass ich gegen eines seiner Gebote verstoßen habe. Ich war im Glauben, durch meine Lüge Schaden von der Kirche abwenden zu können.

Stellen Sie sich mal vor, was die Leute sagen würden, wenn jemand erzählt, ihr Pastor liebt eine Sexpuppe."

Die Erleichterung war ihm ins Gesicht geschrieben.

Auch Schäfer war erleichtert.

„Darf ich Ihnen noch eine Frage stellen, Herr Pastor?"

„Selbstverständlich, fragen Sie ruhig."

„Warum haben Sie die Brust dieser Puppe mit der Zange in die Länge gezogen?"

„Weil sich unter der Brustwarze das Ventil zum Luftablassen befand. Ich hab mir wirklich die allergrößte Mühe gegeben, dieses Ding los zu bekommen, doch ich schaffte es nicht."

Schäfer nickte.

In den Aussagen von Christian und Mirco hieß es, dass der Täter sich intensiv mit dieser einen Brustwarze beschäftigt hatte. Jetzt wusste der Hauptkommissar auch, warum.

Er nahm sich noch einmal die mutmaßlichen Beweisfotos zur Hand. Jetzt, wo er wusste, dass dort eine aufblasbare Puppe zu sehen war, betrachtete er sie mit ganz anderen Augen. Warum war ihm das nicht gleich aufgefallen? Solche Brüste, wie sie auf dem Bild zu sehen waren, konnten nur zu einer Puppe gehören. Selbst der beste Schönheitschirurg hätte es mit Silikon nicht geschafft, Frauenbrüste in eine solche Form zu bringen.

„Lieber Herr Pastor", sagte Schäfer. „Ich möchte mich noch einmal bei Ihnen entschuldigen. Diese Sache ist mir wirklich sehr peinlich."

„Mir auch", meinte Rüders, „und bevor von dieser peinlichen Sache etwas an die Öffentlichkeit dringt, möchte ich Sie bitten, mich zur Station zu begleiten, um meine beiden jungen Mitarbeiter aufzuklären. Eine falsche Bemerkung an die Öffentlichkeit könnte unsere Kirche und mich in ein falsches Licht stellen.

„Das werden wir selbstverständlich umgehend erledigen, Herr Pastor."

„Danke", sagte Rüders. „Ich hätte da aber noch eine Bitte, Herr Hauptkommissar."

„Und die wäre?"

„Besteht eventuell die Möglichkeit, dass Sie diese Ermittlungsakten und diese Fotos irgendwie, nun, wie soll ich sagen, irgendwie verschwinden lassen?"

Schäfer warf einen kurzen Blick zu seinem Kollegen.

Dann sagte er: „Welche Ermittlungsakten und welche Fotos?"

Pastor Rüders wirkte für einen Moment verunsichert.

Schäfer wandte sich an seinen jungen Kollegen und ihn fragte: „Hans, hast du etwa irgendwelche Ermittlungsakten gegen unsern Herrn Pastor gesehen?"

Der Angesprochene runzelte die Stirn. „Ermittlungsakten gegen unseren Pastor? Ich bitte Sie, Herr Hauptkommissar, woher sollen die denn kommen? Wer sollte denn gegen unseren Pastor ermitteln?"
Dem Kirchenmann fiel ein Stein vom Herzen.

*   *   *

Es gibt Zufälle, die so unglaublich sind, dass es sie eigentlich gar nicht geben dürfte. Einen solchen, schier unglaublichen Zufall gab es in dem beschaulichen Städtchen Prickenstett.
Vielleicht war dieser unglaubliche Zufall aber auch nichts anderes, als eine Fügung des Schicksals, eine Fügung, die den Kreis wieder schloss, den Kreis, der begann, als Heinzchen die Sexpuppe Lola aus dem Erotikversand in Empfang genommen hatte.
Durch den Wind wurde Sexpuppe auf eine Reise geschickt, die genau hier in Prickenstett begonnen hatte. Lola sorgte unterwegs für viel Aufregung, ohne allerdings selbst Einfluss darauf gehabt zu haben. Nicht nur, dass sie im Städtchen Gaubelsteg und im Gaubelsteger Umland als vermeintlicher Klabautermann für viel Aufsehen sorgte, Lola hatte sogar einen richtigen Kriminalfall ausgelöst, der sich aber letztendlich doch noch zum Besten wandte.
Nun aber endete Lolas Reise und der Kreis wurde wieder geschlossen. Der Zufall wollte es so, dass der Seewind Lola dorthin zurückbeförderte, wo ihr Dasein als aufgeblasene Puppe begann, ins kleine Städtchen Prickenstett.
Wie gesagt, entweder war es ein unglaublicher Zufall oder eine Fügung des Schicksals, als der Wind Lola genau auf das Haus zutrieb, in dem Heinzchen wohnte. Dieser unglaubliche Zufall ging sogar so weit, dass die Puppe genau in das geöffnete Fenster ihres Erstbesitzers schwebte, um schließlich sanft auf dem alten Sofa zu landen.
Diese Schicksalsfügung wäre auch nicht möglich gewesen, hätte Heinzchen nicht zufällig zehn Minuten vorher das Fenster geöffnet. Er war heute sehr früh wach geworden. Obwohl er erst heute Nacht um kurz nach halb Drei die Druckerei, in der er seine Brötchen verdiente, verlassen hatte, war er nicht mehr müde. Ihm war heute morgen nach frischer Luft. So war er aus dem Bett gestiegen und hatte das Fenster weit aufgerissen. Dann hatte er das Radio angestellt.
Schließlich war er ins Bad gegangen, um sich zu duschen.
Eigentlich war es jedes Mal die gleiche Zeremonie. Zuerst warf Heinzchen einen Blick in den Spiegel, um festzustellen, dass er ein unattraktiver Mensch war. Dann putze er sich die Zähne und anschließend begab er sich unter die

198

Dusche. Während das angenehm warme Wasser über seinen Körper floss, sinnierte er über sein unerfülltes Leben und summte das Lied mit, was gerade aus dem Radio im Nebenraum erklang. Seitdem er sich diese Sexpuppe gekauft hatte, gingen ihm immer wieder ganz bestimmte Gedanken durch den Kopf. Er dachte ernsthaft darüber nach, sich noch einmal so eine Puppe zu bestellen. Heinzchen brauchte endlich eine Frau, selbst wenn sie nur aus Kunststoff war. Gestern hatte er sogar schon das Telefon in der Hand, um die Nummer des Erotikversandes zu wählen. Dann aber verließ ihn der Mut. Was sollte die Frau, welche die Bestellungen aufnahm von ihm denken? Sie müsste ja glauben, dass er die erste Puppe bereits verschlissen hatte. So etwas durfte niemand von ihm denken. Er würde sich noch einmal so eine Lola bestellen, aber etwas später.

Heinz konnte nicht wissen, dass seine Lola vor wenigen Augenblicken ins Nebenzimmer geschwebt war und nun auf dem Sofa lag.

So stand er unter der Dusche und dachte über sein armseliges Leben nach.

Schließlich verließ er die Dusche, trocknete sich ab und rasierte sich. Nach der Rasur griff er nach einem Fläschchen After Shave, um damit eine wohlriechende Aura um sich herum zu schaffen. Dabei dachte er an die vielen Werbespots, in denen die Frauen ganz verrückt nach den Männern waren, die diesen Duft trugen. Doch was in der Werbung so eindrucksvoll funktionierte, wollte bei ihm nicht fruchten. Ganz egal, welches Rasierwasser er benutzte, nach ihm hatte sich noch keine Frau umgedreht.

Heinz verließ, nackt wie er war, das Bad, um sich anzuziehen. Seine Kleidung hatte er bereits ordentlich auf einen Stuhl im Wohnraum gelegt.

Er hatte den Stuhl noch nicht ganz erreicht, da zuckte er zusammen.

Auf dem alten Sofa lag Lola, seine Lola. Die Perücke mit den schwarzen Haaren wirkte arg zerzaust, aber ansonsten sah sie noch genau so aus, wie er sie das letzte Mal gesehen hatte, ein Bild von einer Frau.

Er blickte sich sofort um.

„Andy, Micha, Scherbe!", rief er. „Ihr braucht euch nicht zu verstecken. Ich weiß, dass ihr hier seid."

Natürlich war Heinz davon überzeugt, dass seine drei Freunde dahinter steckten. Sie wollten ihn mal wieder auf die Schüppe nehmen.

Nachdem sich nichts regte, begann Heinz damit, seine Wohnung abzusuchen. Irgendwo mussten die drei ja stecken.

„Na los, zeigt euch. Ich hab keine Lust auf ein Versteckspiel."

In kürzester Zeit hatte er jeden Winkel seiner Wohnung angesucht. Außer ihm selbst, war niemand hier.

„Merkwürdig", murmelte er.

Heinz ging zur Wohnungstür. Diese war abgeschlossen und da der Schlüssel von innen steckte, konnte niemand die Wohnung betreten haben. Sie ließ sich von außen nicht aufschließen, wenn der Schlüssel innen steckte.

Automatisch zog er den Schlüssel heraus. Im Unterbewusstsein dachte er daran, dass seine Mutter immer mit ihm schimpfte, wenn der Schlüssel steckte. Dann konnte sie nämlich nicht aufschließen, wenn sie ihn besuchte, um die Wohnung aufzuräumen. Einmal hatte sie ihn sogar gefragt, ob er etwas vor ihr zu verbergen hatte, weil der Schlüssel steckte. Deshalb blieb der Schlüssel nur nachts im Schloss und wurde morgens wieder herausgezogen.

Wer konnte ihm nur diese Puppe untergejubelt haben? Heute Nacht, als er von der Arbeit nach Hause gekommen war, lag sie noch nicht hier. Da war sich Heinz ganz sicher, und als er vorhin das Fenster geöffnet hatte, lag die Puppe auch noch nicht auf dem Sofa.

Irgendjemand wollte ihn verarschen. Er suchte noch einmal die Wohnung ab.

Es war definitiv niemand hier.

Sein Blick ging zum offenen Fenster.

Sollte jemand mit einer langen Leiter da gewesen sein, um ihm Lola in die Wohnung zu legen?

Heinz ging zum Fenster und blickte hinaus. Ein frischer Wind schlug ihm entgegen. Draußen war nichts zu sehen. Die Straße war um diese Zeit noch menschenleer. Er wandte sich um und blickte die Puppe an. Dabei spürte er den Wind im Rücken. Dieser Wind ließ eine Vermutung in ihm aufsteigen. Als er Lola zum letzen Mal gesehen hatte, da wurde sie vom Wind davongetragen. Sollte der gleiche Wind sie wieder zurückgebracht haben?

Heinz beschloss, einen Test zu machen. Er griff die Puppe und hielt sie ins offene Fenster. Dann ließ er sie los. Wie er es erwartet hatte, drückte der Wind die Puppe in den Raum hinein. Sie landete sanft neben seinem Sofa.

Nun war sich Heinz sicher, dass es der Wind war, der ihm seine Lola zurückgebracht hatte.

Nun würde er sie nicht mehr abgeben. Endlich konnte er seine Träume ausleben, endlich hatte er eine Frau.

Heinz blickte auf seine Uhr.

Heute Vormittag wollte seine Mutter kommen. Er musste die Puppe also solange verstecken und wenn Mutter weg war, dann würde er Lola nehmen.

Heinz beschloss, sich zuerst anzuziehen und dann die Luft aus Lola zu lassen. Er würde sie wieder in den Keller bringen. Dann aber dachte er darüber nach, dass seine Mutter unberechenbar war. Sie konnte genau genommen jeden Augenblick auftauchen. Zum ankleiden blieb also keine Zeit. Zuerst musste die Luft aus der Puppe.

Nackt wie er war, kniete er sich über Lola.

"Nachher werden wir uns lieben", flüsterte er und strich über ihre Brust.

Dann griff er nach dem Nippel, der das Ventil verbarg. Erst als dieser sich nicht abziehen ließ, fiel ihm ein, dass sie ihn ja festgeklebt hatten.

„Tja, meine liebe Lola", sagte er. „Dann werde ich es eben mit Gewalt versuchen."

Er tat genau das, was ein gewisser Pastor Rüders auch schon versucht hatte, er nahm den Nippel zwischen die Zähne und zog daran.

Heinz hätte heute Morgen das Radio besser nicht einschalten sollen, denn die Musik übertönte das Geräusch des Schlüssels, der sich gerade im Schloss seiner Wohnungstür drehte.

Seine Mutter trat ein. Das, was sie da zu Gesicht bekam, schockierte sie. Ihr Sohn war splitternackt über eine dieser widerlichen Sexpuppen gebeugt und lutschte an deren Brustwarze herum.

„Herr im Himmel hilf mir", flüsterte sie. „Herr im Himmel hilf mir."

Heinz hatte immer noch nicht bemerkt, dass seine Mutter hinter ihm stand.

Die Frau war verzweifelt. Ihr Sohn, ihr unschuldiger Sohn war in einen sündigen Abgrund geraten. Der Teufel musste ihm dieses schändliche Ding gegeben haben.

„Herr im Himmel hilf mir", sagte sie noch einmal.

Ihre Verzweiflung wuchs. Sie musste ihrem Sohn helfen, sie musste ihn wieder auf den rechten Weg bringen. Dieses Teufelszeug musste verschwinden.

Ihr Blick fiel auf eine große Schere, die auf dem Tisch lag. Ohne zu zögern griff sie danach. Damit würde sie dieses teuflische Ding vernichten.

Heinz hatte seine Mutter immer noch nicht bemerkt.

Als er schließlich aus dem Augenwinkel heraus eine schnelle Bewegung neben sich erkannte, war alles zu spät. Es gab einen dumpfen Knall und Lolas Körper sackte zischend in sich zusammen.

Dann erst erblickte Heinz die große Schere, die in der Puppe steckte, er sah die Hand, die diese Schere hielt und er wusste sofort, dass es die Hand seiner Mutter war.

Diese ganze Situation war wie ein Schock für ihn.

Vor ihm lag die leere Plastikhülle von Lola und hinter sich hörte er die Stimme seiner Mutter. Sie klang wie aus weiter Ferne. Heinz verstand nur einige Wortfetzen.

„...zum Pastor gehen, ...den Teufel austreiben, ...beten."

Er stand schweigend auf und begab sich zu dem Stuhl, auf dem seine Kleidung lag. Wie im Tran zog er sich an. Dann ging er zur Tür und verließ die Wohnung.

„Wohin gehst du?", hörte er seine Mutter rufen. „Heinzchen, wohin gehst du?" Er hörte ihre Worte, doch sie schienen weit weg zu sein. Wohin sollte er schon gehen? Er wusste es selbst nicht. Vor seinen Augen sah er Lola, seine Lola mit den tollen Brüsten. Dann sah er noch einmal den Schatten, der an ihm vorbeisauste und dann hörte er wieder diesen dumpfen Knall. Lola war nicht mehr und irgendwie war es ihm egal. Eigentlich war ihm alles egal.

Er schlenderte die leere Straße entlang und hatte das Gefühl, irgendwie in einem Traum zu sein. Er dachte erneut über sein Leben nach, ein Dasein, was man eigentlich nicht als Leben bezeichnen konnte.

Was hatte er schon? Ein paar Freunde, Freunde, die ihn zwar akzeptierten, aber dennoch ständig zu verstehen gaben, dass er das letzte Glied in der Kette war. Dann gab es noch seine Mutter. Gewiss, er liebte sie, wie ein Sohn halt seine Mutter liebte. Doch auch Mutter sorgte dafür, dass ihr geliebter Sohn stets anständig und züchtig war, und das alles unter streng religiösen Aspekten. Sie kontrollierte sein Leben, sie schnürte ihm die Luft ab, und das, was sie heute getan hatte, war der Gipfel ihres Treibens.

Wie im Tran setzte er einen Fuß vor den anderen und irgendwann stand er am Strand. Er lief einige Meter durch den Sand und ließ sich dann einfach auf den Rücken fallen.

Es war noch ziemlich kühl, doch Heinz bemerkte es nicht. Sein Blick war nach oben zum Himmel gerichtet.

Er atmete tief durch.

Eine einzige, winzig kleine Wolke zog über ihm vorbei. Sie schwebte landeinwärts. Heinz dachte darüber nach, wohin es diese Wolke wohl treiben würde. Wie weit würde sie kommen? Würde sie immer weiter nach Süden ziehen? Würde sie die Berge erreichen?

Diese kleine Wolke war frei. Sie schwebte dorthin, wohin der Wind sie trieb.

Heinz schloss die Augen.

Warum war er nicht so frei, wie diese Wolke? Warum konnte er nicht so zwanglos in den Tag hinein leben?

In diesem Moment fasste er einen Entschluss.

Er würde wieder nach Hause gehen. Dort lag sein Postsparbuch im Schrank. Darauf befand sich eine stattliche Summe Geld. Mutter hatte immer dafür gesorgt, dass er kräftig sparte. Schließlich sollte er genug Geld für später haben, was auch immer sie mit später meinte.

Heinz würde das Sparbuch und etwas Geld nehmen, sich in sein Auto setzen, und einfach losfahren, irgendwohin, in Richtung Süden. Er würde sein altes Leben einfach hinter sich lassen, seine Freunde, seine Mutter, einfach alles.

Es gab im Süden bestimmt schöne Orte, Orte, die weit weg von hier waren, Orte, an denen er sich niederlassen konnte, um ein neues, ein anderes Leben zu beginnen. Er konnte sich eine neue Arbeit suchen und eine neue Existenz aufbauen, und wer weiß, vielleicht gab es ja dort in der Fremde eine Frau, die ihn zum Mann nehmen würde.

Heinz erhob sich.

Er war fest entschlossen, sein Vorhaben durchzuführen. Hier gab es nichts mehr, was ihn hielt und eigentlich hat es auch noch niemals etwas gegeben, was ihn hier gehalten hatte.

Ohne Umwege ging er in seine Wohnung.

Mutter war immer noch da.

„Wo bist du gewesen, Heinzchen? Was hast du jetzt schon wieder angestellt? Jetzt rede endlich mit mir!"

Heinz schritt an seiner Mutter vorbei, als sei sie nicht da. Er ging zum Schrank und nahm einige Dinge heraus, sein Sparbuch, seine Brieftasche und seinen Autoschlüssel. Dann verließ er die Wohnung.

Etwas später fuhr er mit seinem alten Ford Escort über die Landstraße in Richtung Süden.

Heinz dachte darüber nach, dass jetzt alles besser werden würde, und sollte er doch keine Frau finden, die ihn wollte, dann würde er den Erotikversand anrufen und sich erneut eine Lola bestellen, eine Lola, die ihm dieses Mal niemand mehr streitig machen würde.

*   *   *

Herstellung und Verlag:
BoD - Books on Demand, Norderstedt
ISBN 978-3-8423-8459-0